**Carsten Feddersen**

# *Sein letzter Waffengang*

*Für Susanne*

Carsten Feddersen

# *Sein letzter Waffengang*

NEUMANN-NEUDAMM

ISBN 978-3-7888-1335-2


Schwalbenweg 1, 34212 Melsungen
Tel. 05661-9262-0, Fax 05661-9262-20
www.neumann-neudamm.de
info@neumann-neudamm.de

Printed in the European Community
Satz und Layout: J. Neumann-Neudamm AG
Bildnachweis: Alle Abbildungen aus dem Archiv des Verfassers.
Titelgestaltung: J. Neumann-Neudamm AG
Druck & Verarbeitung: Druckerei Bercker, Kevelaer

## Kapitel 1

Volkmar Tramsen blickte leicht verträumt aus einem weit geöffneten Fenster seines Amtszimmers und genoss die wärmenden Strahlen der herbstlichen Sonne. „Immer noch sehr warm für Mitte September“, schoss es ihm durch den Kopf, während eine einzelne kleine Wolke gemächlich über den ansonsten strahlend blauen Himmel hinwegzog. Auch die verwilderten Haustauben fühlten sich von der lauen Luft animiert und trippelten sehnsüchtig gurrend mit eindeutigen Absichten umeinander herum. Mit gönnerhafter Miene bedachte Volkmar Tramsen das possierliche herbstliche Liebesspiel auf dem Vorplatz des Rathauses, seines Rathauses. Denn er stellte die höchste Autorität in der Kleinstadt Brakstedt dar. Wie zur politischen Willensbekundung bestellt, winkten einige vorbeischlendernde Passanten freundlich zum Fenster hinauf. „Guten Morgen, Herr Bürgermeister!“, riefen sie ihm fröhlich zu. Automatisch reckte er seinen drahtigen, zu seinem Bedauern etwas zu kurz geratenen Körper so weit es ging in die Höhe und winkte mit einer eleganten, leicht lässig wirkenden Handbewegung zurück. „Wenn die Leute wüssten, wie häufig ich diese Pose vor dem Spiegel geübt habe“, dachte er schmunzelnd.

Seine Gedanken wanderten zurück in die Zeit seiner Jugend. Einen Vater, der viel zu früh verstorben war und den er nie kennengelernt hatte. Eine Mutter, die in aller Herrgottsfrühe die kleine Mietwohnung verließ, um den ganzen Tag fremde Büroräume und Häuser zu reinigen, damit ihre drei Kinder zumindest das Notwendigste erhielten. Das winzige Zimmer, welches er mit seinen Geschwistern teilen musste. Schon damals träumte er von Macht, Ehre und Ruhm, und er hatte sein Ziel erreicht. Er war Bürgermeister von Brakstedt, eines idyllischen Städtchens, das sich sanft in die Geestlandschaft Schleswig-Holsteins einschmiegte.

Vom Vorplatz des Rathauses drang der melodische Klang einer Geige. „Der Moosleitner!“, konstatierte Volkmar Tramsen. Jäh unterbrach der schrille Ton seines Telefons seine Gedanken. „Na, was gibt es denn, Frau Wohltmann?“, fragte er etwas ungnädig wegen der abrupten Störung. Als erfahrene Sekretärin erfasste Sigrid Wohltmann sofort die Stimmungslage ihres Chefs und reagierte entsprechend: „Entschuldigen Sie die Störung, Herr Bürgermeister. Herr von Seylitz wünschte Sie zu sprechen und kündigte seinen sofortigen Besuch an. Das habe ich selbstverständlich aus Termingründen abgelehnt. Für welche Uhrzeit soll ich das Gespräch terminieren?"

„Bestellen Sie Herrn von Seylitz für 10.00 Uhr", lautete die knappe Antwort.

Volkmar Tramsen wandte sich mit innerer Genugtuung wieder dem Fenster und dem Geigenspiel zu. Er war der Bürgermeister, er gab die Termine vor, selbst wenn es sich um den größten Grundeigentümer der Region handelte.

## Kapitel 2

Zur gleichen Zeit lief Christian von Seylitz aufgebracht in der großen Empfangshalle des Herrenhauses derer von Seylitz auf und ab. „Was bildet sich diese Schnepfe von Sekretärin bloß ein!“, beschwerte er sich lautstark mit Blick auf die imposante Reihe düster wirkender Ahnengemälde. „Seit 1596 regieren die von Seylitz über Land und Leute rund um Brakstedt und so ein jämmerlicher, kleinbürgerlicher Verschnitt von Bürgermeister nebst Sekretärin wagen es, mir Termine vorzugeben! Da hört sich ja alles auf!“ Das Gesicht des Großgrundbesitzers färbte sich beängstigend in ein knalliges Rot, das jeder Ampel zur Ehre gereicht hätte.

Astrid von Seylitz kümmerte das cholerische Gebaren ihres Mannes wenig, denn sie kannte die Wutausbrüche aus den langen Jahren ihrer Ehe zur Genüge. In ihrem schlichten, aber modischen Hosenanzug durchschritt sie betont salopp die Empfangshalle, während die zahllosen Halsketten und Armreifen provozierend klimperten. Ohne auf die möglichen Gründe seiner Verärgerung einzugehen, fragte sie ihn mit warmer, versöhnlicher Stimme, die so ganz im Widerspruch zu ihren harten Gesichtslinien stand: „Hast du vielleicht die Wagenschlüssel von meinem Porsche gesehen, Schatz?“

„In irgendeiner der vielen Schubladen wirst du ihn mal wieder vergraben haben“, giftete Christian von Seylitz, während er breitbeinig, mit in die Hüften gestemmten Fäusten, vor der großen Trophäenwand stand, die mächtigen Schaufeln der Damhirsche im Rücken.

Astrid von Seylitz warf einen langen, prüfenden Blick auf ihren Mann mit seiner kühnen Adlernase, den kleinen, etwas vorstehenden Augen und den spärlichen Resten seines ehemals so prachtvollen roten Haares. Auf einmal wurden ihr die beiden Geweihstangen hinter ihm bewusst. „Als wenn ihm das Geweih aus dem Kopf wachsen würde, eben gehörnt“, dachte sie amüsiert, während sie den Autoschlüssel aus einer der Schubladen eines prachtvollen Sekretärs fischte.

„Ich fahre jetzt nach Brakstedt zu René!“, proklamierte sie kategorisch.

„Was in aller Welt willst du schon wieder bei diesem sündhaft teuren Haarfetischisten?“, stöhnte der entsetzte Ehemann. „Das wirst du wohl kaum nachvollziehen können“, antwortete die Gescholtene knapp und blickte demonstrativ auf die nur noch andeutungsweise vorhandene Haarpracht ihres Mannes.

Christian von Seylitz öffnete bereits den Mund, um die aus seiner Sicht unnötige Geldausgabe bissig zu kommentieren, überlegte jedoch noch einmal kurz und entschied sich anders. „Na gut, dann werde ich mit dir fahren. Ich muss dringend zu diesem ‚Möchtegern-Bürgermeister'. Sparen wir wenigstens eine Autofahrt!“

„Schatz, das halte ich für keine gute Idee! Anschließend bin ich in der Boutique von Francesco verabredet und du weißt, wie schwer es mir fällt, in dieser Provinzstadt geeignete Kleider zu finden. Ich werde sicherlich den ganzen Tag brauchen und du wirst dich nur langweilen.“

Daraufhin hauchte sie ihrem Mann einen Kuss auf die Wange, drehte sich lächelnd um und verschwand mit grazilen Schritten durch die Eingangstür.

Zurück blieb ein verdutzter Ehemann, der frustriert den Kopf schüttelte und verzweifelt murmelte: „Woher nehme ich bloß das Geld?“

## Kapitel 3

Wie an jedem Sonntag saß Dietmar Moosleitner auf dem Brakstedter Rathausmarkt und spielte auf seiner Geige. Mit geschlossenen Augen und verzücktem Gesicht spielte er nicht nur auf seinem Instrument, nein, er zelebrierte die Musik. Ein langjähriger Experte der Musikszene hätte vielleicht in dem älteren ausgemergelten Mann mit den dunklen Tränensäcken unter den Augen und den feingliedrigen, sensiblen Fingern den hoffnungsvollen Solisten wiedererkannt, der vor einem Jahrzehnt Konzertsäle auf der ganzen Welt füllte und sein Publikum mit seinem Spiel verzauberte. Aber Brakstedt zählte nicht zu den Hochburgen klassischer Musik. Doch die Brakstedter wussten die täglichen Solodarbietungen des Geigenvirtuosen sehr wohl zu schätzen. Sobald Dietmar Moosleitner sich in die Welt der Klänge vertiefte, bildeten sich schnell kleinere Trauben von Zuhörern, die dem zu Herzen gehenden Geigenspiel fasziniert lauschten. Entsprechend großzügig flossen die finanziellen Beifallsbekundungen und der abgetragene, speckige Cowboyhut, den der Moosleitner vor sich ablegte, füllte sich schnell. Bestimmt hätten die täglichen Zuwendungen für ein bescheidenes Auskommen sowie eine warme Mahlzeit ausgereicht, wenn nicht der Alkohol und die Spielsucht ihren ruinösen Tribut gefordert hätten. Doch Dietmar Moosleitner hatte den Kampf bereits vor langer Zeit aufgegeben und so lebte er, mehr schlecht als recht, von einem Tag zum nächsten. Keiner in Brakstedt wusste, wohin er nach seinem Straßenkonzert verschwand und ob und wann er das nächste Mal auftauchen würde. Wie er jemals den Weg nach Schleswig-Holstein gefunden hatte, vermochte keiner zu sagen, wenn auch die bayerischen Wurzeln aufgrund der urigen Flüche und Sprüche nicht zu verleugnen waren. Fest stand, die Brakstedter liebten ihren Straßenmusikanten. Dietmar Moosleitner gehörte zum täglichen Straßenbild, ja, war Bestandteil der Brakstedter Innenstadt.

# Kapitel 4

Mit sich, der Welt und vor allem seinen Finanzen im Unreinen, strebte Christian von Seylitz dem Rathaus zu. Seine verbitterte Miene und die Anspannung seiner kräftigen Statur, die für einen 55-jährigen als wirklich stattlich zu bezeichnen war, zeugte von dem Widerwillen und der Abneigung, die er mit diesem Termin verband.

„Früher rüsteten die Ritter zum Waffengang", schoss es ihm durch den Kopf, „und es war klar, wer Freund und wer Feind war. Es handelte sich eben um Adlige mit einem Bewusstsein für Ehrgefühl und Anstand." Das gemeine Volk fungierte allerhöchstens als Knappe oder Stallknecht. Sehnsüchtig gedachte er der guten alten Zeiten, als seine Vorfahren als stolzes Rittergeschlecht der gesamten Umgebung ihren Willen, wenn nötig mit Waffengewalt, aufgezwungen hatten. Eine tiefe Verbitterung bemächtigte sich seiner, als er sich im Gegensatz dazu seine eigenen Lebensumstände ins Gedächtnis rief.

Genau in diesem Moment prallte er unversehens mit Dietmar Moosleitner zusammen, der gerade eilig um die Ecke bog, um sich mit den Einnahmen seiner morgendlichen musikalischen Darbietung die erste Schnapsration des Tages zu gönnen. Beide Männer stürzten zu Boden. Während der Geigenspieler für einen Augenblick benommen liegen blieb, sprang der Gutsherr auf die Füße und trat wutentbrannt auf ihn ein. „Du stinkendes Stück Dreck", schrie er wie von Sinnen, „so etwas Verlaustes hätte früher keinerlei Lebensberechtigung gehabt! Ich schlag dich tot, du miese Kreatur!"

Dietmar Moosleitner versuchte sich so gut es ging vor den wuchtigen Fußtritten zu schützen, indem er seine Geige krampfhaft vor Kopf und Oberkörper hielt. Dabei brüllte er wie am Spieß. Die lautstarke Auseinandersetzung rief sehr schnell Wachtmeister Kleinmann an den Ort des Geschehens. Seine schrankähnliche Anatomie bei zwei Meter Körpergröße strafte seinen Namen Lügen. Mit seinen tellergroßen Pranken packte er Christian von Seylitz und hob ihn wie eine Spielzeugpuppe hoch, bis sich die beiden auf gleicher Höhe in die Augen schauen könnten. „Schluss jetzt!", lautete das knappe, aber unmissverständliche Kommando, das den rasenden Gutsherrn augenblicklich zur Besinnung brachte. „Der Penner hat mich angegriffen, ich habe mich nur verteidigt!", stammelte der immer noch nach Fassung ringende von Seylitz. „Das ist nicht wahr“, wimmerte der am Boden liegende Geigenspieler. „Sehen Sie mal, was er mit meiner Geige gemacht hat.“ Tränen stiegen ihm dabei in die Augen, während er die zersplitterten Reste des Instrumentes wie anklagend dem Polizisten entgegenstreckte.

Doch auch in dem Gesetzeshüter steckten noch der jahrhundertealte, tief verwurzelte Respekt und die Ehrfurcht vor dem ehemaligen Landesherrn. Daher verzichtete er darauf, die Hintergründe der Auseinandersetzung weiter zu hinterfragen. „Ich warne Sie beide! Noch einmal eine solche Schlägerei und es geht direkt mit auf das Revier.“ Christian von Seylitz verstand den Hinweis, nickte und marschierte weiter Richtung Rathaus. „Du hast meine Geige zerstört! Das werde ich dir nie vergessen, du Mistkerl! Womit soll ich denn jetzt spielen? Ich verfluche dich!“, rief Dietmar Moosleitner dem Gutsherrn voller Verzweiflung hinterher.

Minuten später betrat Christian von Seylitz das Büro des Bürgermeisters Tramsen. Die beiden Männer begrüßten sich zwar freundlich, doch Sigrid Wohltmann blieb eine gewisse Distanz nicht verborgen. Umso überraschender kam für sie nach etwa 10 Minuten der Wunsch nach Kaffee und Gebäck. Beim Servieren traf sie die beiden Männer bei bester Laune an. Nach einer weiteren Stunde verließ Christian von Seylitz das Büro des Bürgermeisters, drehte sich in der Tür noch einmal kurz um und rief: „Na dann Waidmannsheil für deinen Waffengang, Volkmar!“

Augenblicke später erschien Bürgermeister Tramsen im Büro seiner Sekretärin. „Sagen Sie bitte für heute Abend alle Termine ab, Frau Wohltmann. Die Sauen gehen auf den Feldern in meinem Revier ordentlich zu Schaden, und wir haben fast Vollmond. So eine Gelegenheit muss man beim Schopf packen!“ Pfeifend kehrte er an seinen Schreibtisch zurück, ohne auf das verdutzte Gesicht seiner Mitarbeiterin zu achten.

## Kapitel 5

Aufgeregt und ein wenig außer Atem pirschte Volkmar Tramsen eilig auf einen Hochstand nahe eines großes Maisschlages unmittelbar am Stadtrand von Brakstedt zu. Zu seiner Verärgerung hatte sich seine Terminplanung ein wenig nach hinten verschoben und der volle Mond stand bereits in seiner ganzen Pracht am wolkenlosen Nachthimmel, an dem tausende von Sternen funkelten und glänzten. Lautlos erklomm er die Leitersprossen und öffnete vorsichtig die Tür des Hochstandes. Miefige, leicht modrig riechende Luft strömte ihm entgegen und verursachte ein gefährliches Kribbeln in seiner Nase. Energisch drückte er die Nasenflügel mit Daumen und Zeigefinger zu. „Nur nicht niesen", flehte er zu sich selbst, denn als erfahrener Jäger wusste er, wie leicht das wachsame Schwarzwild durch unbedachte Geräusche zu verscheuchen war. Im Zeitlupentempo öffnete er die Fenster seiner hohen Warte und atmete tief die einströmende klare Nachtluft ein. Dann wandte er seinen Blick auf das vor ihm liegende Maisfeld. Erschüttert entdeckte er die stubengroßen Lücken in den Pflanzreihen, in denen die Maisstängel abgeknickt und von den Wildschweinen angefressen kreuz und quer lagen. Ein Schauer lief ihm über den Rücken, als er an die mit Sicherheit auf ihn zukommenden Schadenersatzansprüche der Bauern dachte, die er als Jagdpächter zu begleichen hatte.

Wild entschlossen lauschte er in die Stille der Nacht, um das Maisfeld vor den nächtlichen Fressern zu verteidigen. Doch nur ein einsamer Hase mümmelte friedlich vor sich hin, kratzte sich zwischendurch ausgiebig mit einem Hinterlauf an den langen Ohren und hoppelte gemächlich einige Schritte weiter.

Normalerweise genoss Volkmar Tramsen diese idyllischen Naturerlebnisse, konnte sie stundenlang in sich aufnehmen und auf die Seele wirken lassen. Heute aber bedachte er Mümmelmann nur mit einem verächtlichen Blick. Urplötzlich überkam ihn eine vorher nie gekannte Unruhe. Mit aller Macht drängte es ihm, den Ansitz abzubrechen. Nervös nestelte er an den Knöpfen seiner Jagdjacke herum, während das Herz in seiner Brust fast zu sprengen drohte. Panik bemächtigte sich seiner, und er dachte an all die Berichte und Erzählungen von Freunden und Bekannten über die Symptome eines Herzinfarktes. Er schloss die Augen und betete. Der Ruf eines Käuzchens schallte durchdringend und anklagend durch die Nacht. Weit riss Volkmar Tramsen die Augen auf und starrte auf den großen dunklen Fleck inmitten der Maisstängel. „Sieht aus wie ein Wildschwein“, meldeten seine Sinne. Automatisch, ohne weiter zu überlegen, riss er die Waffe an die Wange, entsicherte und schoss. Ihm kann es vor, als habe ihn der Geschossknall jäh und abrupt aus einem bösen Traum geweckt. Fast verwundert über das, was sich in den wenigen Sekunden ereignet hatte, stellte er mit zitternden Händen die Waffe ab. Noch immer schimmerte der schwarze Hügel durch die fahl glänzenden Maisstängel. Von weit her erklang die Glocke der alten Brakstedter Freiheitskirche. Volkmar Tramsen erhob sich, packte seine Jagdutensilien zusammen und stieg von der Kanzel. Schritt für Schritt näherte er sich seiner Beute, doch während er sonst nie schnell genug zum gestreckten Wild gelangen konnte, verlangsamte sich heute sein Tempo Meter um Meter. Böse Vorahnungen keimten in ihm auf, ergriffen Besitz von ihm. Vorsichtig bog er die letzten, den Blick verwehrenden Pflanzen zur Seite und starrte auf die gebrochenen Augen eines Mannes.

Christian von Seylitz.

Wie von Furien gehetzt, raste er davon. Doch schon nach kurzer Zeit bremste er abrupt ab. Klare Gedanken gewannen wieder die Oberhand. Entschlossen griff er in die Hosentasche, zückte sein Handy und wählte die 110.

## Kapitel 6

Karl Jensen fühlte sich etwas verloren auf der zwanglosen Party, zu der ihn seine Chefin, Oberkommissarin Schäfer, anlässlich ihres Geburtstages eingeladen hatte. „Von wegen zwanglos“, dachte er verärgert, während er sich umständlich eine Zigarette anzündete. Pikiert, aber auch ein wenig neidisch, betrachtete er die Herren in ihren eleganten Nadelstreifenanzügen und den mehr oder minder geschmackvollen Krawatten über den weißen Hemden. Auch die Damen in ihren figurbetonten Abendkleidern wirkten alles anderes als zwanglos, stellte er resigniert fest, während er gedankenverloren an seinem zugegebenermaßen besten T-Shirt zupfte. Karl Jensen hasste Empfänge, Theaterbesuche, Konzerte oder andere Feierlichkeiten. Das Gedränge und Geschiebe, die erzwungene Nähe, das Untergehen in einer namenlosen Masse waren ihm seit jeher ein Gräuel, und er mied diese Herdenbildung, wie er es im Stillen zu nennen pflegte, wo immer er konnte. Auch diesmal hätte er am liebsten zu seinem tiefsten Bedauern abgelehnt, da dringende, unaufschiebbare berufliche oder private Pflichten sein Kommen unmöglich machten. Dummerweise kannte Oberkommissarin Schäfer seine beruflichen Zwänge sehr genau, so dass ihm nur der Rückzug in sein privates Umfeld geblieben wäre. Auch diesen Fluchtweg wusste Carolin Schäfer geschickt zu umschiffen, indem sie zuerst ganz harmlos nach den geplanten Aktivitäten der nächsten Tage fragte, bevor sie die Einladung aussprach. Obwohl er sich innerlich sehr darüber ärgerte, derartig leichtfertig in die Falle getappt zu sein, blieb ihm nichts anderes übrig, als freudig anzunehmen. Ein wenig tröstete ihn dabei der Gedanke, dass sowohl seine Frau Susanne als auch Kollege Martin Blöcker mit von der Partie waren. Doch während Letzterer sich einen Tag vorher das Nasenbein an einer seiner Aussage nach völlig wahllos aufgestellten Straßenlaterne aufschlug, fühlte sich seine Frau aufgrund der fortschreitenden Schwangerschaft nicht besonders wohl und beschloss, vorsichtshalber zu Hause zu bleiben.

„Soll ich nicht lieber bei dir bleiben, Schatz?“, fragte Karl Jensen mit einem kleinen Hoffnungsschimmer. „Nein, nein, geh du nur zu der Geburtstagsfeier, denn einer von uns muss ja die Fahne hochhalten. Ich bin froh, wenn ich meine Ruhe habe. Grüß die Frau Schäfer schön von mir und viel Spaß!", antwortete sie mit einem leicht süffisanten Lächeln.

Karl Jensen schlenderte betont langsam durch den großzügigen, hell erleuchteten Garten, um dem Trubel so weit wie möglich zu entgehen. Immer wieder blickte er auf die Uhr, aber selbst die Sekunden schienen sich heute mehr Zeit zu lassen als sonst. Auf der Terrasse erschien Frau Schäfer, die sich heute, ganz privat, in ein wallendes rotes Seidenkleid mit gewagtem Dekolleté und noch gewagterem Rückenausschnitt gezwängt hatte. Leider betonte das Kleid im besonderen Maße die Hüftpartie, die bei Caroline Schäfer besonders üppig ausfiel, doch das störte sie herzlich wenig. Sie stand zu ihrem Körper.

Sie entdeckte Karl Jensen, winkte ihm energisch und marschierte zielstrebig mit zwei Glas Sekt in der Hand auf ihn zu. „Mensch, Jensen, hier stecken Sie also! Die ganze Zeit will ich mit Ihnen anstoßen und Sie verkrümeln sich in den Garten. Ich hoffe, Ihnen gefällt meine kleine Feier!" Karl Jensen nahm einen Sektkelch entgegen, dessen Inhalt sich, bis auf einen winzigen Schluck, durch das zackige Marschtempo der Gastgeberin quer über den Rasen verflüchtigt hatte, und nickte mechanisch. Bevor er sich eine passende Antwort zurechtlegen konnte, griff Frau Schäfer das nächste Thema auf. „Ich hoffe, Ihrer Frau geht es wieder ein wenig besser. Sie glauben ja gar nicht, wie sehr ich mit Ihnen beiden fühle. Sie werden Vater, was kann es Schöneres geben?"

Karl Jensens straffe und steife Körperhaltung lockerte sich zusehends, denn dieses Thema sprach seine tiefsten Gefühle an. Doch auch dieses Mal kam er über ein tiefes Luftholen nicht hinaus, denn plötzlich klingelte sein Handy. Mit einer entschuldigenden Geste nahm er das Gespräch entgegen. Konzentriert hörte er zu, während seine Gesichtszüge sich verhärteten. Ein knappes: „Ich komme!", beendete das Telefonat.

„Tut mir leid, Frau Schäfer, in der Nähe von Brakstedt hat es anscheinend einen Jagdunfall mit einem Toten gegeben. Der ganze Apparat ist schon da. Die warten nur noch auf mich."

„Das hört sich doch eher nach einem Routinefall an, Herr Jensen, kann das nicht ein jüngerer Kollege übernehmen?" Energisch winkte Karl Jensen ab. „Nein, nein, so leid es mir tut. Ich wäre gern noch ein wenig geblieben, aber ich hätte keine ruhige Minute mehr. Bemühen Sie sich nicht, ich finde allein hinaus. Einen schönen Abend noch.“

Momente später stand Oberkommissarin Schäfer allein auf dem Rasen. Kopfschüttelnd wandte sie sich wieder den anderen Gästen zu.

## Kapitel 7

Karl Jensen fuhr gedankenverloren durch die sternenklare Nacht, während dezent und unaufdringlich Mozart aus dem Autoradio klang. Wieder einmal war ein Mensch eines gewaltsamen Todes gestorben, wieder einmal war er unterwegs, um den Mörder zu suchen und zur Rechenschaft zu ziehen. Wie in einem Film zogen unzählige Gesichter vor seinem geistigen Auge vorbei. Schmerzverzerrte, verängstigte, erstaunte Gesichter von Menschen, die brutal aus dem Leben gerissen worden waren, das ihnen noch so viel bieten sollte. Menschen mit Träumen und Plänen, mit Hoffnungen und Zielen, die urplötzlich im Nichts, im Nebel des Vergessens verschwanden. In Kommissar Jensen stieg eine kalte Wut auf, denn er liebte das Leben, das all den Opfern, denen er im Laufe seiner Dienstzeit in die erstarrten Augen geblickt hatte, so grausam genommen worden war. Leise erklang „Die kleine Nachtmusik", während er an die Mörder dachte, denen er, häufig in mühevoller Detailarbeit, das Handwerk gelegt hatte. Alle waren sie überzeugt gewesen, der Polizei und dem kleinen, molligen Kommissar ein Schnippchen schlagen zu können. Mit einem verbitterten Lächeln dachte er an die Überheblichkeit und Anmaßung, mit denen ihm viele der Täter begegnet waren. Die Gesichter der Mörder wechselten, doch die Motive blieben meist gleich. Geldgier, Machtstreben oder Rachsucht trieben die Menschen dazu, zu morden. Mit Schaudern dachte Karl Jensen daran, wie häufig ihm seine Arbeit bereits an die Abgründe und den Sumpf der menschlichen Schwächen geführt hatten. Er fragte sich, wie lange er wohl noch dem seelischen Druck standhalten könne, ohne daran zu zerbrechen.

Urplötzlich dachte er an seine Frau und das Kind, das sie unter dem Herzen trug. Ein Gefühl der Kraft und Stärke durchströmte ihn, sein Innerstes bäumte sich mit aller Macht gegen die aufkeimende Verzweiflung und den Zwiespalt auf, der von ihm Besitz zu ergreifen drohte.

Er würde weiter Mörder jagen im Land zwischen den Meeren, so sicher und beständig, wie Ebbe und Flut sich ablösten. Schon von weitem registrierte er die roten und blauen Warnleuchten am Stadtrand von Brakstedt. Für Kommissar Jensen begann eine neue Jagd, ein neuer Waffengang.

## Kapitel 8

Die grellen Lichter unzähliger Scheinwerfer sowie das monotone Aufblitzen blauer und orangefarbener Warnleuchten der Rettungs- und Polizeifahrzeuge lenkten Karl Jensen schnurgerade zum vermeintlichen Tatort. Scharen neugieriger Brakstedter säumten seinen Weg, die, mit Handys und Fotoapparaten bewaffnet, ein wahres Blitzlichtgewitter auf den langsam fahrenden Wagen des Kriminalkommissars entfachten. „Der Staatsempfang für einen Präsidenten ist nichts dagegen", dachte Karl Jensen, während er genüsslich an seiner Zigarette zog. Doch das wohltuende Hochgefühl währte nur kurz, denn kaum hatte er die Polizeiabsperrung mit seinem Wagen erreicht, marschierte bereits Wachtmeister Kleinmann mit gewichtigen Schritten und noch gewichtigerer Miene auf ihn zu. „Moin, moin, Herr Kommissar", ertönte es mit militärisch anmutender Knappheit, „ich melde Ihnen einen Jagdunfall mit tödlichem Ausgang. Unser Bürgermeister hat unseren Großgrundbesitzer irrtümlich für ein wildes Schwein gehalten und ihn mit einem gezielten Schuss erjagt. Ich habe Bürgermeister Tramsen bereits verhört. Er ist voll geständig, Herr Kommissar." Karl Jensen betrachtete lächelnd den athletisch gebauten Polizeibeamten mit dem hölzern wirkenden Gesicht und dem leichten Schleierblick. „Na, Kleinmann, dann haben Sie ja alles voll im Griff und ich kann wieder zurück an meinen Schreibtisch. Gut, dass wir so einen fähigen Beamten hier vor Ort haben." Wachtmeister Kleinmann überhörte den leicht ironischen Unterton vollständig und warf sich voller Selbstbewusstsein und Stolz in die Brust. „Na ja, Herr Kommissar, ist halt reine Routine, denn die Fakten sprechen ja für sich." „So", konstatierte Karl Jensen, „dann erzählen Sie mir doch mal ein wenig über den Jäger, der ein Wildschwein nicht von einem Menschen unterscheiden kann, und seinem Opfer!"

Lothar Kleinmann räusperte sich laut und anhaltend wie immer, wenn er zu einem längeren Monolog ansetzte. „Bürgermeister Tramsen ist allgemein beliebt. Er gibt sich stets jovial und volksnah. Er gilt als erfahrener und abgeklärter Jäger. Wie ihm ein solch schwerwiegender Fehler unterlaufen konnte, ist mir, ehrlich gesagt, schleierhaft. Christian von Seylitz ist der größte Grundeigentümer rund um Brakstedt. Seit einigen hundert Jahren residieren seine Vorfahren auf dem adeligen Gut. Genauso antiquiert gebärdete er sich. Es gab eigentlich nur zwei Gruppen Menschen für ihn: die von Seylitz und die übrige Menschheit." Wachtmeister Kleinmann setzte ein breites Grinsen auf. „Kein Wunder, dass der Tramsen ihn für ein wildes Schwein hielt. Genauso führte er sich nämlich auf. Übrigens wird gemunkelt, dass Christian von Seylitz in erheblichen finanziellen Schwierigkeiten steckte ..."

Der unaufhörliche Redefluss von Wachtmeister Kleinmann erfuhr eine abrupte Störung durch einen vorwitzigen Reporter, der sich heimlich durch die Absperrung gemogelt hatte und in geradezu rasanter Geschwindigkeit eine Fotoserie nach der anderen schoss. Mit einer Behändigkeit, die man dem Wachtmeister im Leben nicht zugetraut hätte, packte er den Eindringling und bugsierte ihn, ohne auf die lautstarken Proteste zu achten, nicht gerade zimperlich aus dem Sicherheitsbereich heraus.

Währenddessen wandte sich Kommissar Jensen zu einem der Polizeifahrzeuge, auf dessen Rücksitz eine zusammengekauerte, leichenblasse Person reglos verharrte. Volkmar Tramsen.

„Ich bin Kommissar Jensen von der Kieler Kriminalpolizei, Herr Tramsen. Ich bitte Sie, mir noch einmal kurz den Ablauf des heutigen Abends zu erzählen", begann er das Verhör.

Volkmar Tramsen starrte ihn mit verständnislosen Augen an. „Ich habe einen Menschen erschossen. Ich habe getötet. Ich, ich bin ein Mörder!" Beruhigend klopfte ihm Karl Jensen auf die Schulter. „Ich kann Ihr Entsetzen verstehen, Herr Tramsen. Trotzdem muss ich Sie bitten, mir den Ablauf so genau wie möglich zu berichten."

Stotternd, zögernd, immer wieder von Weinkrämpfen geschüttelt, ließ der Bürgermeister den grauenvollsten Tag seines Lebens nochmals vor sich ablaufen. Und er vergaß nichts, die Panikattacken, den übereilten Schuss wie in Trance, den leblosen Körper des Gutsbesitzers vor sich. „Wir haben noch heute Vormittag über die hohen Wildschweinbestände gefachsimpelt, Herr Kommissar. Herr von Seylitz war es, der mich immer wieder drängte, das ideale Jagdwetter für einen nächtlichen Ansitz zu nutzen. Und dann muss so etwas geschehen. Was für eine Tragödie, welch Ironie des Schicksals." Fassungslos schlug Volkmar Tramsen seine Hände vor das vom Weinen verquollene Gesicht.

„War Herrn von Seylitz bekannt, welchen Hochstand Sie heute für die Jagd nutzen wollten?“, fragte Kommissar Jensen nachdenklich. Volkmar Tramsen überlegte einen Moment. „Es ist seltsam, dass Sie mich das fragen. Wir haben uns tatsächlich ausführlich über die am besten geeigneten Möglichkeiten unterhalten. Was mag er wohl dort gewollt haben?“

„Das frage ich mich auch, Herr Tramsen“, konstatierte Jensen, während er sein Notizbuch energisch zusammenklappte. „Ich werde Sie von einem Polizeibeamten nach Hause fahren lassen. Da keine Flucht- oder Verdunkelungsgefahr besteht, werden wir um eine vorläufige Festnahme herumkommen. Wir sehen uns morgen.“

Auf dem Weg zur Leiche kam Kommissar Jensen der Polizeiarzt Uwe Jochimsen entgegen. „Moin, Uwe, endlich mal ein Fall ohne großes Wenn und Aber, was!“ „Moin, Karl, bist wohl froh, dass du deine nikotingeschwängerten Gehirnwindungen nicht über Gebühr beanspruchen musst“, stichelte der Mediziner. „Aber warte ab, die Obduktion hat ja noch nicht mal richtig angefangen. Vielleicht wartet ja die eine oder andere Überraschung auf uns.“ Karl Jensen stutzte. „Wieso, ist dir irgendetwas Ungewöhnliches aufgefallen? Heraus mit der Sprache!“

„Dränge mich nicht! Verschaffe dir erst einmal selbst ein Bild. Morgen mehr!“ Während der Arzt sich feixend seinem Auto zuwandte, marschierte Kommissar Jensen ärgerlich brummend Richtung Tatort und Leiche.

## Kapitel 9

Bereits am frühen Morgen stand Karl Jensen vor dem prachtvollen Herrenhaus derer von Seylitz und betrachtete fasziniert die Reliefs und Ornamente mit den Abbildungen längst vergangener Rittergeschlechter, die zwischen den beiden Fensterreihen mit den unzähligen strahlend weißen Fensterrahmen prangten. Zwei übermannsgroße Löwen bewachten das riesige hölzerne Portal mit den schweren Eisenbeschlägen, umgeben von mächtigen, uralten Kastanienbäumen. Lang gestreckte Scheunen und Stallgebäude fassten das Haupthaus ein und Karl Jensen fühlte sich zurückversetzt in die Zeit des Großgrundbesitzes und des Landadels. Es war ihm, als dringe ihm das Geplapper und die Gespräche der Knechte und Mägde in die Ohren, als könne er das Getrappel der eisenbeschlagenen Arbeitspferde auf dem Kopfsteinpflaster noch heute vernehmen. Fast schüchtern trat er an die schwere Eingangstür heran und schlug zaghaft den wuchtigen Türklöppel gegen die alten Eichenbohlen. Geräuschlos, ohne das von ihm erwartete Knarren und Quietschen, öffnete sich die große Tür und zu seinem Erstaunen stand ihm kein Hausdiener bzw. kein Hausmädchen gegenüber, sondern eine elegant gekleidete Frau Ende vierzig, die jedem Modejournal zur Ehre gereicht hätte. Angefangen beim trägerlosen Kleid, das sich perfekt um ihre Taille schmiegte, bis hin zu den handgenähten Wildlederschuhen strahlte sie von Kopf bis Fuß eine unbeschreibliche Mondänität und Exklusivität aus.

„Frau von Seylitz?“, fragte Jensen, obwohl ihm die Antwort bereits vorher klar war. Astrid von Seylitz nickte und blickte ihn fragend an. „Mein Name ist Karl Jensen von der Kriminalpolizei Kiel“, begann er das Gespräch, während er seinen Dienstausweis präsentierte. „Es betrifft Ihren Mann, ich hätte Sie gern für einen Moment gesprochen.“ Astrid von Seylitz warf einen flüchtigen Blick auf den Dienstausweis nebst Inhaber, verzog jedoch bei der Nennung ihres Mannes gelangweilt das Gesicht. „Was in aller Welt hat Christian denn nun wieder angestellt? Hat ihn sein cholerischer Charakter wieder in Schwierigkeiten gebracht? Kommen Sie bitte herein, Herr Kommissar, und sagen Sie mir, was ich tun kann.“ Sie führte ihn in einen kleinen Salon, vollgestopft mit alten Tischen und Stühlen, die dringend einer gründlichen Überholung bedurft hätten. Während sich Astrid von Seylitz grazil auf einen der Stühle setzte, nahm Karl Jensen eingedenk seines aktuellen Kampfgewichtes nur mit allergrößter Vorsicht Platz. Die Hausherrin schmunzelte: „Die Stühle sind solider, als sie aussehen. Sie können sich ganz entspannt zurücklehnen. Und nun sagen Sie mir, Herr Kommissar, wem ist mein Mann diesmal zu nahe getreten?"

Karl Jensen blickte ihr ernst in die Augen. „Es tut mir leid, Frau von Seylitz, ich muss Ihnen mitteilen, dass Ihr Mann in der letzten Nacht tödlich verunglückt ist." Astrid von Seylitz stieß einen kurzen Schrei aus. „Mein Mann ist tot? Oh, mein Gott! Ich kann es nicht glauben. Ein Unfall sagen Sie? Was ist meinem Mann zugestoßen?" Karl Jensen registrierte automatisch, dass die erste Betroffenheit sehr schnell der Neugierde wich.

„Es handelt sich allem Anschein nach um einen Jagdunfall", äußerte er vorsichtig, „die näheren Umstände werden derzeit untersucht." Astrid von Seylitz schlug ein wenig zu pathetisch die Hände vor ihr Gesicht. „Wie soll ich das nur unserer Tochter beibringen?", jammerte sie leise. „Sie hängt doch so an ihrem Vater!"

„Ist Ihre Tochter im Haus?", hakte Karl Jensen nach. „Nein, nein, Carola befindet sich zurzeit in der Schweiz in ihrem Internat. Sie wissen ja, PISA-Studie! Wie soll ein intelligentes Kind aus gutem Hause hier noch etwas Vernünftiges lernen. Wir haben weder Kosten noch Mühen gescheut, Carola die besten Bildungschancen zu ermöglichen." Der Kommissar dachte darüber nach, welche Ausbildung seine Gesprächspartnerin wohl genossen hatte, als die plötzlich aufsprang und aufgeregt ausrief: „Das arme Kind! Ich muss Carola sofort anrufen und ihr die Tragödie so schonend wie möglich beibringen. Es wäre entsetzlich, wenn sie aus der Presse vom Tod ihres Vaters erfährt. Sie müssen mich entschuldigen, Herr Kommissar, aber ich habe wirklich keine Zeit mehr. Sie finden sicherlich allein hinaus." Der Hall ihrer Worte war noch nicht verklungen, da fand sich Kommissar Jensen allein in dem kleinen Salon wieder und grübelte über die Vergänglichkeit der Liebe auf dieser Welt nach.

## Kapitel 10

Eine knappe Stunde später marschierte Karl Jensen zielstrebig durch die nach Reinigungsmitteln riechenden Linoleumgänge des Polizeipräsidiums Richtung Büro, um nach den Obduktionsberichten zu sehen. Unterwegs lief ihm unversehens Oberkommissarin Schäfer quasi in die Arme, als sie, ohne nach links oder rechts zu schauen, urplötzlich die Tür der Damentoilette aufriss und ein wenig unkoordiniert auf den Gang stürzte. „Mensch, Frau Schäfer, haben Sie mich aber erschreckt“, rief Karl Jensen überrascht aus, während er seiner Chefin ins Gesicht blickte. Das grünlich gefärbte Gesicht sowie die tiefschwarzen Augenränder blieben ihm natürlich nicht verborgen, wären aber auch kaum zu übersehen gewesen. „Oh, Frau Schäfer, geht es Ihnen nicht gut?“, fragte er in einem Ton, der sorgenvoll klingen sollte. Doch die Oberkommissarin zeigte an diesem Vormittag keinerlei Gespür für ironische Untertöne, eine kurze, matte Handbewegung war alles, was ihre Kräfte zuließen. Karl Jensen wechselte dezent und rücksichtsvoll das Thema und fragte in einer eher dienstlichen Tonlage: „Soll ich Ihnen einen Sachstandsbericht über den Jagdunfall mit Todesfolge, der sich in Brakstedt ereignete, geben?“ Oberkommissarin Schäfer, stets ein Vorbild an Diensteifer und Pflichterfüllung, riss sich mit aller Macht zusammen und brachte zumindest ein knappes Nicken zustande. Doch bevor Kommissar Jensen auch nur ansatzweise mit seinem Bericht beginnen konnte, gab seine Chefin leise, doch eindeutige Würgegeräusche von sich und verschwand Sekunden später wieder auf der Damentoilette. Karl Jensen schüttelte schmunzelnd den Kopf, während er den Weg zu seinem Büro wieder aufnahm. „Wer das Feiern nicht vertragen kann, der sollte es bleiben lassen“, dachte er für sich, während er die Türklinke seines Büros niederdrückte, nicht ahnend, dass die nächste Überraschung bereits auf ihn wartete. Denn Martin Blöcker saß an seinem Schreibtisch und blätterte lustlos in irgendwelchen Unterlagen.

„Mensch, Martin, was machst du denn hier? Ich denke, du bist noch für den Rest der Woche krankgeschrieben?“ Martin Blöcker drehte sich zu seinem Kollegen um und präsentierte somit sein ansonsten so fein geschnittenes, markantes Gesicht. Entsetzt wich Karl

Jensen um einige Schritte zurück. „Mensch Martin, du siehst ja aus, als ob du mit einem Grizzlybären geknutscht hättest. Dein ganzes Gesicht ist ja nur noch eine einzige Schwellung mit unzähligen blauen Flecken drin. Mund und Augen lassen sich allenfalls noch erahnen. Wie um alles in der Welt sieht bloß die Straßenlaterne aus, die du umgelaufen haben willst?“ „Mach dich noch über mich lustig“, lispelte Martin Blöcker kaum verständlich durch die überdimensional angeschwollenen Lippen. „Ich habe nur kurz nach oben geblickt, und plötzlich stand diese blöde Eisenstange mitten auf dem Gehweg herum.“ „Aber wieso bleibst du nicht zu Hause und lässt dich von deiner Frau bemuttern?“, fragte Karl Jensen ein wenig verständnislos. Martin Blöcker zögerte für einen Moment und setzte ein verlegenes Grinsen an, das seine Gesichtszüge noch fratzenhafter erscheinen ließ. „Wer lässt sich schon wegen solch einer Kleinigkeit zu Hause pflegen. Gerade jetzt, wo wir so viel Arbeit haben, kann ich dich doch nicht einfach im Stich lassen!“ Karl Jensen konnte sich zwar nicht entsinnen, wo diese Berge von Arbeit zurzeit liegen sollten, doch er enthielt sich vorsichtshalber weiterer Kommentierungen. „Na ja, ist schon schön, dass du wieder da bist, Martin. Ich werde dir nachher einige Eisbeutel holen, damit du deine entgleisten Gesichtszüge wieder auf Normalmaß runterkühlen kannst.“ Martin Blöcker drehte sich wieder zu seinem Schreibtisch um, erleichtert, dem für ihn offensichtlich unangenehmen Thema entronnen zu sein. „Und was gab es hier in der Zwischenzeit?“, fragte er leise und darauf bedacht, die schmerzenden Lippen so wenig wie möglich zu bewegen. „Nichts Besonderes, in Brakstedt hat ein Jäger bei Mondschein auf ein Wildschwein geschossen. Nur leider handelte es sich bei näherem Hinsehen um einen Menschen. Die Presse wird die ganze Sache spätestens morgen bis aufs Kleinste ausschlachten, denn bei dem Schützen handelt es sich ausgerechnet um den Bürgermeister von Brakstedt. Er war zumindest so anständig, von sich aus die Polizei zu alarmieren und die Wahrheit ohne Ausflüchte oder Ausreden offen einzugestehen. Tragisch bei solchen Unfällen ist nur, dass ein einzelnes schwarzes Schaf, ein einzelner unfähiger Schütze, das Image der gesamten Jägerschaft ruiniert. Na ja, das ist glücklicherweise nicht mein Problem. Ich warte jetzt nur noch den Obduktionsbericht ab, und wenn Uwe Jochimsen den Tathergang bestätigt, ist die Angelegenheit für uns erledigt.“ Im selben Moment klingelte das Telefon und Karl Jensen griff zum Hörer. „Na, Uwe, du alter Kurpfuscher! Hat dein Patient die Aussagen des Täters bestätigt?“, flachste der Kommissar ins Telefon. Doch Augenblicke später versteinerte sich seine Miene, und er horchte stumm auf die Ausführungen des Gerichtsmediziners. Auch Martin Blöcker wurde augenblicklich von der Spannung erfasst, die urplötzlich den Raum erfüllte. Sorgsam und nachdenklich legte Karl Jensen den Telefonhörer zurück auf die Gabel. Erwartungsvoll, fast wie ein Hund, der auf das Kommando seines Herrn wartet, schaute Blöcker seinen Kollegen an. „Tja, Martin, ich fürchte, der Fall Brakstedt wird wohl jetzt ein richtiger Fall werden!“ „Nun lass dir nicht alles einzeln aus der Nase ziehen, Karl. Was hat Jochimsen denn gesagt?“, zischte Blöcker durch die geschwollenen Lippen, ohne auch nur im Geringsten an die Schmerzen zu denken. „Das Opfer, Christian von Seylitz, wurde definitiv nicht mit der Jagdwaffe unseres Bürgermeisters erschossen. Das Kaliber des Geschosses, das Jochimsen im Leichnam gefunden hat, stimmt nicht mit dem Gewehr überein, das Bürgermeister Tramsen führte und aus dem er den Schuss abgab. Auch haben wir neben dem Toten eine Blutlache vorgefunden, die den Gerichtsmedizinern noch Rätsel aufgibt. Die genauen Befunde bekommen wir spätestens gegen Mittag. Na, dann werde ich unserer Schäferin mal Meldung erstatten. Ich bin sicher, dass wird sie schlagartig ernüchtern. Und du, Martin, steckst deinen Kopf am besten in einen Bottich mit eiskaltem Wasser, damit ich mich mit dir wieder unter die Menschheit wagen kann, denn die Jagd auf den Mörder von Brakstedt beginnt.

Kapitel 11

Kommissar Jensen stand angespannt am geöffneten Fenster des Besprechungsraumes und rauchte eine Zigarette, während die Finger seiner linken Hand nervös auf das Holz der Fensterbank trommelten. Am anderen Ende des runden Konferenztisches saß Martin Blöcker und tupfte behutsam sein geschundenes Gesicht mit einem Eisbeutel ab. „Sag mal, Karl, weißt du, was heute mit unserer Schäferin los ist? Die Besprechung war doch für 14.00 Uhr anberaumt, und jetzt ist es gleich halb drei! Sie legt doch sonst so viel Wert auf Pünktlichkeit!“ Karl Jensen grinste boshaft. „Unsere Chefin leidet heute an einer nervösen Magenverstimmung. Vielleicht hätten wir unsere Gesprächsrunde lieber im Sanitärbereich abhalten sollen, dann wäre sie bestimmt pünktlich gewesen.“ In diesem Augenblick öffnete sich die Tür und Oberkommissarin Schäfer betrat mit leicht zittrigen Knien, aber entschlossenem Gesichtsausdruck den Raum. Mit einer gewissen Hektik und fest aufeinander gepressten Lippen strebte sie zielbewusst den am nächsten befindlichen Stuhl an, um sich mit einem erleichterten Seufzer darauf niederzulassen. Sie begrüßte ihre Kommissare mit einem leichten Kopfnicken und blickte prüfend in der Runde, während sie ihre rechte Hand unauffällig in der Magengegend platzierte. Einen Moment verweilte sie mit einem Ausdruck des Bedauerns und des Mitleids auf dem entstellten Gesicht Martin Blöckers, um sich dann mit aller Aufmerksamkeit Karl Jensen zuzuwenden. „So, Herr Jensen, Sie deuteten an, dass der Obduktionsbericht bezüglich des Jagdunfalls in Brakstedt bemerkenswerte Neuigkeiten offenbart hätte. Also bitte, legen Sie die Fakten auf den Tisch!“ Karl Jensen räusperte sich und blätterte ein wenig hektisch in den Unterlagen. „Aus dem Untersuchungsbericht der Gerichtsmediziner geht eindeutig hervor, dass Christitan von Seylitz mit einer Kurzwaffe im Kaliber 9 mm erschossen wurde und definitiv nicht mit einer Jagdwaffe, wie sie Volkmar Tramsen an dem bewussten Abend führte.“ „Das ist in der Tat bemerkenswert!“ Oberkommissarin Schäfer vergaß für einen kurzen Moment ihren rebellischen Magen. „Aber ich denke, dieser Tramsen hat bereits gestanden!“, warf Martin Blöcker überrascht ein. „Nein, nein, Martin, Volkmar Tramsen hat nur gestanden, auf ein vermeintliches Wildschwein geschossen und den toten von Seylitz an eben der Stelle vorgefunden zu haben. Wohlgemerkt mit seiner Jagdwaffe!" „Vielleicht führte Herr Tramsen ja auch eine Pistole mit sich und benutzte diese im Eifer des Gefechtes", vermutete die Oberkommissarin. „Ausgeschlossen", konstatierte Jensen, „zum einen erscheint es mir unmöglich, auf eine Distanz von etwa 70 Metern einen gezielten Schuss mit einer Pistole abzugeben und zum anderen besitzt Volkmar Tramsen zumindest offiziell weder eine Pistole noch einen Revolver laut Eintragungen in seiner Waffenbesitzkarte." „Aber auf was in aller Welt hat der Tramsen dann geschossen?", fragte Martin Blöcker, während er hilflos mit seinem Eisbeutel herumhantierte. Karl Jensen nickte zustimmend: „Das wüsste ich auch gern, Martin. Denn die Blutlache neben der Leiche stammt definitiv nicht von Christian von Seylitz. Laut Untersuchungsbefund weist der Blutfleck eine ganz andere Blutgruppe auf." Oberkommissarin Schäfer versuchte sich in einer weiteren Theorie: „Vielleicht traf er ja wirklich ein Wildschwein, dass zufällig neben der Leiche stand und verwundete es." Karl Jensen widersprach erneut: „Nein, auch das Blut stammt definitiv von einem Menschen." „Habt ihr denn irgendwelche Fußspuren gefunden, die uns einen Hinweis auf eine weitere Person liefern könnten?", wollte Martin Blöcker wissen. „Keine Chance, Martin", antwortete Karl Jensen, „der Boden ist nach der langen Trockenheit steinhart. Ein Elefant könnte dort kreuz und quer marschiert sein, ohne auch nur einen Abdruck zu hinerlassen." „Na gut", resümierte Oberkommissarin Schäfer, „es ist unsere Aufgabe, derartige Rätsel zu lösen! Wer wurde bisher verhört, Herr Jensen, und mit welchem Ergebnis?" „Da wir bisher von einem Jagdunfall ausgingen, liegt bislang nur die Aussage des mutmaßlichen Schützen vor. Natürlich habe ich auch die Ehefrau des Opfers informiert. Die Betroffenheit schien jedoch nicht sonderlich groß zu sein. Die Befürchtung aber, ihre im Internat lebende Tochter könnte vom Tod ihres Vaters aus der Presse erfahren, brachte sie fast aus der Fassung." „Gut, meine Herren, vor uns liegt also noch eine Menge Arbeit. Welche weitere Vorgehensweise schlagen Sie vor, Herr Jensen?" „Da Kollege Blöcker sich zurzeit sowieso nicht in der Öffentlichkeit blicken lassen kann, ohne eine Massenhysterie auszulösen, sollte er sich telefonisch mit den offiziellen Stellen in Verbindung setzen; die finanziellen Verhältnisse überprüfen und das Testament anfordern“, erörterte Karl Jensen den Einsatzplan, während er seinem Mitstreiter mit einem süffisanten Lächeln zuzwinkerte. „Ich selbst werde mich mit dem persönlichen Umfeld des Opfers befassen und versuchen, etwas über seine Charaktereigenschaften und seine Besonderheiten in Erfahrung zu bringen. In einer Stunde bin ich mit Volkmar Tramsen im Bürgermeisteramt in Brakstedt verabredet und danach werde ich nochmals Frau von Seylitz aufsuchen.“

Oberkommissarin Schäfer nickte zustimmend. „Fühlen Sie dem Herrn Bürgermeister gehörig auf den Zahn. Ich kann mir beim besten Willen nicht vorstellen, dass er nicht irgendwie in die Sache verstrickt ist. Zudem handelt es sich bei ihm um den einzigen konkreten Anhaltspunkt, den wir in diesem merkwürdigen Fall überhaupt haben.“ Karl Jensen spielte gedankenverloren mit dem Kugelschreiber in seiner Hand. „Ich kann mir nur wünschen, dass Sie recht haben“, murmelte er, „denn wenn sich Bürgermeister Tramsen als falsche Fährte erweist, haben wir ein echtes Problem!“ Doch die Oberkommissarin fand langsam, aber sicher zu ihrer alten Form zurück: „Nun lassen Sie sich nur nicht ins Bockshorn jagen, Jensen, es gab schon so manchen verzwickten Fall, so manches verschlungene Knäuel, doch wir haben es stets Stück für Stück entflochten. Also, keine Müdigkeit vorschützen, meine Herren, und viel Erfolg bei Ihren Ermittlungen!“

Karl Jensen konnte seine Chefin nur um ihren Optimismus bewundern und hoffte inständig, dass sie recht behalten würde.

## Kapitel 12

Tief in einem großen schwarzen Ledersessel zusammengekauert starrte Bürgermeister Tramsen auf die Titelseite des Brakstedter Stadtanzeigers, auf der in übergroßen Buchstaben die Überschrift „Bürgermeister knallt auf der Jagd unschuldiges Opfer nieder" prangte. Danach folgte ein ausschweifender Artikel über jagende Mordgesellen, der keinen Zweifel über die Einstellung des Verfassers zum Waidwerk zuließ. Das Telefon im Rathaus stand nicht still, doch der Bürgermeister lehnte jegliches Gespräch kategorisch ab. „Nun sehen Sie mal, Frau Wohltmann, was der Röber da fabriziert hat", jammerte er, während seine Sekretärin mit einem großen Glas Weinbrand das Büro betrat. „Als wilder Schießer und gedankenloser Schlächter werde ich tituliert! Was bildet sich dieser kleine Stadtschreiberling denn ein! Anzeigen werde ich ihn wegen übler Nachrede und Verleumdung!" Sigrid Wohltmann schüttelte mitleidig ihren Kopf, während sie die hochprozentige Nervennahrung auf den Schreibtisch stellte.

„Ich glaube nicht, dass dies ein guter Plan ist, Herr Tramsen, ich fürchte, damit würden Sie noch mehr Öl ins Feuer gießen."

„Das ist das Ende", konstatierte der Bürgermeister von Brakstedt, während er das Glas auf einen Zug leerte. Mit Tränen in den Augen stürmte die treue Sekretärin aus dem Amtszimmer und prallte heftig mit Karl Jensen zusammen, der unbemerkt die heiligen Hallen betreten hatte. Bei aller Verzweiflung um das tragische Geschick ihres Chefs vergaß Sigrid Wohltmann nicht ihre originären Pflichten.

„Wer sind Sie? Was wollen Sie? Der Bürgermeister ist heute für keinen zu sprechen! Bitte verlassen Sie sofort das Büro!" So kommandierte sie resolut, während sie sich kampfbereit vor dem Eindringling aufbaute. Karl Jensen zückte unbeeindruckt seinen Dienstausweis. „Kommissar Jensen von der Kripo Kiel. Ich bin mit Herrn Tramsen verabredet." Bevor die tapfere Sekretärin die Verteidigung ihres Dienstherrn fortsetzen konnte, trat dieser mit hängenden Schultern aus seinem Amtszimmer. „Moin, Herr Kommissar. Haben Sie die Handschellen dabei oder geht es auch ohne? Ich verspreche Ihnen, keinen Fluchtversuch zu unternehmen."

„Nun mal nicht so schnell mit den jungen Pferden“, beschwichtigte dieser. „Ich glaube, ich habe einige interessante Neuigkeiten für Sie. Lassen Sie uns bei einer Tasse Kaffee noch mal in Ruhe alle Fakten durchgehen.“

Kurze Zeit später lief Bürgermeister Tramsen aufgeregt in seinem Büro auf und ab. „Das ist ja geradezu unglaublich, was Sie mir da erzählen, Herr Kommissar. Also, ich schwöre Ihnen, ich besitze nur das eine Gewehr und mit dem habe ich auch geschossen!“

Im selben Moment klingelte Karl Jensens Handy. Während des Telefonats legte sich seine Stirn immer mehr in Falten und automatisch griff er zu seinen Zigaretten. Volkmar Tramsen lächelte fein, während er in den Tiefen seines Schreibtisches nach einem Aschenbecher suchte. „Eigentlich ist das Rathaus ja rauchfreie Zone, aber in diesem besonderen Fall …“ Dankbar steckte sich der Kripomann seine Zigarette an. „Also, Herr Tramsen, das war mein Kollege. Die Obduktion der Leiche hat zweifelsfrei ergeben, dass der tödliche Schuss aus einem Revolver, Kaliber 9 mm, abgefeuert wurde. Zudem handelt es sich bei dem Fundort definitiv nicht um den Tatort. Mit anderen Worten, Sie haben auf einen Toten geschossen und den nicht einmal getroffen.“ Bürgermeister Tramsen warf sich völlig perplex in seinen Stuhl und drückte mechanisch einen Knopf der Telefonanlage. „Frau Wohltmann, bitte Cognac!“ Karl Jensen blickte sein Gegenüber prüfend an. „Daraus ergeben sich zwangsläufig zwei mögliche Gedanken. Entweder es handelt sich um einen unglaublichen Zufall oder irgendjemand wollte Ihnen einen Mord in die Schuhe schieben.“ Tramsen sprang wie elektrisiert auf. „Ich habe zwar jede Menge politische Widersacher und wohl auch persönliche Neider, aber wer sollte ausgerechnet Christian von Seylitz niederschießen und mich hineinziehen wollen? Das scheint mir fast unglaublich.“

„Sie kannten das Opfer doch, Herr Tramsen, wie würden Sie ihn beschreiben?“ Der Bürgermeister öffnete nachdenklich ein Fenster und zog tief die frische Luft ein. „Um ehrlich zu sein, er war überheblich und aufbrausend. Sein cholerisches Temperament und seine Neigung zu Handgreiflichkeiten brachten ihn des Öfteren in Schwierigkeiten. Erst vor kurzem beispielsweise, prügelte er sich mit unserem Straßenmusiker, dem Moosleitner, auf offener Straße. Ich bin sicher, Sie werden in seinem persönlichen Umfeld eine Menge Leute finden, die tiefe Rachegedanken hegten. Aber einen konkreten Verdacht habe ich spontan nicht."

„Und wie würden Sie das Verhältnis zu seiner Ehefrau bewerten?"

„Ich habe keinen direkten Kontakt zu den beiden gepflegt. Nach außen führten sie eine harmonische Ehe. Es tut mir leid, Herr Kommissar, wenn ich Ihnen in dieser Richtung nicht weiterhelfen kann." Karl Jensen erhob sich: „Ich hoffe, Herr Tramsen, ich konnte Ihnen eine große Last von der Seele nehmen, aber das nächste Mal schauen Sie genauer hin, worauf Sie schießen!"

„Seien Sie sicher, Herr Kommissar, meinen Lebtag werde ich dieses fürchterliche Erlebnis nicht vergessen. Ich danken Ihnen von Herzen für Ihren Besuch und Ihre Ermittlungsergebnisse." Karl Jensen hatte alle Mühe, sich aus der stürmischen Umarmung des überglücklichen Bürgermeisters zu lösen und ohne weitere Liebesbekundungen die Tür zu erreichen. Auf einmal stutzte Bürgermeister Tramsen. „Das ist merkwürdig, Herr Kommissar, seit der Prügelei mit von Seylitz habe ich den Moosleitner nicht mehr gesehen. Normalerweise steht er um diese Zeit immer auf dem Rathausplatz und bettelt sich sein Mittagessen zusammen. Nur heute ist von ihm nichts zu hören oder zu sehen. Vielleicht bewerte ich die Sache viel zu hoch, aber erwähnenswert scheint es mir doch." Karl Jensen nickte kurz und verließ das Rathaus. Auf dem letzten Treppenabsatz blieb er nachdenklich stehen und griff spontan zum Handy. „Hallo Martin, versuch bitte alles über einen gewissen Moosleitner rauszukriegen und beauftrage den Kleinmann, ihn aufzutreiben."

Währenddessen klingelte Bürgermeister Tramsen voller Eifer nach seiner Sekretärin: „Frau Wohltmann, bestellen Sie sofort unseren wackeren Lokalreporter Nils Röber zum Interview, es gibt viel Neues zu verlautbaren!"

## Kapitel 13

Karl Jensen stand vor der großen Eingangstür des Herrenhauses derer von Seylitz und drückte zum wiederholten Mal den fein ziselierten Klingelknopf. Wieder fühlte er sich zurückversetzt in frühere Zeiten und spürte den Hauch hochherrschaftlichen Flairs. Wie zur Bestätigung öffnete endlich ein junges, dralles Mädchen mit weißer Schürze und einem kleinen Häubchen auf dem rundlichen Kopf. „Sie wünschen?“, fragte sie kapp, während sie ihn unverhohlen misstrauisch musterte. „Mein Name ist Jensen von der Kripo Kiel, ich hätte gern Frau von Seylitz gesprochen“, antwortete er amüsiert wegen des frostigen Empfangs. Das junge Mädchen erbleichte und wich ängstlich einige Schritte zurück. „Die gnädige Frau ist ausgefahren, aber wenn Sie wegen des Schmuckes kommen, ich habe nichts damit zu tun, das schwöre ich Ihnen“, kam es hastig über ihre Lippen. Karl Jensen horchte auf. „Nun erzählen Sie mir erst einmal, wer Sie sind, und was, bitte schön, hat es mit dem Schmuck auf sich? Ich verspreche Ihnen, wir werden die Angelegenheit aufklären, und wenn Sie die Wahrheit sagen, werden wir Ihre Unschuld schon beweisen können. Vertrauen Sie mir.“ Das rundliche Gesicht bekam langsam wieder seine rosa-rote Farbe und die Mundwinkel entspannten sich.

„Mein Name ist Agnes Hamann, und ich arbeite seit fast zwei Jahren als Hausmädchen bei den von Seylitz. Vor drei Tagen suchte der gnädige Herr den Familienschmuck, um seiner Tochter zum 18. Geburtstag ein Paar hübsche Ohrringe herauszusuchen. Dabei stellte er fest, dass einige kostbare Ringe und eine mit Brillanten besetzte Halskette fehlten. Es gab eine Riesenaufregung und der gnädige Herr tobte wie ein Berserker durch das ganze Haus. Er beschuldigte mich und die Köchin und drohte mit der Polizei. Ich schwöre Ihnen bei allen Heiligen, Herr Kommissar, ich habe keinen Schmuck gestohlen.“

Agnes Hamann schlug verzweifelt die Hände vor ihr Gesicht und ließ den Tränen ihren freien Lauf. Karl Jensen tätschelte ihr beschwichtigend die Schulter. „Ist ja schon gut, verlassen Sie sich mal ganz auf uns! Richten Sie Frau von Seylitz aus, dass ich sie sprechen wollte. Ich werde mich wieder melden. Einen schönen Tag noch.“

Nachdenklich marschierte der Kommissar wieder zu seinem Auto. Die Sonne schien warm und ein leichter, frischer Wind ließ das Ende des Spätsommers bereits erahnen. Karl Jensen entschied sich für eine Tour übers Land. Langsam rollte er den von Stoppelfeldern umsäumten Feldweg entlang, während er über das eben Gehörte nachgrübelte. Er erreichte eine mit Linden bestandene weitläufige Allee, deren erste gelbliche Blätter ebenfalls den nahenden Herbst ankündigten. Es schien, als wenn die Natur den Atem anhielt, um die schönen, warmen Tage des Sommers festzuhalten und zu bewahren, bis im nächsten Jahr der Frühling wieder Einzug halten würde. Karl Jensen ließ den Wagen langsam ausrollen und stieg aus, um die einmalige Atmosphäre tief in sich aufzusaugen. Unzählige Schmetterlinge flatterten ein wenig orientierungslos um ihn herum und eine Vielzahl von Hummeln und Bienen suchten geschäftig brummend die wenigen farbigen Blüten nach Honig und Pollen ab. „Moin, moin, junger Mann“, tönte es plötzlich neben ihm, und Karl Jensen zuckte erschreckt zusammen. Ein alter gebeugter Mann mit wettergegerbtem Gesicht stand mit einem alten rostigen Fahrrad wie aus der Erde gewachsen neben ihm und blickte ihn aus blauen, klugen Augen unter buschigen Brauen fragend an. „Sie haben sich wohl verfahren, was? Sie befinden sich auf Privatbesitz. Haben Sie das Verbotsschild vorn am Weg nicht gesehen?“ „Das tut mir leid“, stotterte Jensen, immer noch irritiert über seinen unerwarteten Gesprächspartner. Er beschloss, erst einmal den Ahnungslosen zu spielen. „Ich habe mich wirklich total verfahren. Gut, dass ich Sie getroffen habe. Sie können mir doch sicherlich weiterhelfen?“ Der alte Mann nickte bestätigend. „Ich kenne hier jeden Stein, habe mein ganzes langes Leben hier verbracht.“ „Wem gehört denn all das Land?“, fragte Jensen scheinheilig. Umständlich stopfte der vermeintliche Lotse seine Pfeife. „Gehört alles den von Seylitz. Ist ein uraltes Geschlecht. Habe schon beim alten Gutsherrn gearbeitet. Das war ein echter Kerl. Hart, aber gerecht.“ „Und der jetzige Eigentümer?“, schob Kommissar Jensen vorsichtig nach. Der alte Mann spuckte verächtlich auf den Boden. „Arrogant und aufgeblasen. Konnte nur schreien und prügeln und seine Alte wirft das Geld zum Fenster raus. Und dann noch so dumm, sich als Wildschwein totschießen zu lassen. Na, ja, vielleicht ganz gut so. Geht sowieso alles den Bach runter.“ „Was meinen Sie denn damit?“, fragte Karl Jensen neugierig. Doch der alte Mann stutze plötzlich. „Sie sind wohl von der Presse, was? Wollen mir die ganze Geschichte aus der Nase ziehen, was? Aber nicht mit mir! Pass mal auf, mein Freund, du fährst den Feldweg links hinunter bis zum Wald. Da stößt du auf eine Jagdhütte. Von dort geht's links ab und du kommst direkt an die Hauptstraße nach Brakstedt. Und tschüss!" Karl Jensen salutierte und setzte lächelnd seine Fahrt über Land fort. „Kleine Studienreisen bilden", dachte er amüsiert und erreichte kurze Zeit später den Waldrand, scharf beobachtet von seinem Gesprächspartner. Schon von weitem entdeckte er die dunkel gestrichene Jagdhütte und, was ihn um einiges mehr erstaunte, zwei Autos, die direkt davor parkten. Bei dem einen Wagen handelte es sich zweifelsfrei um den Porsche von Astrid von Seylitz. Von dem zweiten Wagen, einem schweren dunkelfarbigen Mercedes Geländewagen notierte er sich automatisch das Kennzeichen. Er fragte sich, mit wem die Witwe sich an einem so abgelegenen Ort wohl treffen würde.

## Kapitel 14

Astrid von Seylitz rümpfte angewidert die Nase. „Hier stinkt es ja zum Gott erbarmen, Siegfried. Als wenn hier irgendwo noch tote Tiere herumliegen würden. Wie konntest du nur einen derart geschmacklosen Ort für ein Treffen wählen. Ich hätte dir wirklich mehr Feinsinnigkeit zugetraut." Siegfried Möllmann, erster Juwelier in Brakstedt, betrachtete schuldbewusst die roh behauenen Stühle und Tische sowie das einfache Matratzenlager in der Ecke der Jagdhütte. „Du hast ja recht, Astrid, ich habe mir das Jagdhäuschen auch ein wenig mondäner und romantischer vorgestellt. Du hättest mich vorwarnen sollen, denn du musst die Liegenschaften deines lieben Gatten doch kennen!"

Astrid von Seylitz blickte ihren Liebhaber schockiert an. „Du glaubst wohl nicht im Ernst, dass ich jemals etwas anderes als unser Herrenhaus betreten hätte, und selbst das kostete mich all die Jahre wahrlich Überwindung. Aber ich konnte Christian nie davon überzeugen, eine Villa in der Stadt zu erwerben." Siegfried Möllmann überlegte kurz, ob Astrid von Seylitz, geborene Schmermann, sich wohl noch an ihr Elternhaus, einem Reihenhaus am Stadtrand von Brakstedt erinnern mochte. „Schau, Liebes, hier sind wir zumindest ungestört, denn wer würde sich schon in den äußersten Winkel eures Besitzes verirren und wir waren uns doch einig, dass vor der Beerdigung deines Mannes keiner von unserer Liebe erfahren sollte." Zärtlich legte er seine Hände um ihre Taille und drückte sie fest an sich. „Lass das jetzt!", wehrte sie energisch ab und entzog sich mit einer raschen Bewegung seinem Griff. „Dafür ist später noch Zeit genug, Siegfried. Sag mir lieber, ob du das Geld für die Halskette und die Ringe mitgebracht hast, denn ich habe für das Wochenende einen Kasinobesuch geplant." Siegfried Möllmann zog aus seiner Brusttasche ein größeres Bündel 500-Euro-Noten und legte das Geld mit einem unsicheren Blick auf den massiven Esstisch. „Ich habe leider nicht so viel herausholen können, wie ich es eigentlich erhofft hatte, Liebling. Leider entsprechen die Stücke nicht so ganz dem heutigen Geschmack, so dass der Interessentenkreis sich sehr in Grenzen hielt. Ich habe aber getan, was ich konnte." „Und bist dabei sicherlich auch auf deine Kosten gekommen, mein Lieber. Na, ja, leben und leben lassen. Damit komme ich erst einmal aus", zwitscherte sie vergnügt, während sie mit dem Geldbündel umherwedelte. Vorsichtig glitt Siegfried Möllmann auf eine der Holzbänke und schaute sie verblüfft an. „Wie leicht du dich von all den Wertsachen trennen kannst, verwundert mich immer wieder." Verächtlich zuckte die Gutsherrin mit den Achseln. „All das Zeug ist doch totes Kapital! Ich lebe jetzt und heute. Sieh dir nur Christian an. Der liegt jetzt tot in einer Kühlzelle und wartet auf seine Bestattung in der Familiengruft. Und was hat er von all seinen Besitztümern gehabt? Gar nichts. Aber ich will mein Leben genießen bis zum letzten Atemzug."

„Denkst du gar nicht an deine Tochter?", wollte der Juwelier wissen. „Die erbt den Rest", antwortete Astrid von Seylitz knapp und steckte das Geld lässig in ihre Handtasche. „Du hättest hören müssen, wie Christian tobte, als er bemerkte, dass der Familienschmuck nicht mehr vollständig war. Ich befürchtete wirklich, er käme dahinter, wer eine anderweitige Verwendung für die alten, verstaubten Klunker haben könnte. Ich glaube, er hätte mich erwürgt." Unbewusst fasste sich Astrid von Seylitz an ihren Hals. „Er hat nie begriffen, dass ich als seine Frau dasselbe Anrecht darauf hatte wie er selbst", sagte sie fast entschuldigend. „Er ist zum richtigen Zeitpunkt gestorben." Lange starrte Siegfried Möllmann auf seine Geliebte. „Manchmal machst du mir richtig Angst", bemerkte er trocken. „Komm, lass dich küssen, damit wir auf andere Gedanken kommen." Mit einem ungestümen Satz sprang er auf, so dass der Stuhl krachend nach hinten polterte, und umarmte sie leidenschaftlich. Sie erwiderte zwar den Kuss, doch ihre Arme hingen teilnahmslos herab. Plötzlich erstarrte sie und lauschte angestrengt. „Du, Siegfried, mir ist, als hätte ich eben ein Auto entlangfahren hören. Schau doch mal nach." „Unsinn, Liebes, wer sollte denn hier vorbeikommen. Du verwechselst das mit dem Rauschen der Bäume um uns herum." Erneut schloss er sie in seine Arme, doch sie schüttelte ihn ab wie ein lästiges Insekt. „Nein, Siegfried, ich kann nicht. Es ist unheimlich hier und ich habe das Gefühl, wir werden beobachtet. Ich will auf der Stelle raus aus dieser muffigen, verdreckten Hütte. Wer weiß, welche Landstreicher bereits in dieser Bude gehaust haben."

„Da könntest du vermutlich recht haben, sieh mal die leeren Konservendosen da hinten am Herd“, bemerkte er verbittert wegen des vermasselten Schäferstündchens.

Astrid von Seylitz drehte sich angewidert um und riss hektisch die Tür auf. „Tschüss, Siegfried, bis zum nächsten Mal. Aber dann an einem freundlicheren Ort!“ Mit schnellen Schritten erreichte sie ihr Auto und raste mit aufheulendem Motor und durchdrehenden Reifen davon. Siegfried Möllmann seufzte enttäuscht und wandte sich ebenfalls dem Ausgang zu, als er in einer Ecke einen alten, speckigen Cowboyhut entdeckte. Spontan nahm er ihn in die Hand und betrachtete ihn nachdenklich. „Irgendwo habe ich das gute Stück doch schon gesehen“, überlegte er einen Augenblick. Dann zuckte er mit den Achseln und warf den Hut nachlässig auf den Fußboden. „Was für ein verpatzter Tag“, dachte er verbittert, während er zu seinem Wagen schritt. „Na, zumindest habe ich eine beträchtliche Tantieme bei der ganzen Schmucktransaktion kassiert.“ Der Gedanke an den schnellen Verdienst erheiterte ihn zusehends und nahm all seine Sinne gefangen. Daher übersah er auch den alten Mann mit dem rostigen Fahrrad, der hinter einer alten Buche stand und ihn eingehend beobachtete.

## Kapitel 15

Mit dem Ausdruck tiefster innerer Befriedigung nahm Nils Röber auf einem der wuchtigen, ledernen Besprechungssessel im Büro des Bürgermeisters Platz und sah Volkmar Tramsen herausfordernd an: „Na, Herr Bürgermeister, damit ist diese Amtsperiode wohl für Sie gelaufen! Haben Sie mich kommen lassen, um dem Brakstedter Stadtanzeiger exklusiv Ihren Rücktritt zu verkünden? Ich danke Ihnen aufrichtig für Ihren Lokalpatriotismus und verspreche Ihnen hoch und heilig, Ihre Demontage als Titelstory mit allen Fakten und Hintergrundinformationen in aller Ausführlichkeit unseren zahlreichen Lesern zu offenbaren." Volkmar Tramsen überhörte wohlweislich den ironischen Unterton, lehnte sich betont lässig in seinem Sessel zurück und betrachtete sein Gegenüber mit prüfendem Blick, ohne ein Wort zu sprechen. Trotz seiner kaum zweijährigen Berufserfahrung verfügte Nils Röber über einen ausgezeichneten journalistischen Spürsinn. „Irgendetwas hat der alte Fuchs in der Hinterhand, ich fühle es bis in die Spitze meines Bleistiftes", dachte er hastig und trommelte nervös mit den Fingerkuppen auf seinen Notizblock. Volkmar Tramsen registrierte die plötzliche Unsicherheit seines Gegenübers sehr wohl, gab sich aber betont väterlich. „Ich freue mich, mein lieber junger Freund, dass Sie sich die Zeit genommen haben, Ihre Informationen direkt bei mir einzuholen, bevor Sie die Öffentlichkeit mit völlig veralteten Erkenntnissen unbeabsichtigt in die Irre führen. Das zeugt von einer gesunden Einstellung zum soliden Journalismus und spricht durchaus für Sie. Machen Sie nur weiter so, dann werden Sie es hier in Brakstedt noch weit bringen." Der dunkelhaarige Mann fixierte den Bürgermeister scharf durch seine dickglasige Hornbrille, während die rechte Augenbraue vor Nervosität wild hin und her zuckte. In den knapp zwei Jahren, die Nils Röber als Lokalreporter für den Brakstedter Stadtanzeiger tätig war, hatte er sich einen Ruf als der „Rote Nils" erarbeitet. Mit einem wahren Feuereifer bekämpfte er, wo es nur ging, die sogenannte herrschende Klasse und suchte mit einer nicht enden wollenden Akribie nach Skandalen und Skandälchen in der ihm so verhassten heilen bürgerlichen Welt. Auch Bürgermeister Tramsen zählte für ihn zu dem maroden, korrupten politischen System, das es zu beseitigen galt. Daher verunsicherte ihn der moderate, ja fast freundschaftliche Tonfall seines persönlichen Widersachers auf das Äußerste. Unbeherrscht sprang er auf und lief wie ein gereizter Tiger durch das Büro, während er wie von Sinnen brüllte: „Sie haben einen Menschen erschossen, während Sie Ihrem elitären Hobby frönten! Nur weil Sie als Hobbyjäger gedankenlos in der Gegend herumgeballert haben, musste ein Unschuldiger sein Leben lassen. Aber das prophezeie ich Ihnen, Tramsen, aus dieser Geschichte werden Sie sich nicht herauskaufen können, dafür werde ich persönlich sorgen!“ Schwer atmend stützte sich der junge Journalist mit beiden Händen auf dem Schreibtisch auf und blickte den Bürgermeister von Brakstedt mit hassverzerrtem Gesicht in die Augen. Doch Volkmar Tramsen war lange genug im Geschäft, um sich von derartigen Drohgebärden nicht beeindrucken zu lassen. Ruhig, ja fast amüsiert, erwiderte er den durchdringenden Blick, während eine weit beunruhigtere Sekretärin vorsichtig die Tür öffnete und ängstlich fragte: „Ist Ihnen etwas geschehen, Herr Bürgermeister? Soll ich vielleicht die Polizei holen?“ Volkmar Tramsen winkte lässig ab. „Ist schon gut, Frau Wohltmann, unser junger Freund zeichnet sich eben durch eine Menge Temperament aus. Lassen Sie nur, ich habe alles fest im Griff.“

Betont langsam erhob sich Volkmar Tramsen, um mit vor der Brust verschränkten Armen und behäbigen Schritten durch das Büro zu wandern. „Was wollen Sie überhaupt, Röber? Wie Sie wissen, handelt es sich bei dem Opfer um Christian von Seylitz, den Sie vor gar nicht so langer Zeit als den Schrecken der hiesigen Landbevölkerung, als den parasitären Blutsauger seiner Pächter titulierten. Eigentlich müssten Sie dem Täter doch dankbar sein! Aber ich kann Sie beruhigen, ich habe Herrn von Seylitz nicht erschossen!“

Wie vom Donner gerührt, stand Nils Röber vor dem Bürgermeister und starrte ihn mit offenem Mund an. „Was, was soll das heißen?“, stotterte er hilflos. „Was in aller Welt ist das für ein hinterhältiger Trick?“ Volkmar Tramsen grinste ihn boshaft an: „Kein Trick, mein Freund. Ich versichere Ihnen, dass ich den Gutsbesitzer nicht erschossen habe. Alles weitere erfahren Sie, wenn Sie Glück haben, von der Polizei. Ich jedenfalls bin nicht befugt, Ihnen weitere Auskünfte während der laufenden Ermittlungen zu erteilen.“ Der Journalist fand nur mit Mühe zu seiner gewohnten Souveränität zurück.

„Sie glauben doch nicht im Ernst, Tramsen, dass ich mich von Ihnen ins Bockshorn jagen lasse! Meine Leser haben ein Anrecht auf die Wahrheit, und das können selbst Sie nicht verhindern!“ Volkmar Tramsen nickte zustimmend. „Die Wahrheit. Selbstverständlich. Und deshalb warne ich Sie, Herr Röber. Falls ich auch nur mit einer Zeile in einen direkten Zusammenhang mit dem Mord gebracht werde, zeige ich Sie wegen Verleumdung und übler Nachrede an. Ich verspreche Ihnen, ich breche Ihnen Ihr kleines journalistisches Genick. Aber wie wäre es mit einem kleinen Friedensangebot: Ich lade Sie zu einem leckeren Mittagessen in die ‚Drei Kronen' ein. Es sind gerade Wildwochen angesetzt, und ich habe mir sagen lassen, die Rehkeule soll hervorragend schmecken.“ Nils Röber, bekennender Sozialist, Jagdgegner und überzeugter Vegetarier, verzog angewidert das Gesicht und zischte: „Ich kriege Sie noch, Tramsen, verlassen Sie sich darauf!“ Mit einem lauten Knall schloss sich die Bürotür hinter dem hinausstürmenden Journalisten. Zurück blieb ein gut gelaunter Bürgermeister, der sich zufrieden die Hände rieb, während er leise murmelte: „Den hätten wir fürs Erste mundtot.“

## Kapitel 16

Nachdenklich schaute Karl Jensen seinen Kollegen Martin Blöcker und dessen verschwollenes Gesicht an. „Sag mal, Martin, was ist nun wirklich mit deinem Gesicht passiert?“, fragte er unvermittelt, während er genießerisch an seiner Zigarette zog. Martin Blöcker schreckte mit einem verlegenen Lächeln, das durch die Schwellungen seltsam grimassenhaft wirkte, aus den Aktenbergen, in die er sich vergraben hatte, auf. „Das habe ich dir doch nun schon mindestens einhundert Mal erzählt“, erwiderte er unwirsch. „Ein Laternenpfahl mitten in Kiel wurde mir zum Verhängnis.“ Karl Jensen winkte unwillig ab. „Das kannst du vielleicht deiner Großmutter erzählen, aber keinem gestandenen Kripobeamten! Was ist nun wirklich passiert, Martin?“

Soweit zwischen all den blauen und roten Schwellungen erkennbar, verschloss Martin Blöcker energisch seinen Mund und wandte sich demonstrativ wieder seinen Akten zu. Doch Kommissar Jensen war nicht gewillt, die Sache damit auf sich beruhen zu lassen. „Pass mal auf, Martin, die Kantine ist zu dieser späten Nachmittagstunde so gut wie leer. Ich lade dich hiermit hochoffiziell zu einer Tasse Kaffee oder Tee und einem Stück Kuchen ein, und du erzählst mir endlich, was wirklich passiert ist.“ Martin Blöcker brummelte irgendetwas Unverständliches in seinen nicht vorhandenen Bart und tat im Übrigen so, als ginge ihn die Sache überhaupt nichts an. Da platzte Karl Jensen der Kragen. „Sag mal, was bist du denn für ein Kollege?“, schnauzte er seinen langjährigen Mitstreiter voller Wut an. „Seit Urzeiten kennen wir uns und teilen jedes Geheimnis miteinander und jetzt kriegst du dein vorlautes Mundwerk nicht auf. Sind wir jetzt Freunde oder nicht? Du kommst jetzt sofort mit in die Kantine und rückst gefällig mit der Sprache raus!“ Ohne seinen Kollegen eines weiteren Blickes zu würdigen, drehte er sich entschlossen um und marschierte schnurstracks zum Ausgang. Martin Blöcker überlegte einen kurzen Moment, um dann entschlossen die vor ihm liegende Akte zuzuklappen. „Warte, Karl, ich komme ja schon“, rief er und folgte dann, immer noch ein wenig widerstrebend. Minuten später saßen die beiden in der hintersten und zugleich dunkelsten Ecke der Kantine. Gespannt und aufmerksam sah Karl Jensen seinen Kollegen an, während dieser mühsam und mit niedergeschlagenen Augen nach Worten suchte. „Nun mal los, Martin, bist du aus Versehen in einen Tigerkäfig gefallen, oder was?“

„Na ja, Karl, schuld sind ja eigentlich die verdammten Pfannkuchen!“ Karl Jensen schnappte verdutzt nach Luft. „Die was?“, war das einzig Geistreiche, was ihm zu dieser Aussage einfiel.

Martin Blöcker fühlte sich nach dem ersten mühsam herausgebrachten Satz bereits erheblich erleichtert, so dass ihm die weiteren Erläuterungen bereits bedeutend flüssiger von den Lippen kamen. „Corinna hat mir an dem Abend eine fürchterliche Szene gemacht, weil sie sich benachteiligt und allein gelassen fühlte. Immer hätte ich nur meinen Beruf im Kopf und käme erst spät abends nach Hause. Seit Monaten hätten wir nichts Gemeinsames mehr unternommen, und wenn es so weiterginge, könne sie für nichts mehr garantieren. Und da wollte ich sie eben mal mit selbst gebackenen Pfannkuchen verwöhnen.“

„Dabei sind dir die Dinger angebrannt und Corinna hat dir die Gourmetmahlzeit um die Ohren gehauen!“, mutmaßte der aufmerksame Zuhörer. Martin Blöcker musste wider Willen herzhaft lachen, und damit brach das letzte Eis der Verschwiegenheit.

„Du warst schon immer bekannt für deine wilden Spekulationen und wüsten Theorien, Karl. Der wahre Ablauf gestaltete sich viel unspektakulärer: Ich wollte die Pfannkuchen zum Wenden in die Luft werfen, wie man es halt immer im Fernsehen bei den Chefköchen bewundern kann. Nur hatte ich leider wohl etwas viel Fett in der Pfanne, das mir beim geplanten Pfannkuchensalto ins Gesicht spritzte. Vor lauter Schreck und Schmerz ließ ich natürlich die Pfanne los und vergaß den blöden Pfannkuchen, der mir dann Sekunden später auf den Kopf prallte. In diesem Moment dachte ich nur an eines: kaltes Wasser! Ich raste wie von Sinnen Richtung Badezimmer, stolperte über den neuen Läufer und knallte mit dem Kopf mit voller Wucht gegen das Klobecken. Die Folgen siehst du ja!“

Karl Jensen schüttelte ungläubig den Kopf. „Mein lieber Martin, wenn ich dich und deinen mangelnden Sinn an Phantasie nicht so lange kennen würde, gäbe es nur eine logische Schlussfolgerung, die ganze Geschichte ist von vorne bis hinten erstunken und erlogen. Aber dir muss ich sie wohl glauben.“

„Ich schwöre dir, Karl, das ist die volle Wahrheit. Und das Schlimmste an der ganzen Sache war, dass Corinna vor lauter Lachen kaum noch Luft holen konnte, während ich halb besinnungslos mit dem dampfenden Pfannkuchen auf dem Kopf vor der Toilette lag."

Karl Jensen schüttelte immer noch ungläubig den Kopf und setzte dann ein breites Grinsen auf. „Bleib lieber bei deiner Laternengeschichte, Martin, das andere glaubt dir sowieso keiner und wenn ja, wird das Pfannkuchendebakel das große Highlight auf dem nächsten Betriebsfest!" „Oh Gott, Karl, bloß das nicht! Du musst mir hoch und heilig versprechen, dass du keiner Menschenseele ein Sterbenswörtchen über mein Missgeschick erzählst!" „Sei ganz beruhigt, wenn Corinna schweigen kann, kann ich es auch." „Komm, Karl, darauf gebe ich ein Bier aus!" Einmütig marschierten die beiden Kripobeamten Richtung Stammkneipe.

# Kapitel 17

Mit einem seltsam unguten Gefühl in der Magengegend fuhr Karl Jensen nach Hause. Irgendwie beschäftigte ihn permanent der fast unerträgliche Gedanke, etwas wirklich Wesentliches vergessen zu haben, nur fiel ihm partout nicht ein, um was es sich wohl handeln könnte. Nervös und innerlich irritiert steckte er sich eine Zigarette an, um diese in Windeseile in Asche zu verwandeln. Unwillig schob er die düsteren Vorahnungen beiseite, denn er freute sich auf Zuhause und seine Frau. Voller Vorfreude betrat er das Haus und blickte in ein total verheultes Gesicht. Eine erste konkretere Vermutung nahm in seinem Kopf Gestalt an, doch blieb ihm keine Zeit, einen wirklich klaren Gedanken zu fassen, denn gnadenlos und ohne jede Vorwarnung ereilte ihn der familiäre Gewittersturm. „Schön, dass du auch endlich nach Hause kommst!“, polterte seine Frau mit puterrotem Gesicht los, während sie angriffslustig die letzten Tränen aus den Augen wischte. „Ich dachte, ich wollte…“, begann er versöhnlich mit seiner improvisierten Verteidigungsrede. „Ich dachte du wolltest heute Nachmittag mit mir in die Klinik fahren, um mir bei der Fruchtwasseruntersuchung beizustehen“, unterbrach sie ihn ungnädig, „doch der Herr Kommissar nimmt sich ja für alles mögliche Zeit, nur für seine Frau und sein ungeborenes Kind nicht!“ „Es tut mir wirklich leid, Susanne, aber du weißt ja, der sonderbare Mordfall in Brakstedt und dann der arme Martin mit seinem zerschundenen Gesicht. Ich bin doch seine bester Freund, und er brauchte heute jemanden, dem er sein ganzes Missgeschick anvertrauen konnte.“

Falls Karl Jensen erwartet hatte, mit dieser Antwort Verständnis für sein Versäumnis zu wecken, täuschte er sich gewaltig. „So, deine Freunde und deine dämlichen Morde hältst du für wichtiger als deine eigene Familie. Wenn du mit deinen Sorgen und Nöten Unterstützung brauchst, bin ich gut genug, aber wenn ich ausnahmsweise mal deinen Beistand benötige, ist von dir nichts zu sehen oder zu hören! Weißt du überhaupt, wie schmerzhaft und beängstigend es ist, eine meterlange Spritze in den Unterleib gejagt zu bekommen? Und dann die furchtbare Angst, das Kind könnte krank oder behindert sein! Ich habe heute Höllenqualen ausgestanden und kein Mensch war da, um mir die Hand zu halten und mir beizustehen. Wenn du dir so dein zukünftiges Familienleben vorstellst, Karl, dann führe es alleine, mit mir kannst du dann nicht rechnen!" Karl Jensen streckte resigniert und beschämt die Waffen. „Es tut mir aufrichtig leid, Schatz. Ich liebe dich doch mehr als alles andere auf der Welt. Du und unser Kind sind alles, wofür ich arbeite und lebe." Zärtlich nahm er seine Frau in den Arm und drückte sie vorsichtig an sich. „Ich weiß selbst nicht, wie ich diesen Termin vergessen konnte. Bitte verzeih mir. Wie kann ich das nur wieder gut machen?" „Indem du übermorgen mitkommst, um mit dem Arzt die Untersuchungsergebnisse durchzusprechen", antwortete sie prompt, mit einem leisen Grummeln in der Stimme. „Falls du glaubst, Karl, damit ist alles vergessen und vergeben, täuschst du dich. Zukünftig wünsche ich mir einen Ehemann, auf den ich mich auch in kritischen Situationen verlassen kann, versprochen?"

„Hoch und heilig", versicherte er erleichtert und gab seiner Frau einen zärtlichen Kuss. „Das soll dich aber nicht abhalten, dir über eine weitere Wiedergutmachung Gedanken zu machen", ergänzte sie mit einem schelmischen Augenaufschlag.

„Ebenfalls hoch und heilig versprochen, aber erwarte bitte nicht, dass ich Pfannkuchen für dich zubereite", antwortete er lachend.

Im Herrenhaus derer von Seylitz fand ebenfalls eine Familienunterredung statt. Astrid von Seylitz saß mit ihrer Tochter in dem kleinen, heimeligen Lesesalon und betätigte aufgeregt die silberne Klingel. Augenblicke später betrat das Hausmädchen den Raum. „Bringen Sie uns bitte endlich den Tee, Agnes, wir warten bereits seit Stunden darauf!", lautete das herrische Kommando. Ohne ein Wort des Widerspruchs nickte Agnes Hamann und verließ das Zimmer. „Was soll das denn, Mutter, wir sind doch erst angekommen", bemerkte Carola von Seylitz verständnislos.

„Du weißt eben nicht, mein Kind, wie man Dienstboten behandelt", verteidigte die Mutter ihr Verhalten. Kurz darauf stand der dampfende Tee auf dem Tisch und Astrid von Seylitz nippte genießerisch an der goldumrandeten Tasse. „Schön, dass dich meine Nachricht endlich erreicht hat", begann sie das Gespräch mit einem lauernden Unterton in der Stimme.

„Der arme Vater", antwortete ihre Tochter ausweichend, während ihr die Tränen in die Augen stiegen. „Ich hoffe, die Polizei findet den

Mörder so schnell wie möglich. Hast du eigentlich schon irgendetwas Neues von der Polizei gehört?"

„Nein, allerdings trifft den Bürgermeister allem Anschein nach doch keine Schuld, und die Polizei kommt mit ihren Ermittlungen wohl nicht recht weiter. Na ja, was kann man heute schon verlangen. Wenn du den sogenannten Kommissar gesehen hättest!"

„Meistens sucht die Kripo die Mörder ja im unmittelbaren Familienumfeld", platzte Carola von Seylitz abrupt heraus. Ihre Mutter stellte klirrend die Teetasse auf den Tisch. „Was willst du damit sagen?" „Na ja, die meisten Morde geschehen aus Geldgier, da liegt es nahe, wenn zuerst die Alibis der Familienangehörigen überprüft werden. Du warst zur Tatzeit doch sicherlich nicht allein, oder?"

Astrid von Seylitz fand nur mühsam ihre Fassung wieder. „Ich weiß nicht, was du damit sagen willst, meine Liebe." „Mich wird die Polizei kaum verdächtigen, denn ich hielt mich zum Zeitpunkt des Mordes in der Schweiz auf", konstatierte Carola.

„Wirklich, mein Liebes? Ich habe versucht, dich an dem bewussten Abend telefonisch zu erreichen, aber die Internatsleiterin teilte mir mit, du wärst nach Hause gefahren, um eine familiäre Angelegenheit zu regeln." Nach einer kurzen Pause fuhr sie fort: „Ich hoffe, du hast alles zu deiner Zufriedenheit geregelt."

Die beiden Frauen blickten sich lange gegenseitig an. Unvermittelt sprang Carola von Seylitz auf, wobei sei an der Tischdecke hängen blieb und das kostbare Teeservice klirrend auf dem Fußboden zersprang. Fluchtartig verließ sie das Zimmer. Astrid von Seylitz lehnte sich mit einem süffisanten Lächeln in ihren Sessel zurück. „Ein neues Service war schon lange überfällig", sagte sie zu sich selbst.

## Kapitel 18

Kommissar Jensen saß hochkonzentriert, eine Tasse dampfenden pechschwarzen Kaffee neben sich, an seinem Schreibtisch und versuchte heldenhaft, dem für einen Fremden unübersehbaren Chaos Herr zu werden. Martin Blöcker zählte zu den wenigen Auserkorenen, die es sich erlauben konnten, ihn in einem solchen Moment zu stören, ohne einen cholerischen Anfall mit zumindest verbaler Körperverletzung zu riskieren. Behutsam öffnete er die Bürotür, streckte seinen Kopf mit aller Vorsicht durch den Spalt und sondierte die Lage. „Ich hoffe, ich störe nicht, Karl“, eröffnete er den Dialog. „Doch, genau das tust du“, knurrte Jensen finster vor sich hin. „Es ist nur, ein Herr Röber möchte dich unbedingt sprechen.“ Karl Jensen wühlte weiterhin hektisch zwischen den kreuz und quer liegenden Papierbergen auf seinem Schreibtisch. „Ich kenne keinen Röber“, brummte er gefährlich leise, „lass mich einfach nur in Ruhe, damit ich unser heutiges Gespräch mit der Schäferin vorbereiten kann.“ „Er sagt aber, es sei wichtig. Es geht um den Mord in Brakstedt.“

Karl Jensen warf sich frustriert in seinem Bürostuhl zurück und hob resignierend die Arme. „Wieso sprichst du nicht mit ihm, Martin? Du weißt genau, dass die Schäferin in einer knappen Stunde eine exakte Darstellung der aktuellen Beweislage erwartet. Wie in aller Welt soll ich das schaffen, wenn jeder Hans und Franz mich mit irgendwelchen Nichtigkeiten belästigt!“ Blöcker grinste seinen Kollegen boshaft an. „Du bist es doch gewesen, der mir bis auf Weiteres jeglichen Außenkontakt untersagt hat. Damit ich meine Mitmenschen nicht so sehr erschrecke, wenn ich mich nicht irre. Also, der Herr Röber wartet im Besprechungsraum auf dich.“

Wütend schlug Karl Jensen einen bereits reichlich lädierten Aktendeckel mit dem dick aufgedruckten Vermerk „EILT“ zu und stapfte aus seinem Büro. Nils Röber wanderte mechanisch in dem nur mit einigen Holzstühlen und einem runden Tisch spärlich ausgestatteten Raum auf und ab und diktierte kurze, knappe Sätze in das Mikrofon seines Aufnahmegerätes. In diesem Moment platzte Karl Jensen in das Zimmer, so dass dem jungen Reporter kaum Zeit blieb, seine technische Ausrüstung unauffällig zu verstauen. Der Kommissar musterte den hageren, leicht affektiert wirkenden jungen Mann mit unverhohlenem Misstrauen. „Sie wollten mich wegen des Todesfalls in Brakstedt sprechen, Herr Röber, bitte setzen Sie sich“, begann Kommissar Jensen mit knappen Worten das Gespräch. Nils Röber nahm umständlich Platz, wühlte ausdauernd in seiner voluminösen Umhängetasche und förderte nach einiger Zeit eine knallgelbe Mappe zutage, die in großen Buchstaben den nicht zu übersehenden Satz „Wer Fleisch isst, ist ein Mörder!“ trug. Dieser Spruch trug keinesfalls dazu bei, den ersten Eindruck, den Karl Jensen von dem jungen Mann gewonnen hatte, auch nur im Mindesten positiv zu beeinflussen, denn er zählte zu den Stammgästen in den Steakhäusern Kiels.

„Ich komme vom Brakstedter Stadtanzeiger“, verkündete Nils Röber mit wichtiger Miene. „Unsere Leser wollen wissen …“

Der Kommissar unterbrach den Redefluss mit einer herrischen Handbewegung und sein verkniffenes Gesicht zeigte nur allzu deutlich, wie schwer es ihm fiel, sich zu beherrschen. „Sie kommen also von der Presse?“ Mühsam presste er die Frage zwischen seinen Lippen hervor. Nils Röber war sich augenscheinlich über die Gemütslage seines Gesprächspartners nicht im Klaren, denn er nickte mit selbstbewusster Miene. „Genau, vom Brakstedter Stadtanzeiger! Wie ich schon sagte, erwarten unsere Leser einen lückenlosen Bericht über den Mord an Christian von Seylitz und die Verstrickungen des Bürgermeisters. Vor allem die politischen …“

Wieder sah sich der Lokalreporter jäh unterbrochen. „Sind Sie nicht der aufdringliche Journalist, der während der polizeilichen Untersuchung in der Mordnacht sämtliche Absperrungen ignoriert und unsere Ermittlungen massiv behindert hat?“, fragte Karl Jensen fast flüsternd, während seine Finger auf der Tischplatte Polka tanzten.

Nils Röber fühlte sich leicht aus dem Konzept gebracht und zum ersten Mal ein wenig unbehaglich. „Nun ja, es ist ja allgemein bekannt, wie eng Politik und Staatsgewalt zusammenarbeiten und wie schnell unbequeme Tatsachen unter den Tisch gekehrt werden. Zum anderen hat auch die Polizei das Prinzip der Pressefreiheit …“

Karl Jensen hielt es nicht mehr auf seinem Sitz. „Nun hören Sie mir mal gut zu, Sie Verfechter der Pressefreiheit, Sie können froh sein, wenn ich Sie nicht wegen Behinderung der Polizeiarbeit anzeige. Außerdem verbitte ich mir Ihre Unterstellungen auf das Schärfste. Fragen zum Tathergang beantworte ich Ihnen gern auf der nächsten Pressekonferenz. Wenn es so weit ist, werden wir Ihnen den Termin über Ihre Redaktion gern mitteilen. Und nun entschuldigen Sie mich, ich habe zu tun."

Kommissar Jensen marschierte schnurstracks zur Tür, platzierte sich demonstrativ daneben und wies mit der Hand Richtung Ausgang. Nils Röber benötigte einen Moment, um zu begreifen, dass sein Interview beendet war, bevor es eigentlich begonnen hatte. Wütend stopfte er seinen Notizblock in die große Umhängetasche und verließ schimpfend das Besprechungszimmer. „So schnell werden Sie mich nicht los, das schwöre ich Ihnen! Ich werde mich bei Ihren Vorgesetzten über Sie beschweren!"

Karl Jensen winkte gelangweilt ab. „Tun Sie das, aber nicht hier und heute."

„Ich habe es ja gleich gewusst", polterte Röber weiter. „Sie stecken mit dem Bürgermeister und der ganzen Obrigkeit unter einer Decke, aber ich krieg es bestimmt noch heraus, was es mit dem angeblichen Landverkauf auf sich hat, darauf können Sie Gift nehmen. Es wird Ihnen nicht gelingen, irgendetwas zu vertuschen!"

Karl Jensen stellte sich bereits in Positur, um den seiner Meinung nach jungen Schnösel gehörig den Marsch zu blasen, doch er stutzte und zögerte. Ihn überkam das unbestimmte Gefühl, der streitlustige Reporter verfüge über Informationen, die ihm bis jetzt unbekannt waren.

„Nun mal ganz langsam mit den jungen Pferden", lenkte er eine Spur duldsamer ein. „Ich hoffe, Ihnen ist klar, auf was für einem dünnen Eis Sie sich gerade bewegen. Sie werfen mit wilden Behauptungen um sich und diffamieren im selben Atemzug die Polizei."

Die Provokation traf voll ins Schwarze. Nils Röber fühlte sich an seiner journalistischen Ehre gepackt. „Ich weiß, was ich weiß!", brüllte er mit Zornesadern auf der Stirn. „Christian von Seylitz stand kurz vor dem Konkurs, nur ein Landverkauf hätte ihn noch retten können. Seine Landpächter sog er aus bis zum letzten Tropfen Blut, aber die gnädige Frau wirft das Geld nur so zum Fenster raus. Ein Gewerbegebiet wollte er aus dem wundervollen Brakstedter Moor machen, alles einebnen und planieren. Darüber gerieten sich die Geldgeier wohl in die Haare und der von Seylitz musste verschwinden."

Karl Jensen wagte einen Schuss ins Blaue. „Genauso wie der Moosleitner anscheinend sang- und klanglos von der Bildfläche verschwunden ist“, kommentierte er beiläufig das eben Gesagte. Nils Röber reagierte sofort. „Was meinen Sie denn damit? Was soll der arme Moosleitner denn mit der Sache zu tun haben? Ich verstehe Ihren Gedankengang nicht. Nur weil dieser Gutsherr von Gottes Gnaden seine Geige zerschlagen und ihn übel zugerichtet hat, bringen Sie ihn ins Spiel?“

„Na ja, immerhin hat der Moosleitner ihn nach dem Zusammenstoß verflucht und ihm gedroht“, warf Kommissar Jensen gelassen ein.

„Das hat Ihnen wohl Ihr Gesetzeshüter vor Ort, der Kleinmann, erzählt! Der steckt auch mit den anderen unter einer Decke“, tobte Röber weiter. „Typisch, ein verwahrloster Straßenmusikant soll jetzt als Bauernopfer herhalten, aber das werde ich nicht zulassen. Ich werde die Wahrheit herausbekommen!“ Nils Röber stürzte wild aus dem Büro und knallte die Tür hinter sich zu, dass die Wand vibrierte.

Karl Jensen blickte ihm nachdenklich hinterher. Im selben Moment erschien Martin Blöcker eilig auf der Bildfläche. „Sag mal, Karl, was war hier denn los? Ich dachte, ihr würdet euch die Köpfe einschlagen.“ Jensen wiegelte fein lächelnd ab. „Es handelte sich nur um ein Pressegespräch, wenn auch um ein verdammt hitziges.“ „Ach übrigens, Karl, die Schäferin erwartet uns. Ich hoffe, du hast die Fakten zusammengestellt“, stichelte Martin Blöcker. „Aber Herr Kollege“, revanchierte sich Karl Jensen, „ein wirklich fähiger Kripobeamter speichert die wesentlichen Fakten in einem aktuellen Fall doch im Kopf! Es sei denn, das Denkorgan litt unter zu großer Hitze und das Wissen wurde eingedampft.“

Sich gegenseitig in die Rippen stoßend, marschierten die beiden Richtung Konferenzraum.

## Kapitel 19

Oberkommissarin Schäfer blickte demonstrativ auf die große silberne Taschenuhr – aus dem Nachlass ihres Großvaters, wie sie immer betonte – als die beiden Kommissare den Konferenzraum betraten.

„Pünktlichkeit ist die Höflichkeit der Könige", proklamierte die Chefin der Kieler Kripo, während sie die Neuankömmlinge vorwurfsvoll anschaute. „Und eine Dame lässt man nicht warten", antwortete Karl Jensen mit dem Brustton der Überzeugung und einer eleganten Handbewegung. Das kaum merkliche Nicken und der wohlwollende Blick, den sie ihm zuwarf, ließen keinen Zweifel aufkommen, dass er den richtigen Ton getroffen hatte. „Nun, meine Herren", eröffnete sie die Gesprächsrunde, „was gibt es Neues im Fall Christian von Seylitz?"

Martin Blöcker räusperte sich vielsagend und blätterte raschelnd in seinen Unterlagen. Sowohl Oberkommissarin Schäfer als auch Karl Jensen blickten erwartungsvoll auf ihren Kollegen und harrten der Dinge, die da kommen sollten. Ein Moment der absoluten Stille entstand, bis das Rascheln des Papiers in Martin Blöckers Händen den Raum durchdrang. Irritiert durch das sprichwörtliche Schweigen im Walde schreckte er hoch und blinzelte seine Mitstreiter verwirrt aus seinem verquollenen Gesicht an. Oberkommissarin Schäfer zeigte erste Anzeichen wachsender Ungeduld und zupfte nervös an dem weißen Rüschenkranz ihrer eng anliegenden Bluse herum, während ihr Fuß den Takt einer unbekannten Melodie auf den Linoleumfußboden hämmerte. Diese Szenerie verwirrte Kommissar Blöcker vollends, und er blickte Rat suchend in die Runde. Karl Jensen weilte indessen gedanklich bei seiner Frau und schaute verträumt aus dem Fenster. Endlich fasste Martin Blöcker den Entschluss, das Heft des Handelns an sich zu reißen und stellte mit leisem Zweifel in seiner Stimmer fest: „Ich fange dann mal an!"

Oberkommissarin Schäfer richtete die Augen leidgeprüft Richtung Zimmerdecke. „Ich wäre Ihnen sehr verbunden, Herr Blöcker", lautete ihre knappe Antwort, während die Taktfolge auf dem Fußboden eine merklich schnellere Gangart anschlug. Martin Blöcker brachte dieser Umstand eher aus dem Takt, er fühlte eine innere Hitze in seinem Körper aufsteigen, die auch den letzten klaren Gedanken in seinem Kopf auslöschte. Fast verzweifelt suchte er nach einem geeigneten Gesprächseinstieg. „Ich sollte vielleicht mit den finanziellen Verhältnissen des Opfers, Christian von Seylitz, beginnen", schlug er kleinlaut vor.

Oberkommissarin Schäfer riss der Geduldsfaden. „Fangen Sie an, womit Sie wollen! Hauptsache, Sie fangen endlich an", tönte es fanfarengleich durch den großen, weiß getünchten Konferenzraum. Während Karl Jensen erschrocken aus seinem Tagtraum erwachte, fand Martin Blöcker urplötzlich den so lange vergeblich gesuchten roten Faden wieder. „Ich habe die finanzielle Lage unseres Großgrundbesitzers einmal genau unter die Lupe genommen. Seinen Schuldenberg mit dem Stichwort ‚Verarmter Landadel' abzutun, wäre eine kolossale Untertreibung. Christian von Seylitz stand definitiv vor dem Aus." „Das hat mir der Herr Röber ebenfalls bestätigt", warf Karl Jensen spontan ein. Oberkommissarin Schäfer schaute ihn erstaunt an: „Wer ist Herr Röber? Dieser Name sagt mir im Moment gar nichts." „Nils Röber arbeitet als Lokalreporter beim Brakstedter Stadtanzeiger", erläuterte der Gefragte. „Er kämpft, wie einstmals Don Quichote gegen die Windmühlen, gegen die Ungerechtigkeiten dieser kapitalistischen Welt. Ich durfte mich vor einer knappen Stunden mit dem jungen Mann herumärgern." Dabei warf er seinem Kollegen Blöcker einen grimmigen Seitenblick zu. „Hat dir denn dein Sparkassendirektor auch etwas über einen Landverkauf in größerem Umfang erzählt, Martin? Nils Röber behauptete zumindest, darüber Informationen zu besitzen." Kommissar Blöcker schüttelte verärgert den Kopf. „Kein Sterbenswort! Na warte, dem Herrn werde ich noch mal gehörig auf den Zahn fühlen." Oberkommissarin Schäfer nickte zustimmend. „Und wenn er sich hinter dem Bankgeheimnis verkrümeln will, drohen Sie ihm mit einer groß angelegten Hausdurchsuchung inklusive Beschlagnahmung der Unterlagen. Das wirkt bei diesen Herrschaften immer. Meine Rückendeckung haben Sie, Blöcker", fügte die Chefin der Kieler Kriminalpolizei kämpferisch hinzu. Martin Blöcker notierte sich kurz einige Stichworte und fuhr mit seinem Bericht fort: „Der Dietmar Moosleitner, über den du Auskunft verlangt hast, Karl, könnte ein Volltreffer sein, denn er ist beileibe kein unbeschriebenes Blatt mehr."

„Moosleitner, Dietmar Moosleitner? Irgendwie kommt mir der Name bekannt vor", grübelte Frau Schäfer angestrengt vor sich hin. Martin Blöcker nickte anerkennend mit dem Kopf. „Sie haben ein hervorragendes Namensgedächtnis, Frau Schäfer, der Herr Moosleitner galt vor mehr als einem Jahrzehnt als einer der begabtesten Geigenvirtuosen im In- und Ausland. Doch dann ..."

„Nichts sagen, warten Sie", unterbrach Oberkommissarin Schäfer aufgeregt die Ausführungen ihres Mitarbeiters. Für einen kurzen Moment überzog sich ihre Stirn mit Falten, doch dann erhellte sich ihr Gesicht. „Der Moosleitner erschlug damals im Affekt seine Lebensgefährtin. Die Presse berichtete seinerzeit seitenweise über die Umstände. Drogen, Alkohol und Eifersucht sollen damals eine erhebliche Rolle gespielt haben. Auch war er für seine ungezügelten Jähzornanfälle bekannt. Und dieser talentierte Musiker spielt jetzt in Brakstedt? Hier bei uns in Schleswig-Holstein? Das ist wirklich kurios!" Martin Blöcker schüttelte den Kopf. „Nicht, dass wir uns missverstehen, Frau Schäfer. Dietmar Moosleitner spielte für seine tägliche Schnapsration und eine warme Mahlzeit. Nach der Haftentlassung fasste er keinen Fuß mehr und sank immer tiefer. Ein trauriges Beispiel für einen Menschen, der all den Ruhm und Starrummel nicht verkraftete."

„Ich glaube, ich habe sogar noch einige Schallplatten von ihm", bedauerte Frau Schäfer mitleidig den Niedergang des Künstlers. „Also sind an dem Tag vor dem Mord zwei ausgemachte Hitzköpfe aneinandergeraten", dachte Karl Jensen laut nach. „Liegt hier vielleicht ein mögliches Motiv für den Mord? Sind die beiden Streithähne zu einem späteren Zeitpunkt nochmals aneinandergeraten und der Konflikt eskalierte bis zum Kampf auf Leben und Tod?"

In diesem Moment öffnete sich die Tür des Konferenzraumes und eine junge Polizistin trat zögernd ein. „Entschuldigen Sie bitte die Störung, aber ich glaube, Herr Blöcker, dieses Fax wird Sie interessieren." Erstaunt nahm der Kommissar das Schreiben entgegen, überflog kurz den Inhalt und schlug so heftig mit der Faust auf den Tisch, dass die Kaffeetassen schepperten und klirrten. „Mein Gott, Karl, du könntest wirklich recht haben", sprudelte es aus Kommissar Blöcker nur so heraus. „Ich habe die Blutlache, die wir neben Christian von Seylitz gefunden haben und die ja nicht von ihm stammte, mit einer alten Blutprobe von Herrn Moosleitner vergleichen lassen und die Blutgruppen sind zweifelsfrei identisch!"

Für einen Moment herrschte erstauntes Schweigen, dann fragte Oberkommissarin Schäfer skeptisch: „Wo haben Sie denn die Blutprobe ausgegraben?"

Martin Blöcker zeigte sein breitestes Grinsen. „Dietmar Moosleitner wurde nach dem gewaltsamen Tod seiner Lebensgefährtin routinemäßig Blut abgenommen. Unsere Kollegen in München fluchten zwar nicht schlecht, als ich sie um Amtshilfe bat, aber ihr Archiv haben sie im Griff, das muss der Neid ihnen lassen."

Oberkommissarin Schäfer fasste sich ungläubig an den Kopf. „Ein Künstler, ein sensibler Musiker wird zum zweifachen Mörder, ich kann es kaum glauben! Aber die Fakten sprechen für sich. Veranlassen Sie bitte unverzüglich eine bundesweite Fahndung nach Dietmar Moosleitner wegen Mordverdachts."

Karl Jensen sah seinen Kollegen anerkennend an: „Saubere Arbeit, Martin. Wenn mich nicht alles täuscht, hast du damit den Fall von Seylitz gelöst."

Martin Blöcker wuchs sogleich einige Zentimeter auf seinem Stuhl. „Na ja, Karl, das war eben Teamarbeit. Wenn du den Namen in Brakstedt nicht aufgeschnappt hättest und ich nicht so schnell auf den damaligen Totschlag gestoßen wäre, dann wäre uns der Kerl durch die Lappen gegangen."

Oberkommissarin Schäfer erhob sich, so schnell es ihr enger Rock erlaubte, von ihrem Stuhl. „So, meine Herren, die Zeit für gegenseitiges Schulterklopfen ist noch nicht gekommen, erst einmal heißt es handeln." Diesen markigen Satz unterstrich sie mit einer ausholenden Geste beider Arme, der sofort ein kräftiges Ratsch aus den Nähten ihrer Bluse folgte. Woraufhin Oberkommissarin Schäfer ohne weitere Handlungsempfehlungen und ziemlich abrupt den Raum verließ. Die beiden Kommissare folgten ihr etwas langsamer mit einem wissenden Lächeln. Plötzlich stoppte Karl Jensen. „Sag mal, Martin, hast du eigentlich den Halter des Autos in Erfahrung gebracht, das bei der Jagdhütte neben dem Porsche der von Seylitz stand?"

„Nein, tut mir leid, Karl, dazu bin ich noch nicht gekommen. Spielt es denn überhaupt noch eine Rolle?"

Ohne zu zögern, antwortete er: „Eigentlich nicht. Du weißt ja, wie neugierig ich bin. Es wäre nett, wenn du das in Erfahrung bringen könntest." „Geht klar, Karl. Zuerst greifen wir uns aber den Moosleitner."

## Kapitel 20

Willi und Fritz robbten mit dreckverschmierten Gesichtern in bester Indianermanier durch die dicht stehende Fichtenschonung, die an die Jagdhütte derer von Seylitz angrenzte. Weder die vertrockneten abgefallenen Fichtennadeln, die schmerzhaft durch Hosen und Hemden stachen, noch die in die Gesichter herabhängenden Zweige konnten die beiden neunjährigen Jungen von ihrem geplanten Vorhaben abbringen. Getreu dem Motto „Ein Indianer kennt keinen Schmerz“ kämpften sie sich durch den stacheligen, peinigenden Nadelholzdschungel. Eiskalte Wassertropfen fanden zielsicher ihren Weg zum Genick, um gemächlich den Rücken entlang zu sickern. Die Hosen sogen sich langsam, aber kontinuierlich mit Feuchtigkeit voll und klebten inzwischen klatschnass an den Beinen. Ein gruselig anmutendes Dämmerlicht umfing die beiden tapferen Jungen, das dichte Nadel- und Zweigwerk begrenzte die Sicht auf Armeslänge. Die aufsteigende Angst schnürte ihnen die Brust und die Kehle zusammen, denn überall um sie herum knisterte und knackte es. Keiner der beiden wagte es, auch nur an Rückzug zu denken, denn was gibt es Schlimmeres, als von seinem besten Freund als Feigling abgestempelt zu werden. Erst eine Wildschweinrotte, die sich die Fichtendickung ebenfalls als Aufenthaltsort auserkoren hatte und, durch die unvermutete Störung verärgert, mit lautem Gequietsche und Gegrunze das Heil in der Flucht suchte, verursachte den tapferen Indianeranwärtern erste heftige Angst- und Panikschreie. Diese gegenseitigen Warnmeldungen verhinderten glücklicherweise ernsthafte Zusammenstöße und somit krankenhausreife Blessuren. Nach einem Moment der inneren Einkehr und der gegenseitigen Zusprache setzten die beiden Jungen den einmal eingeschlagenen Kriegspfad fort und robbten, wenn auch mit zittrigen Knien, ihrem angestrebten Ziel entgegen. Am Rand der Fichtendickung blieben sie erst einmal erschöpft liegen. Sie waren froh, den frischen, kalten Wind um die Nase zu spüren und vor allem, einen freien Blick zum Himmel, wenn auch wolkenverhangen, werfen zu können. Doch dieser Augenblick der Erschöpfung dauerte nur einen kurzen Moment, dann wandten sich ihre begehrlichen Blicke wieder ihrem eigentlichen Ziel zu, der Jagdhütte derer von Seylitz.

„Sieht recht ruhig aus, ich glaube, da ist keiner drin", prognostizierte Willi zuversichtlich. „Lass uns lieber noch abwarten, vielleicht schläft der Förster ja noch", erwiderte Fritz etwas vorsichtiger. Beide blickten wie gebannt zu der hölzernen Jagdhütte, die friedlich und still zwischen den uralten, kahlen Buchen stand, als warte sie nur auf neue Gäste. Willi fasste sich als Erster ein Herz: „Nun lass uns endlich rüberlaufen, die Hütte ist leer, das sieht doch ein kleines Kind!" Ohne die Antwort seines zögerlichen Mitläufers abzuwarten, sprang er auf und sprintete los. In einem olympiareifen Spurt überquerte er die knapp einhundert Meter und hechtete sicherheitshalber in die hochgewachsene Eibenhecke, die die Jagdhütte umschloss. Fritz, dem die Begegnung mit den Wildschweinen immer noch arg in den Knochen steckte, fühlte sich so allein zwischen den Fichten auch nicht mehr wohl und folgte seinem Freund mit mächtigen Schritten. Die dabei aus voller Kehle tönenden Rufe: „Willi, wart auf mich!", entsprachen zwar nicht unbedingt den Indianerrichtlinien und brachten den in den Eiben hockenden Willi schier zur Weißglut, doch den Fritz beruhigte sein eigenes Geschrei ungemein. Endlich trafen sie im Eibengebüsch wieder glücklich zusammen und attackierten sich mit gegenseitigen Vorwürfen. Nachdem die Schuldfrage zwar nicht zur allgemeinen Zufriedenheit, zumindest jedoch hinreichend kontrovers diskutiert worden war, entschloss man sich, sich wieder auf den konstruktiven Teil der Unternehmung zu konzentrieren. Vorsichtig, und immer wieder horchend, schlichen die beiden Jungen um die Jagdhütte herum, doch nirgendwo bemerkten sie ein leises Geräusch oder gar eine verdächtige Bewegung. Endlich fasste sich Willi, offensichtlich der mutigere der beiden, ein Herz und ging zum Generalangriff über. Auf leisen Sohlen tapste er über die kleine Veranda zur Eingangstür und drückte, wenn auch mit zittrigen Händen und klopfendem Herzen, die Türklinke herunter. Zu seiner großen Verwunderung öffnete sich die schwere Holztür leicht quietschend, und er schlüpfte katzengleich in den dunklen Raum. „Siehst du was?", fragte Fritz gespannt von draußen. „Komm doch rein und sieh selbst nach", antwortet er mürrisch, immer noch an die Schreiattacke seines Freundes denkend. Langsam zwängte sich auch Fritz durch die Tür. „Ich öffne mal einen der Fensterläden", flüsterte er Willi zu. Der tippte sich mit dem Finger an die Stirn. „Du bist wohl verrückt geworden! Wozu haben wir denn unsere Taschenlampen mitgenommen", erwiderte er schroff. Augenblicke später blitzten zwei Lichtkegel auf und tasteten den Raum Stück für Stück ab. Fritz schnüffelte laut und vernehmlich. „Hier stinkt es ja wie bei uns im Schweinestall", stellte er angewidert fest und hielt sich demonstrativ die Nase zu. Willi reagierte überhaupt nicht auf diese Wahrnehmungen, denn zum einen litt er nach der letzten Schlägerei und einem Schlag auf die Nase an einem mangelnden Geruchssinn und zum anderen hielt eine Entdeckung in einer Ecke der Hütte seine Sinne gefangen. „Guck mal, Fritz, da liegt eine alte Geige rum. Was das Ding wohl in einer Jagdhütte zu suchen hat?" Prüfend hob er das Musikinstrument auf. „Das Ding ist ja völlig demoliert", stellte er fachmännisch fest, während er an einer Saite herumzupfte. Fritz drehte in der Zwischenzeit einen alten, speckigen Cowboyhut, den er vom Boden aufgehoben hatte, sinnierend zwischen den Fingern. „Du, Willi, der Penner, der in Brakstedt immer vor dem Rathaus steht, der trägt doch immer so einen Hut und spielt Geige." Willi nickte eifrig. „Na klar, Fritz, du hast recht, das sind die Sachen von dem Musikanten. Wieso liegen bloß seine Geige und sein Hut hier herum?" „Vielleicht ist er ja nur kurz mal um die Ecke gegangen und kommt gleich wieder", vermutete Fritz und leuchtete ziellos in der Hütte herum. Die beiden Jungen verstummten und blickten sich ängstlich in die Augen. Plötzlich schreckte Willi auf. „Ich höre etwas", zischte er aufgeregt, „schnell, die Taschenlampen aus!" Wie versteinert standen die beiden in dem düsteren Raum und lauschten angestrengt. Draußen ertönte der gellende Warnschrei eines Eichelhähers, und aus der Ferne drang undeutliches Stimmengemurmel in die Jagdhütte. „Schnell, lass und abhauen", befahl Willi entschlossen und stürzte zur Tür. Kaum stand er im Türrahmen, sprang er mit einem Fluch auf den Lippen wieder zurück. „Verdammt noch mal, da kommen zwei den Weg entlang marschiert. Durch die Tür können wir nicht raus, die entdecken uns sofort!" Fritz lief voller Panik in der Jagdhütte auf und ab. „Was machen wir nur, Willi? Was sollen wir nur tun?", wimmerte er hilflos.

Aufgrund der Dunkelheit im Raum, vielleicht auch ein wenig durch die Angst, was er in späteren Erzählungen heftig bestritt, stolperte Fritz über einen Eisenbügel, der an einer Fußbodendiele montiert war, und schlug lang hin. Laut stöhnend hielt er sein aufgeschlagenes Knie, während Willi Sinn und Zweck dieses Bügels sogleich durchschaute. „Mensch, Fritz, du hast die Öffnung zu einem Kellerraum entdeckt. Schnell, fass mit an!“ Mit vereinten Kräften rissen und zerrten sie an dem Bügel der Kellerluke und wuchteten die Dielenbretter nach oben. Unterdessen verstärkte sich das Stimmengemurmel vor der Jagdhütte und trieb die Jungen zu immer größeren Anstrengungen. „Los, los, Fritz, runter mit dir“, lautete Willis Kommando. Die beiden polterten die Kellerstiege hinunter und ließen die Luke über sich zufallen. „Das stinkt hier ja ganz eklig nach Verwesung“, jammerte Fritz, „wie bei uns am Misthaufen.“ „Weil ihr immer eure Schlachtabfälle im Mist einbuddelt“, bemerkte Willi anzüglich. Fritz überhörte diesen Vorwurf, denn ihn plagten ganz andere Sorgen. „Willi, ich hab Angst in diesem dunklen Loch. Mach doch irgendetwas.“ Willi schwenkte triumphierend seine Taschenlampe. „Ich hab meine Funzel nicht einfach oben liegen lassen“, kritisierte er Fritz. „Du bist auch nicht hingeknallt“, konterte dieser. „Nun knipse das Ding endlich an.“ Die Batterien der Taschenlampe wiesen erste Anzeichen von Altersschwäche auf und warfen nur noch für einen kurzen Moment ein schwaches, mattes Licht, um dann vollends zu erlöschen. Dieser Moment genügte jedoch, um den toten Mann zu entdecken, der mit starren Augen keine Armeslänge entfernt in der Ecke des Kellers saß. Gellende markerschütternde Schreie ertönten aus dem Kellerloch. Vier Fäuste trommelten voller Hysterie gegen die Bretter der Kellerluke, bis das Blut von den aufgeschlagenen Knöcheln rann. Laut wurde die Eingangstür aufgerissen, trampelten Füße durch den Raum der Jagdhütte. „Holt uns hier raus“, brüllten die beiden Jungen wie am Spieß. Endlich öffnete jemand die Kellerluke, Willi und Fritz stolperten aus ihrem Verlies und sahen in die überraschten Gesichter von Carola von Seylitz und einem jungen Mann. „Da unten liegt eine Leiche“, stotterten die beiden Jungen, taumelten in Richtung Tür und klappten plötzlich bewusstlos zusammen. Kopfschüttelnd und skeptisch spähte Stefan Butenschön in den kleinen Keller und erschrak. „Mein Gott, die beiden haben recht. Da unten sitzt ein Toter.“ Carola von Seylitz zückte ohne zu zögern ihr Handy und setzte den Polizeiapparat in Gang. Hinter dem Stamm eines alten, knorrigen Eichbaumes stand ein Mann, schob den Kautabak von einem Mundwinkel in den anderen und beobachtete aus sicherer Entfernung die Szenerie. Als das erste Polizeiauto in den Waldweg einbog, verschwand die Gestalt geräuschlos zwischen den Bäumen.

## Kapitel 21

„Mit was für einem verrückten Fall haben uns die Götter bloß wieder beglückt", stöhnte Kommissar Jensen frustriert, als er den Toten in Augenschein nahm. „Jedes Mal, wenn wir meinen, wir wären dem Täter auf die Schliche gekommen, beweist er entweder seine Unschuld oder er verwandelt sich mir nichts dir nichts zu einer Leiche und damit ebenfalls zum Opfer. Wie soll der Beruf einem so noch Freude bereiten?"

Martin Blöcker stand neben seinem Kollegen und schreckte nach dem letzten Ausspruch leicht irritiert hoch. „Du sprichst von Freude, Karl, bei all der Gewalt, dem Mord und Totschlag, der Missachtung fremden Lebens und all dem Leid, dem Schmerz und der Trauer, die der gedankenlosen Schinderei folgt! Was, bitte schön, bereitet dir dabei Freude?"

Karl Jensen wandte sich Richtung Ausgang und blickte aus der Jagdhütte auf den herbstlichen Wald, der in allen erdenklichen Braun- und Rottönen schimmerte. Ein kühler, frischer Windhauch rüttelte und schüttelte an den so farbenprächtigen und doch schon abgestorbenen Blättern, die lautlos, den nahenden Winter verkündend, wie ein leiser Nieselregen der Erde entgegenschwebten. „Du hast ja recht, Martin", antwortete Karl Jensen sinnierend, „aber stell dir mal vor, keiner würde diejenigen, die anderen Leid und Schmerz zufügen, zur Rechenschaft ziehen, keiner würde sich vor die Schutzlosen und Misshandelten stellen. Würde dir das etwa Freude bereiten?" Martin Blöcker überlegte kurz, warf einen raschen Blick auf seinen Kollegen und wandte sich nachdenklich der Leiche zu, um sie lange mit seinen Augen zu fixieren. „Es ist ja richtig, was du sagst, Karl, aber bist du sicher, dass ausgerechnet wir die Richtigen sind?" „Du bestimmt, Martin", verkündete Kommissar Jensen mit dem Brustton der Überzeugung und klopfte seinem Kollegen aufmunternd auf die Schulter. Martin Blöcker fühlte sich sichtlich geschmeichelt. „Schluss mit dem Philosophieren, lass uns die Sache hier klären", propagierte er voller Tatendrang und wandte sich energisch den beiden Jungen zu, die immer noch ziemlich blass um die Nase und in Decken eingehüllt auf dem Rücksitz eines Polizeiwagens saßen. Während Fritz nach wie vor zitterte und mit angsterfüllten Augen auf die Jagdhütte starrte, begann Willi bereits voller Interesse die Ausstattung des Einsatzfahrzeuges unter die Lupe zu nehmen. „Cooles Zeugs hier drin", erklärte er mit sachverständigem Blick auf die Funkanlage und die Polizeikellen. „Wenn du willst, zeige ich dir alles genau", begann Martin Blöcker das Gespräch, „aber vorher erzählst du mir erst einmal, wer du bist und was ihr hier wolltet."

„Ich heiße Willi Schierkorn und das ist unser Nachbar Fritz, wir wohnen beide im Dorf, und wir waren beide auf Kriegspfad." „Aha", antwortete Kommissar Blöcker ein wenig verständnislos. „Und was treibt ihr so auf dem Kriegspfad?" Willi Schierkorn blickte den Kommissar überrascht an. „Na, wir sind doch die letzten Mohikaner und wollten das Fort der hinterhältigen Bleichgesichter stürmen und sie niedermetzeln." „Das ist ja auch zumindest bei einem gelungen", murmelte Martin Blöcker. Laut fragte er: „Ihr wisst aber, dass man nicht in ein fremdes Gebäude einbrechen darf?" Willi Schierkorn zeigte sich sichtlich entrüstet: Wieso eingebrochen? Die Tür war ja gar nicht abgeschlossen und außerdem, im Indianerbuch, das ich lese, tun die Guten das doch auch!"

Martin Blöcker stand dieser Argumentation ein wenig hilflos gegenüber. Um weiteren pädagogischen Grundsatzfragen aus dem Weg zu gehen, wechselte er vorsichtshalber das Thema. „Habt Ihr irgendwen beobachtet, der sich in der Nähe der Hütte aufgehalten hat?" Willi überlegte angestrengt. „Heute nicht, sonst hätten wir uns ja nicht hineingetraut. Aber Vadder Schön bummelte die letzten Tage hier herum."

Martin Blöcker horchte auf. „Wer ist Vadder Schön?" Willi stierte den Kommissar an, als käme der von einem anderen Planeten, doch eine ausführlichere Antwort fiel ihm auch nicht ein. „Na, Vadder Schön aus dem Dorf", setzte er hilflos hinzu.

Wachtmeister Kleinmann, der das bisherige Gespräch vom Fahrersitz aus verfolgt hatte, betätigte sich als Retter der Stunde. „Das ist nichts als ein Spitzname für den alten Walter Butenschön, Herr Kommissar. Als Altbauer verbringt er die meiste Zeit des Tages in der Feldmark oder er wandert im Wald umher. Er könnte vielleicht etwas gesehen haben." Martin Blöcker honorierte die Einmischung mit einem dankbaren Blick. Dadurch ermutigt, fuhr Wachtmeister Kleinmann mit seinen Erläuterungen fort. „Die Jungen habe ich bereits befragt, Herr Kommissar, die haben bestimmt nichts gesehen, was uns weiterhelfen könnte."

Froh, die Vernehmung der jüngeren Generation beenden zu können, winkte Martin Blöcker den wuchtigen Dorfpolizisten zu sich. „Haben die Jungen den Toten identifizieren können?", fragte er im Flüsterton, um die Kinder nicht unnötig mit dem Erlebten zu belasten. Wachtmeister Kleinmanns psychologisches Fingerspitzengefühl entpuppte sich hingegen ganz im Gegensatz zu seiner bärenhaften Statur als unterentwickelt, denn er verkündete mit weithin schallender Stimme: „Das brauchten sie gar nicht, Herr Kommissar! Den Moosleitner kenne ich seit Jahren. Ohne Zweifel handelt es sich bei dem Toten um ihn."

Ermüdet von so viel Eigeninitiative und Diensteifer wandte sich Kommissar Blöcker wieder dem Tatort zu. Dort traf er den Polizeiarzt Uwe Jochimsen an, der, ganz in seinem Element, die Leiche des Straßenmusikers Stück für Stück einer sorgfältigen Untersuchung unterzog. „Moin, Uwe, würde mich freuen, wenn mein Hausarzt mich einmal genauso gründlich durchchecken würde", stichelte Martin Blöcker. Jochimsen erhob sich schwerfällig aus seiner gebückten Haltung. „Moin, Martin, falls du irgendeinen fernen Tages bei mir landen solltest, werde ich mir besonders viel Zeit nehmen, das verspreche ich dir", entgegnete der Polizeiarzt grinsend, „und ich verzichte dir zuliebe sogar auf die Praxisgebühr."

Nach diesem kleinen Geplänkel wandte sich Jochimsen wieder seinem eigentlichen Patienten zu und krauste grübelnd die Stirn. Martin Blöcker registrierte die innere Unsicherheit seines langjährigen Weggefährten und legte den Finger treffsicher in die Wunde. „Woran ist er nun gestorben, Uwe?" Der routinierte Polizeiarzt zögerte mit seiner Antwort. „Hättest du nicht erst einmal fragen können, wann er gestorben ist? Dann hätte ich dir geantwortet, du erkennst das am Geruch. Der Bursche liegt hier sicherlich schon einige Tage. Aber bei der Todesursache muss ich gestehen, ich weiß es noch nicht." Blöcker hakte sofort nach: „Konntest du denn keine Spuren äußerlicher Gewalteinwirkung feststellen?"

„Die einzigen Hinweise auf Gewalt sind einige blaue Flecken und Beulen und eine tiefe Schnittwunde am Oberarm. Das schmerzt zwar, Martin, aber davon stirbt keiner. Anhand der Pupillen und weiteren

Anzeichen, die du später alle im Detail in meinem Obduktionsbericht nachlesen kannst, würde ich auf Tabletten- oder Drogenmissbrauch schließen."

Kommissar Blöcker schüttelte skeptisch den Kopf. „Aber wer legt sich dann in den Keller einer Jagdhütte und schließt die Luke über sich? Ziemlich unwahrscheinlich das Ganze. Halte uns bitte auf dem Laufenden, Uwe." Uwe Jochimsen nickte kurz und setzte seine Arbeit fort.

Währenddessen unterhielt sich Karl Jensen bereits seit Längerem mit den beiden jugendlichen Wandersleuten. „Sie glauben gar nicht, wie erschrocken wir waren, als wir den Radau in der Jagdhütte hörten, Herr Kommissar, wir dachten, es ginge um Leben und Tod."

„Das glaube ich Ihnen", bestätigte Jensen. „Was hat Sie beide denn in diese Einsamkeit verschlagen?"

„Wir wollten uns ungestört aussprechen", antwortete das junge Mädchen und blinzelte ihrem Begleiter mit verliebten Augen zu. Karl Jensen dachte an seine eigene Jugend, die zahlreichen romantischen Treffen und zeigte wohlwollendes Verständnis. Plötzlich zuckte eine Erkenntnis, ein Erschrecken in dem Gesicht der jungen Frau auf. „Ich bitte Sie, Herr Kommissar, erzählen Sie meiner Mutter nichts davon, dass ich mit Stefan hier bei der Jagdhütte war."

Karl Jensen stutzte. „Wieso? Hat Ihre Mutter etwas gegen den jungen Mann einzuwenden?"

Das Gesicht der jungen Frau wirkte wie versteinert. „Meine Mutter verbietet mir jeden Kontakt mit jüngeren Männern, die ihres Erachtens nicht standesgemäß scheinen."

Jensen schmunzelte: „So, so, welchen Stand repräsentieren Sie oder Ihre Mutter denn?" Das Blut und der Stolz ihrer Ahnen regten sich in der jungen Adligen. Hoheitsvoll warf sie ihren Kopf zurück. „Ich bin Carola von Seylitz, die Erbin der Felder und Wälder ringsherum."

Kommissar Jensen drehte sich zu dem jungen Mann. „Und welchem Rittergeschlecht entstammen Sie?", fragte er zynisch.

„Keinem, Herr Kommissar, ich heiße Stefan Butenschön. Wir bewirtschaften einen Pachthof derer von Seylitz hier in Brakstedt Moor."

Der Kommissar kramte umständlich eine Zigarette und einen Notizblock aus der Manteltasche und erklärte förmlich: „So, meine Herrschaften, nun lassen Sie uns das Gespräch noch ein wenig vertiefen."

# Kapitel 22

„Denke einmal in aller Ruhe darüber nach, woher du kommst und wo deine Wurzeln liegen, Fräulein von Scheuermann“, zischte Volkmar Tramsen durch die zusammengepressten Lippen, während er mit allen ihm zur Verfügung stehenden Mitteln versuchte, seine innere Wut und kalte Verachtung im Zaum zu halten. Astrid von Seylitz ließ sich durch die verbale Attacke nicht im Mindesten aus der Reserve locken. „Herr Tramsen, ob Bürgermeister oder nicht, Sie vergreifen sich erheblich im Ton. Ein Mann in Ihrer Stellung sollte sich doch so weit in der Gewalt haben, dass er weiß, mit wem er wie spricht. Im Übrigen denken Sie erst einmal selbst an Ihre Vergangenheit und Herkunft, bevor Sie andere Menschen derart attackieren. Und jetzt entschuldigen Sie mich bitte, ich habe zu tun.“

Volkmar Tramsen blieb vor Überraschung fast die Spucke weg. „Wie bitte? Du setzt mich also kurzerhand vor die Tür? Wer hat denn um das heutige Gespräch gefleht und gebettelt?“

Astrid von Seylitz blickte ihm gelassen in die Augen. „Dabei handelt es sich allem Anschein nach um ein Missverständnis. Ich wüsste nicht, was zu besprechen wäre. Guten Tag, Herr Bürgermeister.“ Sie drehte sich demonstrativ in ihrem weißen Plüschsessel um und blätterte gelangweilt in dem Bündel von Papieren, die sie vor sich auf dem kleinen Glastisch sorgfältig gestapelt hatte. Volkmar Tramsen starrte die Gutsherrin in ihrem eleganten schwarzen Tüllkleid geistesabwesend an, holte tief Luft, klappte zweimal den Unterkiefer auf und wieder zu, drehte sich brüsk um und stürmte aus dem großen Kaminzimmer. Wütend polterte er die geschwungene Eichentreppe hinunter, dass die alten Holzstiegen ächzten und knarrten. Ohne auf das Hausmädchen Agnes Hamann zu achten, durchquerte er mit forschen Schritten die mit Ahnengemälden ausgefüllte Empfangshalle und riss mit einem kräftigen Ruck die massive Eingangstür auf. Hier prallte er unversehens mit Siegfried Möllmann zusammen, der gerade im Begriff stand, genauso energisch das Herrenhaus zu betreten. Nach überstandener Schrecksekunde und flüchtigem Überprüfen der Anzugordnung war es der Bürgermeister, der zuerst die Sprache wiederfand. „Mensch, Mölle, was treibt dich denn hierher? Lieferst du deine Perlenketten und Diamanten jetzt schon frei Haus?“ Der Juwelier schien peinlich berührt und stotterte unbeholfen: „Wirklich schön, dich zu sehen, Volkmar. Du weißt ja, bei uns wird Kundenservice groß geschrieben. Aber ich muss mich sputen, ich kann mein Geschäft nicht so lange ohne Aufsicht lassen.“ Er klopfte seinem Gesprächspartner freundschaftlich auf die Schulter und zwängte sich an ihm vorbei in die Empfangshalle. Volkmar Tramsen blieb der kleine Rosenstrauß, den der Juwelier krampfhaft hinter seinem Rücken versteckt hielt, nicht verborgen und er verzog seine Lippen zu einem süffisanten Lächeln. „Wirklich ein herausragender Kundenservice, wenn jedem Schmuckliebhaber ein derartiges Blumenbukett zugedacht wird“, bemerkte er anzüglich.

Siegfried Möllmann errötete bis zu den Haarspitzen. „Heutzutage muss man sich eben etwas einfallen lassen, um Erfolg zu haben. Ich hätte mich gern noch etwas mit dir unterhalten, aber du weißt ja, die Geschäfte …“

Tramsen trat durch die Tür ins Freie, winkte jovial und rief zum Abschied: „Na, dann bis später, Mölle. Wir sehen uns doch heute Abend beim Skat?“

Siegfried Möllmann antwortete nicht, denn er hatte bereits die Hälfte der Treppe überwunden. Lachend verließ Volkmar Tramsen das Herrenhaus derer von Seylitz. Die Hausherrin und Witwe vernahm die Ankunft des neuen Besuchers und flog ihm förmlich entgegen. „Oh, Siegfried, wie gut, dass du kommst“, flüsterte sie ihm liebevoll ins Ohr, während sie in seinen Armen lag. Doch er gestattete ihr nur einen flüchtigen Kuss und fragte, voller Eifersucht in der Stimme: „Was wollte Volkmar Tramsen von dir?“

Astrid von Seylitz winkte ärgerlich ab. „Kümmere dich nicht um ihn. Das hat mit uns nicht das Geringste zu tun. Ich wollte etwas Geschäftliches mit ihm besprechen, aber der Mann benimmt sich einfach stillos.“

Offensichtlich beruhigte die knappe Antwort den verliebten Juwelier, denn er zog ein wenig linkisch den Blumenstrauß hervor und übergab ihn mit einem altmodischen Diener. Gnädig nahm Astrid von Seylitz den kleinen Liebesbeweis entgegen. „Vielen Dank, mein Liebling“, hauchte sie zärtlich, während sie die ungeöffneten Briefe auf dem Glastisch flüchtig durchsah.

„Die Polizei hat übrigens einen Toten in eurem Jagdhaus gefunden, die Spatzen pfeifen es in Brakstedt von den Dächern", berichtete Siegfried Möllmann, während er in einem der schweren, schwarzen Ledersessel vor den leise knackenden Buchenscheiten in dem gusseisernen Kamin Platz nahm.

„Ach was", lautete die knappe Kommentierung, denn Astrid von Seylitz beschäftigte sich immer noch mit den unzähligen Briefen. „Ich wusste gar nicht, wie bekannt und beliebt mein Verflossener doch war, zumindest was die Anzahl der Kondolenzschreiben betrifft", stellte sie ironisch fest. Auf einmal stutzte sie, förderte im Handumdrehen ein kleines Papiermesser zutage und öffnete einen der Briefe mit einem raschen Schnitt. Ihre Augen weiteten sich immer mehr vor Entsetzen, als sie den Inhalt des Briefes studierte. „Oh, mein Gott, das ist das Ende", entfuhr es ihr gequält, und sie sank leblos in das glücklicherweise gut gepolsterte Plüschsofa zurück, während der Brief zu Boden flatterte. Siegfried Möllmann sprang mit einem ungeahnten Reaktionsvermögen auf und ergriff den Brief mit einer geschickten Handbewegung. Sofort vertiefte er sich in das Schriftstück: „„… aufgrund der veränderten Umstände sehen wir uns leider gezwungen, sämtliche Kreditlinien mit sofortiger Wirkung zu kündigen. Die Rückzahlung haben wir vorgemerkt bis …"

Fassungslos ließ er den Brief auf seine Knie sinken. „Du bist pleite", kommentierte er das eben Gelesene trocken.

„Hältst du mich für blöd! Das weiß ich selbst", herrschte ihn Astrid von Seylitz an, die ihren Ohnmachtsanfall ohne schwerere Folgen und relativ schnell überwunden hatte. Ebenso schnell änderte sich auch wieder ihre Tonlage. Schluchzend und wie Hilfe suchend sank sie in die Arme ihres Geliebten. „Siehst du, Siegfried, wie die Welt über mich arme, schutzlose Witwe herfällt? Ich werde das alles hier aufgeben müssen, man wird mich von Haus und Herd vertreiben, hinausjagen in die dunkle, kalte Nacht."

Der Beschützerinstinkt in Siegfried Möllmann nahm ungeahnte Dimensionen an, und er streckte ihr seine Brust hilfsbereit entgegen. „Liebster Siegfried, willst du mir nicht aus dieser Verlegenheit helfen, bis das Testament eröffnet ist und ich die Angelegenheiten regeln kann? Leider befindet sich der Rest des Familienschmuckes seit der letzten, ich will mal sagen, Diskussion mit Christian im Schließfach, so dass ich dir leider nichts mitgeben könnte."

Juwelier Möllmann spielte zwar gern den Beschützer, doch auch sein Geschäftssinn nahm in seinem Inneren einen großen Raum ein. „Ich soll dir Geld geben?", fragte er vorsichtig, mit einer gewissen Reserviertheit in der Stimme.

„Nur einen kleinen Betrag, mein Schatz, nur für das Nötigste", flötete sie hingebungsvoll.

„Ich helfe dir gern", antwortete er zögerlich, den Rückzug Schritt für Schritt vorbereitend, „aber ich muss erst nach Hause, um mir Klarheit über meine finanziellen Mittel zu verschaffen. Sowie ich kann, werde ich zu dir kommen. Vertrau mir."

Er löste sich energisch aus der Umklammerung und marschierte zum Ausgang. Sein ganzes Sinnen war auf Flucht gerichtet, so dass er die leisen Schritte, die sich von der Tür entfernten, und das feine Klicken eines Türgriffes überhörte. Zurück blieb Astrid von Seylitz, die nachdenklich in das Kaminfeuer blickte. „Ich muss sein Testament finden, das ist meine letzte Chance, um den alten Kasten zu versilbern, bevor alles zu spät ist", schoss es ihr durch den Kopf. Entschlossen schritt sie zur Tat.

## Kapitel 23

Wild fegte der schleswig-holsteinische Herbststurm um die alten Gemäuer des Herrenhauses derer von Seylitz. Unbarmherzig rüttelte der raue Süd-West-Wind an den schon wurmstichigen Fenstern, und ein durchdringender Schlagregen mit Graupel und ersten schüchternen Schneeflocken klatschte gegen die dünnen Scheiben. Carola von Seylitz kuschelte sich leicht fröstelnd immer tiefer in das schwere Federbett und dachte sehnsüchtig an die gut beheizten Schlafsäle ihres Internats. „Papa hat sich einfach zu wenig um die Sanierung gekümmert", grübelte sie, während sie auf die angerosteten Heizungsrohre blickte, in denen das lauwarme Wasser eher hilflos und verloren vor sich hin plätscherte. Plötzlich erschrak Carola von Seylitz heftig, denn im grauen Zwielicht des langsam heranbrechenden Tages hämmerte ein heftiges Stakkato gegen die laut klirrenden und scheppernden Scheiben. Ein undefinierbarer Schatten, ähnlich den Fangarmen einer Krake, bewegte sich furchteinflößend vor den Scheiben hin und her. Die junge Frau drängte Schutz suchend gegen das Kopfende ihres Bettes und presste ihre Bettdecke so heftig gegen ihren Körper, dass sie jede einzelne der unzähligen Gänsefedern, die seit Jahrzehnten für wohlige Wärme sorgten, zu spüren glaubte. Fieberhaft suchte ihre rechte Hand den Schalter der Nachttischlampe, der, wie immer in derartigen Situationen, unauffindbar in irgendeiner Bettritze steckte. Ihre Augen sogen sich förmlich an der Türklinke fest, deren Griff langsam mit leisem Knarren von außen heruntergedrückt wurde. Eine panische Angst bemächtigte sich ihrer, ihr Mund öffnete sich zu einem schrillen Aufschrei, doch sie war unfähig, auch nur einen Ton über die Lippen zu bringen. Mehr und mehr verbreiterte sich der Türspalt, öffnete sich die Tür mit einem ächzenden Knarren. Die Silhouette eine Person wuchs und wuchs in dem Türrahmen, drängte förmlich in den Raum und entpuppte sich als das wohl proportionierte Hinterteil von Agnes Hamann.

Mit einem tiefen Seufzer der Erleichterung warf Carola von Seylitz sich zurück in das Kissenmeer. „Oh, Agnes, wie kannst du mich nur so fürchterlich erschrecken?", stöhnte sie, immer noch heftig atmend, während sich das junge Dienstmädchen langsam und vorsichtig um die eigene Achse drehte und stolz ein silbernes Tablett mit dampfenden Tee, Brötchen, Butter, Marmelade und einem gekochten Ei präsentierte. „Ich dachte mir, ich könnte dir, ich meine Sie, ich meine gnädiges Fräulein ….“, stotterte Agnes unsicher und ihr ganzes Gesicht errötete bis unter ihren blonden Haarschopf. Ärgerlich über sich selbst, ließ sie ein tiefes Räuspern hören und startete einen weiteren Versuch: „Ich meine, nach der stürmischen Nacht und dem fürchterlichen Tag gestern kann ihr ein kräftiges Frühstück nur gut tun.“

Carola blickte belustigt auf die gleichaltrige Hausangestellte, die mit Balance haltender Zunge und unsicheren Trippelschritten das Tablett vor sich her trug, während die dampfende Teekanne aus altem Meißner Porzellan bedenklich von einer Ecke zur anderen wanderte. „Nun lass mal gut sein, Agnes, mit deinem Sie, du und ihr“, bot Carola großzügig an, wobei ihr der entgegengebrachte Respekt schon schmeichelte. „Wir sind doch beide in dieselbe Grundschule gegangen“, fügte sie hinzu, während ihre Gedanken in die Vergangenheit schweiften. Agnes stellte inzwischen das leicht unter Teewasser gesetzte Frühstückstablett auf dem Nachttisch ab und atmete erst einmal erleichtert durch. „Ich kann mich genau daran erinnern, dass wir in der vierten Klasse sogar nebeneinander gesessen haben“, berichtete sie mit einem Anflug von Stolz in der Stimme, „aber jetzt bist du, sind Sie ja ein gnädiges Fräulein.“

Carola von Seylitz schüttelte vehement ihren blonden Lockenkopf. „Sag mal, Agnes, in was für einer Zeit lebst du eigentlich? Im Internat gibt es auch so viele Schülerinnen, die keinen Titel haben, und wir duzen uns trotzdem alle.“

„Da liegt wahrscheinlich der Hase im Pfeffer“, entfuhr es Agnes Hamann, „denn meine Eltern hätten so ein teures Internat niemals bezahlen können.“

Carola von Seylitz entschloss sich, unter diesen Diskussionspunkt einen endgültigen Schlussstrich zu ziehen. „Wir bleiben beim Du und damit basta, und jetzt setze dich neben mich und trinke eine Tasse Tee mit mir.“

Agnes Hamann blickte ein wenig nervös zur Tür und überlegte, was ihre Arbeitgeberin dazu wohl sagen würde. Als hätte die junge Gutsherrin die Gedanken erraten, sagte sie selbstbewusst: „Sei kein Hasenfuß. Wenn Mutti kommt, nehme ich die ganze Schuld auf mich, du kannst dich auf mich verlassen.“

Der jungen Angestellten zog der wohlige Duft des Kräutertees in die Nase, und vorsichtig setzte sie sich auf das Bett. Im selben Moment versank sie in den Tiefen des voluminösen Federhaufens, und nur die Beine ragten aus den weißen Laken hervor. Mühsam arbeitete sie sich aus dem Federberg heraus. Die beiden jungen Frauen schauten sich an, kicherten und begannen lauthals zu lachen. Das Eis war endgültig gebrochen. „Sag mal, Carola, wie lange musst du eigentlich noch auf dieses Internat gehen?“, fragte Agnes, nachdem der erste Lachanfall langsam verebbt war. „Im nächsten Jahr stehen die Abschlussprüfungen an. Nach dem Abitur werde ich Landwirtschaft und Betriebswirtschaft studieren, so wie Papa es immer gewollt hat.“ „Kostet so ein Studium auch Geld?“, fragte Agnes ernst. Carola von Seylitz blickte ihre alte Schulkameradin verwundert an. „Natürlich, ich benötige eine kleine Wohnung in Kiel, dann die Studiengebühren und die Bücher, außerdem, ein bisschen leben will man ja auch noch.“

Agnes Hamann stiegen die Tränen in die Augen. „Ich wünschte, ich könnte dir helfen“, schluchzte sie herzerweichend. Carola verschluckte sich fast an dem heißen Tee. „Du mir helfen? Sag mal, was redest du nur für einen Unsinn. Papa hat für alles gesorgt, das hat er mir immer wieder versichert.“

„Aber dein Vater ist ermordet worden“, antwortete Agnes Hamann düster. Carola von Seylitz setzte sich kämpferisch im Bett auf und strampelte die Decke wütend zum Fußende. „Sag mal, Agnes, weißt du etwas, was du mir eigentlich mitteilen müsstest“, fragte sie eindringlich, während sie ihre Augen scharf auf das junge Dienstmädchen heftete. Diese war hin und her gerissen zwischen der ihr anerzogenen Verschwiegenheit und dem schier unüberwindlichen Reiz, Neuigkeiten und Geheimnisse auszuplaudern.

„Na ja, ich habe das ja eher durch Zufall gehört, aber ich weiß wirklich nicht, ob es rechtens wäre …“ Carola von Seylitz platzte der Kragen. „Nun erzähl endlich, was du erfahren hast, Agnes. Sind wir alte Freundinnen oder nicht?“

Agnes Hamann fasste sich ein Herz. „Deine Mutter unterhielt sich gestern mit dem Juwelier aus Brakstedt. Ich stand zufällig an der Tür, weil ich das Geschirr abräumen wollte. Lauschen wollte ich aber nicht!“

Carola von Seylitz ignorierte diesen letzten Akt der Selbstverteidigung und bohrte unbarmherzig weiter. „Was hatte Mutti mit diesem Möllmann zu klüngeln? Was hast du gehört? Nun rede doch endlich!“

Das Dienstmädchen brach erneut in Tränen aus. „Stell dir vor, Carola, deine Mutter hat den ganzen Familienschmuck an diesen Juwelier verschachert, hinter dem Rücken des gnädigen Herrn – und mir wollte sie das alles in die Schuhe schieben!“

Agnes Hamanns Wangen glühten vor Entrüstung. Carola von Seylitz schüttelte pikiert den Kopf. „Dass sie das Geld mit beiden Händen zum Fenster rauswirft, wusste ich ja, aber dass sie so etwas fertig bringt, hätte ich ihr nicht zugetraut.“

Agnes Dämme der Diskretion brachen endgültig. „Das ist noch lange nicht alles, Carola, deine Mutter regte sich plötzlich gewaltig auf und schrie, sie wäre pleite und müsste das ganze Anwesen verkaufen. Für dein Studium wird dann wohl auch kein Geld mehr übrig sein.“

Carola von Seylitz erbleichte. Ihr ganzer Körper bebte vor ohnmächtiger Wut und mit einem gewaltigen Krach schmetterte sie die Teetasse gegen die Wand. „Das lasse ich mir von meiner Mutter nicht bieten“, zischte sie gefährlich leise.

Agnes Hamann erschrak vor den ersten Eruptionen dieses Vulkans, und ihr graute vor dem eigentlichen Ausbruch. „Sag der Gnädigen bloß nicht, dass ich dir alles erzählt habe, die schmeißt mich raus“, bat sie sorgenvoll.

Doch die junge Gutsherrin ließ sich durch nichts und niemanden beirren, streifte energisch ihren Morgenmantel über und stapfte mit kampflustig vorgestrecktem Kinn und wilder Entschlossenheit die knarrende Holztreppe hinunter. Agnes Hamann sammelte fahrig die Scherben ein und eilte mit einem gebührenden Sicherheitsabstand hinter ihrer ehemaligen Klassenkameradin her, während sie ein Stoßgebet nach dem anderen murmelte.

## Kapitel 24

Ohne einen Moment zu zögern, stürmte Carola von Seylitz in das ehemalige Arbeitszimmer ihres Vaters. Automatisch nahm sie den eigentümlichen und doch so vertrauten Geruch des Raumes wahr. Wie unter einem Zwang setzte sie sich in einen der alten, verschlissenen Ledersessel und ließ den Raum, die Atmosphäre, die er verströmte, auf sich wirken. Vergessen war die Suche nach ihrer Mutter, verebbt die Wut und der Zorn. Vergangenheit und Gegenwart verschmolzen miteinander und sie fühlte, erahnte ihren Vater, während ihr heiße Tränen des Schmerzes und der Trauer über ihre Wangen liefen. Sein Gesicht mit den rötlichen Augenbrauen und den harten, blauen Augen tauchte vor ihr auf, wurde immer klarer und deutlicher. Es schien ihr, als töne seine laute, herrische Stimme durch die Gänge des Herrenhauses und gleichzeitig strich seine warme, gütige Hand über ihr verheultes Gesicht und sprach ihr Trost zu. Kein Wort des Abschieds war ihr bisher gegönnt gewesen, und es war ihr, als hätte ihr Vater in diesem Arbeitszimmer auf sie gewartet, um all dies nachzuholen. Durch die tränenverhangenen Augen schweifte ihr Blick über die unzähligen Rücken antiker Bücher, wanderte weiter die Holzvertäfelung entlang und endete schließlich an dem klobigen Schreibtisch aus schwarz-brauner Mooreiche, dessen Holz Christian von Seylitz selbst dem Brakstedter Moor entrissen hatte. Jeder Zentimeter dieses Möbelstücks strahlte den ganzen Charakter seiner Eigentümers und Nutzers aus. Härte, Standesbewusstsein und Zähigkeit verbanden den verstorbenen Gutsherrn mit seinem Schreibtisch, doch in der weichen, fein geschwungenen Holzmaserung fand Carola von Seylitz die sensiblen, einfühlsamen Züge ihres Vaters wieder.

Plötzlich fing ihr getrübter, verträumter Blick einen Schemen, einen Schatten an dem erinnerungsträchtigen Möbelstück auf. „Vater?“, klang es verwirrt, aber auch hoffnungsvoll durch die Bücherreihen des Arbeitszimmers. Das Echo bestand in einem schuldbewussten Räuspern und einem professionell frisierten Pagenkopf, der sich zögernd über der Schreibtischplatte erhob.

Carola von Seylitz starrte ungläubig und wie vom Donner gerührt auf das ihr so wohlbekannte Gesicht. „Mutter, was treibst du denn da?“, entfuhr es ihr wenig geistreich, dafür jedoch umso aggressiver.

Astrid von Seylitz erhob sich ein wenig schwerfällig hinter dem massiven Schreibtisch, hinter dem sie gekniet hatte und rieb sich die schmerzenden Gelenke. Unzählige Schönheitsoperationen hatten zwar für eine straffe Haut und jugendliches Aussehen gesorgt, doch der schleichende Verschleiß in den darunterliegenden Körperteilen führte ihr das eigentliche Alter umso unerbittlicher vor Augen. Sie betrachtete ihre Tochter, den frischen, rosigen Teint und das faltenlose Gesicht, und mit einem Schlag wurde ihr die eigene Vergänglichkeit, das immer schnellere Ticken der eigenen Lebensuhr bewusst. Grenzenloser Neid, ja Hass, stieg in ihr auf, ergriff Besitz von ihr gegenüber dem Menschen, dem sie einst das Leben geschenkt hatte. Unsägliche Schmerzen hatte sie ausgestanden, Monate benötigt, ihre Figur wieder in eine für sie akzeptable Form zu trimmen. Die Geburt war für sie ein einziges Grauen gewesen und die Betreuung des Neugeborenen eine einzige Last. Nach der von ihr unterbrochenen Stillzeit hatte sich der einst so wohlgeformte Busen dermaßen unansehnlich verformt, dass Tausende von Euro notwendig waren, um den alten Zustand zumindest halbwegs wieder herzustellen. Nie zuvor wurde ihr die Abneigung, die sie gegenüber ihrer Tochter hegte, so deutlich und klar wie in diesem Moment. Damals hatte sie die Schwangerschaft als Mittel zum Zweck billigend in Kauf genommen. Sie hatte Christian von Seylitz quasi die Pistole auf die Brust gesetzt, ihm mit einer Vaterschaftsklage und einem riesigen Skandal gedroht, falls er sie nicht geheiratet hätte. Und sie hatte ihr Ziel erreicht, aus Astrid Scheuermann entwickelte sich eine Adlige, die sich mit Macht und Reichtum umgab. Doch der Preis war hoch gewesen. Ihre Schönheit hatte sie geopfert für diesen blonden, pausbäckigen Lockenkopf. Sie hasste ihre Tochter mit jeder Faser ihres Körpers.

Entsprechend kühl und distanziert fiel ihre Antwort auf die zugegebenermaßen vorlaute Frage ihrer Tochter aus. „Immerhin wohne ich hier, und ich wüsste nicht, wer mich daran hindern könnte, mich in meinen eigenen vier Wänden frei und ungehindert zu bewegen, mein liebes Kind."

Carola von Seylitz kam zu ganz anderen Schlussfolgerungen: „Das ist ganz allein Papas Zimmer. Wie kommst du dazu, einfach so ungeniert in seinen privaten Unterlagen zu wühlen? Hast du denn gar keine Ehrfurcht vor den Toten? Einfach widerlich!"

Die Gutsherrin zeigte sich sichtlich getroffen und verlor für einen Moment ihre so mühsam erlernte aristokratische Gelassenheit. „Was bildest du dir eigentlich ein, du verzogenes Gör! Hat man dir auf den sündhaft teuren Internaten, auf die wir dich in bester Absicht geschickt haben, um überhaupt so etwas wie Bildung in deinen dummen Schädel einzupauken, denn gar nichts beibringen können? Immerhin bin ich deine Mutter, und ich verlange Respekt und Verständnis von dir. Hier habe ich zu sagen, und du hast dich zu fügen!"

Carola von Seylitz spuckte voller Verachtung vor den Füßen ihrer Mutter aus. „Seit wann liegt dir denn mein Wohl und meine Bildung am Herzen? Du warst doch nur froh, mich endlich los zu sein! Mein Leben lang hast du mich wie eine Puppe von einem Ort zum anderen abgeschoben, um nur keine Verantwortung tragen zu müssen. Dir ging es doch nur darum, hier die große Lady zu spielen, und dabei hast du mich wie überflüssigen Ballast behandelt und kaltblütig in das erstbeste Internat abgeschoben."

Astrid von Seylitz baute sich aufgebracht vor ihrer Tochter auf und erhob die rechte Hand zum Schlag. Letztere wartete voller innerlicher Befriedigung auf diese körperliche Züchtigung, die die endgültige unwiderrufliche Aufkündigung der familiären Bindung vollzogen hätte. Unmittelbar vor der entscheidenden Szene in diesem Familiendrama klingelte das Telefon und brachte die beiden Frauen zur Besinnung. Beide griffen instinktiv zum Hörer, doch Astrid von Seylitz entpuppte sich als schneller. „Hier von Seylitz. Wen wollen Sie sprechen? Meine Tochter? Einen kleinen Moment, bitte. Ich muss erst fragen, da ich nicht weiß, ob sie mit Ihnen überhaupt zu sprechen wünscht."

Carola von Seylitz trat unruhig von einem Fuß auf den anderen und griff hektisch nach dem Telefonhörer, den ihre Mutter ihr mit einer pathetischen Geste überreichte. „Hallo? Ach du bist es, Stefan." Die junge Frau errötete ganz gegen ihren Willen, während ihre Mutter sie kühl musterte. „Ob hier alles in Ordnung ist? Wenn du wüsstest!" Dabei blickte sie feindselig zu ihrer Mutter. „Lass uns später miteinander sprechen, Stefan. Bist du zuhause? Gut, ich melde mich dann bei dir." Gedankenvoll legte sie den Hörer auf die Gabel.

„Dafür haben wir also Unsummen in dein Fortkommen investiert", beschwerte sich Astrid von Seylitz trocken, „damit du dich mit dem ordinären Pack aus dem Dorf abgibst."

„Denke lieber daran, aus was für einem Stall du stammst“, giftete Carola zurück.

Die Türglocke läutete heftig und durchdringend. Einen Moment später klopfte es schüchtern an der Zimmertür und Agnes Hamann steckte vorsichtig den Kopf durch den Türspalt. „Ein Herr Tackmann wünscht Sie zu sprechen, gnädige Frau. Er sagt, sie wären verabredet.“

Astrid von Seylitz stieß – ganz gegen ihre sonstige Gewohnheit – einen lauten Fluch aus. „Führen Sie den Herrn in den kleinen Salon, Agnes, ich werde ihn gleich empfangen“, stotterte sie unsicher.

Carola warf ihr einen überraschten Blick zu. „Was hast du mit diesem Immobilienhai zu schaffen, Mutter?“, fragte sie misstrauisch.

„Nichts, was eine Halbwüchsige zu interessieren hätte“, gab diese barsch zurück.

In Carola von Seylitz stieg ein finsterer Verdacht auf. „Falls du vorhast, auch nur einen Quadratmeter Erde dieses Besitzes zu verschleudern, denke daran, dass ich genauso erbberechtigt bin wie du. Ich werde das niemals zulassen.“

Die Gutsherrin grinste ihre Tochter hämisch an. „Das wollen wir erst einmal sehen, was du erbst, mein liebes Kind. Zudem handle ich als die Erziehungsberechtigte ja nur zu deinem Wohl.“

Carola stampfte wütend mit den Füßen auf und stemmte ihre Fäuste in die Hüften. „Du hast mir gar nichts vorzuschreiben, ich bin volljährig.“

„In drei Monaten, wenn ich mich nicht irre, mein Kind. Und bis dahin werde ich alles zur allgemeinen Zufriedenheit geregelt haben. Entschuldige mich, meine Liebe, ich habe mit Herrn Tackmann zu reden.“ Astrid von Seylitz entschwand majestätisch.

Carola stürmte in ihr Zimmer, zog in Windeseile Hose und Pullover an und raste kopflos aus dem Haus. Wohin, blieb vorerst ihr Geheimnis.

## Kapitel 25

Karl Jensen trommelte nervös mit den Fingern auf der Schreibtischplatte und zog hektisch an der Zigarette, während er in den Untersuchungsergebnissen der Spurensicherung blätterte. Dabei ertönte ein unverständliches Gemurmel, und ab und an kritzelte er unleserliche Hieroglyphen in sein abgegriffenes Notizheft. Die Bürotür öffnete sich einen Spalt und Martin Blöcker steckte bedächtig seinen Kopf durch die Tür, um schlagartig und zugegebenermaßen provokant in ein ohrenbetäubendes Geröchel und Gehuste auszubrechen.

„Wenn du sichergehen willst, dass dein Gesicht nicht wieder im erheblichen Umfang in alle Richtungen anschwillt, solltest du deine Atemwegsbeschwerden schleunigst in den Griff kriegen", knurrte Karl Jensen gefährlich leise, ohne von seinen Akten aufzublicken. Martin Blöcker reduzierte seinen Protest vorsorglich zu einem dezenten Hüsteln, wedelte aber umso energischer mit seinen Händen, um den Zigarettenqualm aus Nase und Augen loszuwerden, was ihm aber aufgrund des starken Luftzuges nur unzureichend gelang.

„Du wirst mit deiner Qualmerei noch die ganze Kieler Kripo vergiften", begann er den verbalen Zweikampf erneut. Der bekennende Raucher parierte ohne zu zögern und erbarmungslos: „Dann werden zumindest wieder einige Planstellen frei und der Beförderungsstau löst sich in Luft auf."

Martin Blöcker, als überzeugter Nichtraucher und vehementer Streiter gegen alles, was eventuell krank machen könnte, bekannt, zückte seinen letzten großen Trumpf. „Genieße die Zigarette, mein lieber Karl, denn bald ist endgültig Schluss mit der ganzen Qualmerei."

Jensen irritierte der konsequente, frohlockende Tonfall in der Stimme seines Kollegen, und er drehte sich fragend um: „Was willst du damit sagen?"

Martin Blöcker gefiel sich sichtlich in der Rolle des wohl informierten Sprachrohrs formaler, hochoffizieller Verlautbarungen: „Sag bloß, Karl, du hast die letzten Rundschreiben noch nicht gelesen?"

Karl Jensen winkte unwirsch ab. „Ich habe zufällig einen Mordfall zu bearbeiten, wann soll ich mich bitte schön mit all den unsinnigen Rundschreiben beschäftigen? Steht doch sowieso immer nur derselbe Unfug drin."

Martin Blöcker rieb sich triumphierend die Hände. „Dann darf ich dir hiermit die aktuellen Nachrichten in puncto Rauchen verkünden. Ab dem nächsten Jahr wird das gesamte Gebäude zur rauchfreien Zone erklärt. Damit ist dann endgültig Schluss mit verqualmten Büros und stinkenden Aschenbechern."

Karl Jensen schreckte sichtlich betroffen auf. „Welche Paragraphenreiter haben sich denn diesen Blödsinn ausgedacht?", schimpfte er lauthals und knallte die Akten mit aller Wucht auf den Tisch. „Wenn das wirklich wahr ist, was du mir hier unterjubeln willst, dann hast du mich das letzte Mal in diesem Büro gesehen, das schwöre ich dir. Zukünftig fahre ich dann eben den ganzen Tag Streife."

Martin Blöcker setzte seinen Siegeszug unbeirrt fort und genoss die Situation in vollen Zügen. „Auch das Rauchen in den Dienstfahrzeugen wird ab dem 1. Januar untersagt sein. Ich fürchte, auf dich kommen traurige Zeiten zu, Karl."

Dieser schüttelte ungläubig den Kopf, während er sich eine neue Zigarette anzündete. „Na ja", tröstete er sich selbst, „bis dahin ist ja noch viel Zeit. Wer weiß, was sich alles noch so ergibt." Im Geist formulierte er jedoch bereits den geharnischten Protestbrief, den er aufzusetzen gedachte, um seinem Unmut über die seiner Ansicht nach ungerechte Regelung angemessen Ausdruck zu verleihen.

Um das für ihn so unerfreuliche Thema vorerst zu beenden, hielt er seinem Kollegen geradezu aufreizend einen Zettel unter die Nase. „Was hältst du davon Martin?"

„Ich bin Ihnen auf der Spur!", las Kommissar Blöcker stirnrunzelnd vor.

„Lies weiter, es kommt noch besser", unterbrach Jensen ungeduldig seinen Kollegen. Dieser warf ihm einen ärgerlichen Blick zu, vertiefte sich aber augenblicklich wieder in den Text. „Ich lasse das ganze lausige Komplott auffliegen und werde Ihnen beweisen, dass die Presse erfolgreicher agiert als die Polizei. Nils Röber."

„Da hört sich ja wirklich alles auf", ereiferte sich Martin Blöcker wütend, „was bildet der arrogante Schnösel sich bloß ein!"

Karl Jensen hingegen spielte gedankenverloren mit seinem Feuerzeug und starrte nachdenklich auf das Blatt Papier. „Du magst ja recht haben, Martin, bei dem Röber handelt es sich ohne Zweifel um einen unbequemen Zeitgenossen. Er ist fanatisch und dazu noch aggressiv. Er stellt das System an den Pranger. Aber er ist vielleicht wirklich einen entscheidenden Schritt weiter als wir. Ich hoffe nur, er weiß, was er tut."

Kommissar Blöcker sah seinen Partner verständnislos an. „Mensch, Karl, du dramatisierst. Der Kerl sucht doch nur eine schicke Schlagzeile für sein Käseblatt. Er klopft große Sprüche, verkauft sich als Superdetektiv und du gehst ihm auf dem Leim."

Karl Jensen schüttelte energisch den Kopf. „Martin, kapier doch endlich! Egal, ob er mit seinen Verdächtigungen und Theorien recht hat, wir haben zwei Tote und mindestens einen Mörder, der immer noch frei herumläuft. Falls dieser Röber auch nur per Zufall ins Schwarze trifft, kann es sehr gefährlich für ihn werden. Wir müssen alles daran setzen, ihn ausfindig zu machen, um ihm zu vergegenwärtigen, in was für einer Gefahr er schwebt."

Martin Blöcker winkte kategorisch ab. „Du steigerst dich mal wieder in irgendwelche Phantastereien hinein. Mach dich nicht lächerlich wegen eines egozentrischen Wichtigtuers. Lass uns lieber die bisherigen Fakten zusammenfassen. Vielleicht bringt uns ja auch der Bericht der Spurensicherung, den du mir bisher so beharrlich verschwiegen hast, einen wesentlichen Schritt weiter."

Kommissar Jensen reagierte augenblicklich. „Du hast recht, Martin, Methodik heißt das Zauberwort. Also, was haben wir?"

„Zwei Leichen, Karl. Christian von Seylitz wurde ohne Zweifel erschossen. Alle Welt vermutet einen Jagdtunfall, denn der ehrenhafte Bürgermeister von Brakstedt bekennt sich heldenhaft zu der Tat. Dann stellt sich heraus, dass sein Jagdgewehr nie und nimmer die Tatwaffe gewesen sein kann. Wir finden eine zweite Blutlache, und die entpuppt sich als rechtmäßiges Eigentum dieses obdachlosen Musikers. Voilà, wir haben wieder einen Verdächtigen, den wir kurze Zeit später, ebenfalls als Leiche, wieder in unserer Mitte begrüßen dürfen. Wo finden wir ihn? Ausgerechnet in der Jagdhütte des ersten Opfers. Wer findet ihn? Ausgerechnet die Tochter des ersten Opfers gemeinsam mit ihrem Freund. Leider liegt der Obduktionsbefund noch nicht vor. Damit käme Mord, Selbstmord oder ein natürliches Dahinscheiden infrage."

Kommissar Jensen wedelte freudig mit einigen Seiten eng bedruckten Papiers. „Ich glaube, hier kann ich weiterhelfen", verkündete er theatralisch. „Dietmar Moosleitner starb an einem Giftcocktail, der ein ganzes Regiment hätte eliminieren können. Da hat einer anscheinend seinen gesamten Apothekenschrank inklusive sämtlicher Vernichtungsmittel für Lebewesen jeder Art geplündert. Ich kann mir beim besten Willen nicht vorstellen, dass ein mittelloser Alkoholiker und Straßenmusikant eine so gut sortierte Giftküche gehortet haben könnte. Mit an Sicherheit grenzender Wahrscheinlichkeit wurde Dietmar Moosleitner ermordet."

Martin Blöcker nickte zustimmend. „Unbeantwortet bleibt jedoch die Frage nach dem Motiv und der Tatzeit", führte er seinen Vortrag fort.

„Auch auf diese drängenden Fragestellungen liefert der Obduktionsbericht Antworten", entgegnete Karl Jensen.

„Du hast einen nicht akzeptablen Informationsvorsprung", beklagte sich Martin Blöcker vorwurfsvoll.

Karl Jensen lächelte süffisant. „Wenn du dich mehr mit den wirklich wichtigen polizeilichen Ermittlungsergebnissen beschäftigen würdest, anstatt mit irgendwelchen internen Nichtigkeiten, dann würdest du dich nicht beschweren."

Martin Blöcker verstand den dezenten Wink, verzichtete jedoch klugerweise auf eine Fortsetzung der vorangegangenen Debatte. „Spanne mich nicht länger auf die Folter", knurrte er verärgert.

„Dietmar Moosleitner starb etwa zur selben Zeit wie Christian von Seylitz, wahrscheinlich sogar kurz vorher und zwar direkt in der Jagdhütte."

„Aber Karl, wie kam dann die Blutlache neben die Leiche des Gutsherrn?"

„Die tiefe Schnittwunde am Arm, Martin. Jemand fügte ihm mit einem Messer die Verletzung zu und fing das Blut auf. Wie beim Entenschlachten. Erst betäuben, dann abbluten lassen", konstatierte Karl Jensen.

Martin Blöcker schüttelte sich vor Ekel. „Ich begreife das nicht, Karl. Was hat das alles für einen Sinn?"

„Der Mörder von Christian von Seylitz wählte ihn zum Sündenbock aus. Es passt doch alles so schön zusammen. Erst die Auseinandersetzung auf dem Marktplatz. Dann die Blutlache direkt beim Opfer. Dietmar Moosleitner bleibt unauffindbar, und wenn widrige Umstände für ein Auftauchen sorgen, wird der Anschein eines Selbstmordes suggeriert. Wenn du mich fragst, Martin, haben wir es mit einem eiskalt planenden Mörder zu tun. Nur das in derselben Nacht der Herr Bürgermeister sich ausgerechnet diesen Hochsitz auswählt, auf den Toten ballert und sich selbst als Täter bezichtigt, konnte er nicht vorhersehen."

Kommissar Blöcker nickte bestätigend. „Du könntest recht haben, Karl. Dann ergeben die bisherigen Erkenntnisse auch einen logischen Sinn."

Ein junger Polizeibeamter unterbrach die Gedankenspiele der beiden Kripomänner. „Oberkommissarin Schäfer wünscht Sie vor der Pressekonferenz zu sprechen."

Die beiden grinsten sich an. „Da bekommt jemand kalte Füße", flachste Martin Blöcker.

„Nun komm mal, Martin, wir können unsere Schäferin doch nicht im Stich lassen und sie der hungrigen Meute von Presseleuten schutzlos ausliefern."

Martin Blöcker klopfte seinem Kollegen anerkennend auf die Schulter. „Gut gesprochen, Löwe", lobte er und beide marschierten einmütig zu ihrer Chefin.

# Kapitel 26

Carola von Seylitz rannte wie blind die lange, mit alten Linden bestandene Dorfstraße von Brakstedt Moor entlang. Die alte Mutter Harms, die gemächlich mit ihrem Rollwagen die Straße querte, sah sich zu einem olympiareifen Hechtsprung genötigt, um einer drohenden Kollision zu entgehen. Ein wahrer Schauer von wüsten Flüchen und handfesten Drohungen ergoss sich auf die junge Frau, die unachtsam und ohne ihr Tempo zu drosseln, weiter voranstürzte.

„Nur weg, weg von der Mutter und ihren hinterhältigen Intrigen", war alles, was in ihrem Kopf kreiste. Es existierte nur ein Mensch, dem sie wirklich vertraute, dem sie ihr übervolles Herz ausschütten konnte, Stefan Butenschön. Deshalb richtete sie ihren Lauf wie selbstverständlich zu dem kleinen Pachthof weit außerhalb des Dorfes, am Rande des Moors. Grau und bedrohlich schoben sich dunkle Wolkenmassen über den Himmel, unbarmherzig vorangepeitscht durch den eiskalten Nordwestwind, der ihr fast den Atem nahm. Erste große Hagelkörner jagten fast waagerecht wie Geschosse durch die Luft und trafen sie schmerzhaft am ganzen Körper. Abrupt blieb sie fröstelnd stehen und taxierte die unendlich lange, tausendfach gewundene Straße, die bis zum Hof führte. Die Hagelkörner prasselten immer heftiger auf sie nieder und durchdrangen den dünnen Anorak und den darunter liegenden, kaum mehr wärmenden Pullover. Spontan drehte Carola von Seylitz dem Sturm und dem peinigenden Hagel den Rücken zu und blickte über das unendliche Moor. Dunkel erinnerte sie sich an die Abkürzung, die quer durch den Morast führe. Bestimmt die Hälfte der Zeit könnte sie einsparen, wenn sie den alten Bauernweg einschlug, den bereits Generationen vor ihr als Fußweg zur Kirche oder zu den großen Veranstaltungen in Brakstedt wie Jahrmarkt oder Osterfeuer genutzt hatten. Ein weiterer heftiger Schneeregenschauer beendete alle weiteren Überlegungen und Bedenken. Mit dem Mut der Verzweiflung und eiskalten Füßen stapfte sie tapfer, aber mit klopfendem Herzen in das Moor hinein. Anfangs schritt sie forsch voran, immer den farbigen Giebel des Bauernhauses und die hellroten Ziegel des Daches vor Augen. Ab und zu schaute sie zögernd zurück zu der sicheren, gut befestigten Dorfstraße, doch der plötzliche, unerwartete Wintereinbruch zwang sie weiter zu ihrem abenteuerlichen Marsch durch das tückische Moor. Der helle, freundliche Schein dieses Herbsttages verwandelte sich fast schlagartig in ein dunkles, unheimliches Schneetreiben. Wege, Stege und stilles, lauerndes, brackiges Wasser verschmolzen immer mehr zu einer unheilvollen Einheit. Carola von Seylitz, mit der unbändigen, eisernen Willensstärke ihres Vaters vorbelastet, schritt weiter konsequent und unbeirrt durch das Brakstedter Moor. Immer weniger Raum bot der sich verengende Pfad dem tastenden, suchenden Fuß, immer häufiger quoll braunes, schwefelhaltiges Wasser zwischen den suchenden Schritten hervor. Langsam stieg Panik in der jungen Frau auf, denn schon rutschte sie von einer so sicher scheinenden Grasbülte ab und versank mit einem Bein im Morast. Mit aller Kraft riss sie sich aus der trüben Brühe heraus und stolperte kopflos weiter Richtung Bauernhaus. Keinen noch so schmalen Pfad fand ihr verzweifelt suchendes Auge, im Gegenteil, nur noch einzelne Binsenbüschel ragten aus dem dunklen Wasser. Erneut prasselte ein heftiger Hagelschauer auf sie hinab, wieder setzte sie zum Sprung an, um die nächste, trittfest scheinende kleine Insel aus hartem, trockenem Gras zu erreichen. Der Fuß setzte auf, und ein angstvoller Schrei ertönte, als der Grasbüschel unter ihrem Gewicht nachgab. Langsam, aber unerbittlich versank sie in dem tückischen Moor. Sie schrie aus Leibeskräften, doch der heulende Sturm übertönte ihre Hilferufe, trieb sie ungehört über das Brakstedter Moor. Bis zu den Hüften steckte sie in dem gierig saugenden Morast. In Todesangst ruderten ihre Arme in der Luft, um einen letzten, rettenden Halt zu finden. Mit wilder Entschlossenheit packte sie das nächste Grasbüschel und versuchte, sich daran herauszuziehen. Doch wie eine Fata Morgana tauchte es ebenfalls in den trüben, matschigen Fluten unter. Vor ihren Augen stiegen die Gesichter mumifizierter Moorleichen auf, die fratzenhaft lächelten und ihr die schwarzen, vertrockneten Arme entgegenstreckten. Dazwischen erschien ihr das höhnisch grinsende Angesicht ihrer Mutter.

„Das ist das Ende", schoss es ihr durch den Kopf, und sie ergab sich endgültig ihrem unabwendbaren Schicksal. So sehr mit sich selbst und ihrem eigenen Dahinscheiden beschäftigt, überhörte sie das leise Plätschern, verursacht durch eilig auf sie zustrebende Schritte, die wohlüberlegt ihren Weg durch das Moor fanden. Eine kräftige, schwielige Männerhand packte sie schmerzhaft am Haarschopf und zog sie vorsichtig Stück für Stück aus dem klebrigen Morast, der sein so sicher geglaubtes Opfer nur widerwillig preisgab. Carola von Seylitz befand sich wie in Trance, alles erschien ihr wie ein böser, unwirklicher Traum und sie wagte nicht, ihre Augen zu öffnen. Derbe Schläge auf ihre Wangen riefen sie rigoros in die Wirklichkeit zurück. Ihr Gesicht brannte schmerzhaft, während sie am ganzen Körper erbärmlich fror. Sie schlug zögernd die Augen auf.

„Vadder Schön", stammelte sie ungläubig, während sie in das wettergegerbte Gesicht des alten Mannes blickte. Dieser sah sie zärtlich, aber auch vorwurfsvoll an. „Wat mokst du denn allein hier int Moor, mien Deern", fragte er verständnislos.

„Ich wollte zu euch, zu Stefan. Ich bin ja so froh, dass du gekommen bist."

Schluchzend und völlig entkräftet fiel sie ihm um den Hals. Der alte Bauer verlor etwas von seiner gewohnten Gelassenheit, denn kaum mehr gekannte, väterliche Gefühle erwärmten Herz und Seele.

„Na, dann kom mol mit mie, ich will di sicher tu Hus bringen", erklärte er fürsorglich, legte seine dicke Joppe um ihre Schultern und hakte sie mit kräftigem Griff unter.

Kurze Zeit später saß Carola von Seylitz vor dem heimeligen wärmespendenden Holzofen. In dicke Wolldecken gehüllt und einen dampfenden Tee vor sich kehrten ihre Lebensgeister Stück für Stück zurück. Neben ihr auf der schmalen Holzbank kauerte immer noch fassungslos Stefan Butenschön und knetete nervös die Finger. Gänsefedern hingen ihm kreuz und quer in Gesicht und Haaren herum und auch einige kleine Blutspritzer zierten Unterarm und Nasenspitze.

„Mensch, Carola, mitten durch das Moor zu laufen! Welcher Geist hat dich denn geritten! Wenn Opa nicht zufällig in der Nähe gewesen wäre, dann …" Er sprach den Satz nicht weiter. Die junge Frau nahm erst jetzt bewusst Notiz von ihm.

„Sag mal, wie siehst du denn aus? Spielst du hier den Moorgeist, oder was?"

„Wir schlachten gerade die Gänse", antwortete Stefan ärgerlich und wischte fahrig mit seinen Händen durch Gesicht und Haare. Einige weiße Federn schwebten zu Boden, doch die Blutspritzer verschmierten noch mehr.

„Geh dich erst einmal vernünftig waschen, bevor du mit einer Dame sprichst", ordnete Vadder Schön an, der mit einem deftigen Grog am Küchentisch saß. Stefan Butenschön wusste, verlegte sein Großvater sich auf das Hochdeutsche, duldete er keinen Widerspruch. Zögerlich verließ er die Küche zwecks umfassender Waschung. Lange sahen sich der Altbauer, der Jahrzehnte den Hof als Pächter derer von Seylitz bewirtschaftet hatte und die junge Gutsherrin schweigend an.

„Danke", flüsterte Carola von Seylitz und senkte den Kopf. Den Mund des verwitterten Gesichtes umspielte ein feines Lächeln, und die Augen blinzelten unter den buschigen Brauen.

„Bliev so, as du bist, denn du bis eene feine Deern."

Nach dieser langen Rede leerte er sein Grogglas mit einem Zug und schlurfte bedächtig aus der Küche. Für einen Moment blieb Carola allein in dem geräumigen Raum zurück und lauschte dem leisen Knacken der brennenden Buchenscheite. Urplötzlich wurde ihr bewusst, was sie in all den Jahren im herrschaftlichen Gutshaus und den noblen Internaten vermisst hatte. Wärme und Menschlichkeit strahlten diese einfache rustikale Küche und ihre Bewohner aus, ein Besitz, der mit keinem Geld der Welt zu erwerben war.

Geschniegelt und gebügelt stürmte Stefan Butenschön in den Raum und umarmte Carola mit einer Heftigkeit, die ihr fast den Atem nahm. „Carola, Liebes, wie konntest du nur quer durch das Moor stürmen. Wenn dir etwas geschehen wäre, hätte ich mir das niemals verziehen."

Carola, etwas realistischer veranlagt, runzelte die Stirn. „Was hast du, bitte schön, damit zu tun, wenn ich so dumm bin, in eine Moorleine zu fallen. Werde bitte nicht theatralisch."

Stefan ließ nicht locker. „Aber warum dieser gedankenlose Blindflug?"

Tränen stiegen ihr in die Augen und sie bedeckte ihr Gesicht mit den Händen. „Ich habe total den Kopf verloren. Ich weiß wirklich nicht mehr, was ich denken soll. Agnes erzählt mir, wir wären pleite und Mutter will den ganzen Besitz verschleudern, um ihrem verschwenderischen Luxusleben zu frönen."

„Lass dir das nicht gefallen, du hast mindestens dieselben Ansprüche wie sie. Nimm dir einen Anwalt", ereiferte sich der junge Bauer. „Ach, Stefan, wenn das alles so einfach wäre. Ich bin doch erst in einigen Monaten volljährig. Außerdem habe ich das Gefühl, Mutter will mir irgendwas anhängen. Sie weiß nämlich, dass ich zu der Zeit, als Papa ermordet wurde, nicht im Internat war und machte so komische Andeutungen."

Stefan Butenschön sprang wie von einer Tarantel gestochen auf. „Sie soll nur nicht wagen, dich da hineinzuziehen, dann wird sie ihr blaues Wunder erleben, das schwöre ich dir!"

„Was könntest du meiner Mutter schon anhaben, Stefan, nun bleib mal auf dem Teppich", antwortete sie mürrisch, jedoch innerlich erfreut über den ausgeprägten Beschützerinstinkt ihres Freundes. Stefan warf sich selbstbewusst in die Brust. „Ich bin sicher, die Polizei würde sich schon über die geheimen Treffen deiner Mutter mit dem arroganten Juwelier aus Brakstedt interessieren. Die beiden stecken doch schon lange unter einer Decke und das wohl auch im wahrsten Sinne des Wortes. Denen war dein Vater doch schon lange im Weg."

Carola von Seylitz überlegte angestrengt. „Ich fühle schon lange, dass Mutter irgendwie in die Sache verstrickt ist, aber das ist nur eine Vermutung. Woher weißt du das alles, Stefan?"

„Opa kriecht doch Tag und Nacht durch Wald und Moor. Es gibt kaum etwas, was er nicht mitkriegt."

Carola wickelte sich in Sekundenschnelle aus den diversen Wolldecken und stürmte aus der Küche. „Ich muss unbedingt mit Vadder Schön sprechen", rief sie laut, bevor die Tür hinter ihr zuknallte.

Stefan Butenschön kratzte sich nachdenklich hinter dem Ohr. „Da verstehe einer die Frauen!"

## Kapitel 27

Oberkommissarin Schäfers pragmatisches Organisationstalent genoss sowohl im privaten Bereich als auch bei ihren Vorgesetzten und Mitarbeitern einen außerordentlich guten Ruf. Diesem wurde sie auch in diesem Moment wieder voll und ganz gerecht. In knapp drei Stunden wartete eine sensationslüsterne Meute von Reportern und Journalisten auf neue, überraschende Ermittlungsberichte in Sachen Mörderstadt Brakstedt, um für Auflagen steigernde Schlagzeilen zu sorgen. Der Termin stand zwar erst seit kurzer Zeit fest, doch, das war der Oberkommissarin schmerzhaft bewusst, Kleider machen Leute, und dazu gehörte selbstverständlich eine angemessene Frisur. Die Chefin der Kieler Kripo scheute weder Zeit noch Mühen, den modernen Anforderungen hinsichtlich Outfit und persönlichem Look gerecht zu werden. Sowohl ihre persönliche Karriereberaterin als auch ihr individueller Stylist rieten zu einer professionellen, interstellaren Dauerwelle. Ihr Coiffeur schloss sich dieser Meinung vorbehaltlos an. Oberkommissarin Schäfer zahlte einen exorbitant hohen Preis und wünschte alle vorbehaltlos zum Teufel. Die individuell kreierte Dauerwelle entsprach nämlich so gar nicht ihren Erwartungen. Dicke, gekringelte Locken standen wie kleine Schweineschwänchen wahllos in alle Himmelsrichtungen ab. Der verschwenderisch eingesetzte Haarfestiger tat ein Übriges, die wackere Oberkommissarin wie ein Wesen von einem fremden Stern erscheinen zu lassen. Doch wie jeder gute Sternenkrieger kämpfte Caroline Schäfer tapfer und unverdrossen gegen ihr Schicksal an. Das bedeutete in diesem besonderen Fall, die verbleibende Zeit bis zum Eintreffen ihrer Kommissare sinnvoll zu nutzen und die Frisur wieder auf schleswig-holsteinischen Standard herunter zu schrauben oder besser, zu bürsten. Den Kamm in der rechten Hand, den Spiegel in der linken zerrte und riss sie an dem Wildwuchs internationaler Friseurkunst herum, bis ihr vor Schmerzen die Tränen in die Augen schossen. Das Ergebnis war niederschmetternd. Als Nächstes folgte ein kategorisches Tränken der rebellierenden Haare mit lauwarmem Wasser, doch einige der Schweineschwänzchen widerstanden auch dieser Rosskur. Mitten in dieses Gemetzel platzten die beiden Kommissare hinein. Deren Chefin wirbelte entsetzt herum und giftete ihre beiden Mitarbeiter unbeherrscht an. „Was wollen Sie denn schon hier? Sonst lassen Sie sich doch auch alle Zeit der Welt und verspäten sich regelmäßig."

Die beiden unterdrückten ein gehässiges Lachen und eine ironische Kommentierung mit allerletzter Kraft, denn die blitzenden, böse funkelnden Augen ihrer Chefin verhießen nichts Gutes.

„Wir sind eben immer bestrebt, uns weiter zu verbessern", versuchte Karl Jensen diplomatisch die angespannte Situation zu entschärfen, doch das Glucksen in seiner Stimme war kaum zu überhören.

Oberkommissarin Schäfer beschloss ebenfalls, die kompromittierende Lage zu überspielen und zur Tagesordnung überzugehen, wobei sie jedoch instinktiv beide Hände auf ihre Lockenpracht presste. Ihre beiden Mitarbeiter blätterten währenddessen übertrieben konzentriert in ihren Unterlagen, aber den Blick von ihrer Chefin abzuwenden, fiel ihnen sichtlich schwer. Diese, sturmerprobt, ging gekonnt und routiniert in die Offensive, während sie abwechselnd mit ihren Händen versuchte, ihre abstehenden Locken glatt zu streichen.

„Also, meine Herren, fassen Sie sich kurz und vermitteln Sie mir in knappen Worten den aktuellen Stand der Ermittlungen. Wir haben nicht mehr viel Zeit bis zur Pressekonferenz."

Kommissar Jensen holte tief Luft, räusperte sich vernehmlich und begann mit seinem Bericht. „Todeszeitpunkt und -ursache des ersten Opfers, Christian von Seylitz, sind hinreichend bekannt. Der Anfangsverdacht gegen Bürgermeister Tramsen löste sich nach Überprüfung des Kalibers buchstäblich in Luft auf. Dietmar Moosleitner, dessen Blut wir am Tatort identifizieren konnten, wäre als weiterer potentieller Täter infrage gekommen, wenn wir ihn nicht – mit Gift vollgepumpt – in der Jagdhütte des Opfers entdeckt hätten. Wer von den beiden nun wirklich als Erster liquidiert wurde, ist zumindest fraglich, da die Todeszeit annähernd identisch ist."

Oberkommissarin Schäfer klappte umständlich ihre alte Taschenuhr auf, drehte sie einige Male in verschiedene Richtungen, vergaß nicht zu erwähnen, dass es sich um ein kostbares Erbstück handelte, und verschloss das gute Stück sodann mit einem energischen Ruck. „Vielen Dank, Herr Jensen, für diese bemerkenswert kurze Zusammenfassung der Ereignisse."

Bevor Kommissar Jensen auch nur die Spur einer Chance gehabt hätte, das Lob aufzunehmen, geschweige denn auszukosten, schlug

Oberkommissarin Schäfer mit beiden Händen auf den Tisch. Etliche unterdrückte Lockenstränge nutzen die günstige Gelegenheit und strebten kerzengerade in alle Himmelsrichtungen auseinander. Doch Caroline Schäfer scherte sich im Augenblick nicht um Äußerlichkeiten, jetzt ging es um die Sache. „Ist das etwa alles, was Sie Neues zu vermelden haben? Wir treten ja vollständig auf der Stelle. Ich mache mich ja zum Gespött der versammelten Presse, wenn ich versuche, denen das als Neuigkeit unterzujubeln. Das kann doch nicht Ihr Ernst sein, meine Herren!"

Kommissar Jensen richtete sich ruckartig auf und ballte erbost die Hände, denn er fühlte sich tief in seiner Ehre gekränkt. „Glauben Sie etwa, wir schieben eine ruhige Kugel? Ermittlungsergebnisse fallen eben nicht vom Himmel und Obduktionsbereichte erst recht nicht. Gut Ding will Weile haben, sagt schon der Volksmund."

„Ich weiß ja, dass Sie alles Menschenmögliche versuchen, Jensen", antwortete Oberkommissarin Schäfer beschwichtigend, „aber Sie wissen doch, wie die Presse ist, immer auf der Jagd nach Sensationen. Denen müssen wir schon etwas bieten, um nicht selbst in die Schlagzeilen zu geraten."

„Wir werden die Spreu vom Weizen trennen und den Mörder überführen, aber nicht ausgerechnet dann, wenn die Presse uns den Termin vorgibt", erwiderte Karl Jensen bockig.

„Aber wir können doch einiges an neuen Erkenntnissen präsentieren", lenkte Martin Blöcker diplomatisch ein. „Karl hat ja erst mit seinem Bericht begonnen, und ich habe auch noch so einiges in petto."

Oberkommissarin Schäfer griff diese vage Behauptung so begierig auf, wie ein Ertrinkender den berühmten Strohhalm. „Ich wusste ja, dass Sie beide mich nicht im Stich lassen würden und noch mancherlei in der Hinterhand haben."

„Ob das allerdings bereits vor den Herren Reportern breitgetreten werden sollte, wage ich zu bezweifeln", maulte Karl Jensen immer noch gekränkt.

Oberkommissarin Schäfer ignorierte den aus ihrer Sicht unpassenden Einwand und wandte sich lebhaft Martin Blöcker zu. „Sie machen mich richtig neugierig, Herr Blöcker. Ich wusste doch, auf Sie ist Verlass. Also los, berichten Sie."

Der mit so vielen Vorschusslorbeeren Bedachte rückte selbstbewusst seinen Stuhl zurecht und begann mit seinem Vortrag: „Die beiden verdächtigen Personenkraftwagen, die einige Tage vor dem Auffinden der Leiche an der Jagdhütte parkten, konnten wir identifizieren. Es handelte sich um die Wagen von Astrid von Seylitz sowie von dem Juwelier Möllmann aus Brakstedt. Die Jagdhütte selbst liegt sehr versteckt in einem abgelegenen Waldstück, so dass nicht zu vermuten ist, dass sie als beliebter Ausflugsort dient."

„Wir sollten die beiden doch mal umgehend fragen, was der Grund für ihre Zusammenkunft war", führte Oberkommissarin Schäfer den Gedanken weiter. „Sehr gut recherchiert, Herr Blöcker", lobte sie den wie ein Honigkuchenpferd strahlenden Kommissar.

„Vor allem wäre interessant zu erfahren, wer die beiden Autos denn entdeckt hat", frotzelte Karl Jensen, doch nahm keiner der beiden von seiner Forderung Notiz.

Martin Blöcker beschränkte sich auf einen ärgerlichen Seitenblick und fuhr mit seinen Ausführungen fort. „Vor allem fanden wir jede Menge Fingerabdrücke in der Jagdhütte. Einige konnten wir den beiden Jungen zuordnen, die meisten warten jedoch noch auf ihre Eigentümer. Ebenfalls befand sich der Hut und die Geige des Moosleitners in der Hütte."

„Witwe und Juwelier verhören und Fingerabdrücke abnehmen", lautete die knappe Parole der Oberkommissarin.

Karl Jensen entschied für sich, seine innere Protesthaltung aufzugeben und nunmehr konstruktiv zu den Ergebnissen beizutragen. „Es mag ja nicht unmittelbar mit dem Fall zusammenhängen, aber das Stubenmädchen erzählte bei meinem ersten Besuch im Herrenhaus etwas von gestohlenen Schmuckstücken."

Oberkommissarin Schäfer horchte interessiert auf. „Ich bin mir sicher, wir sind auf einen Erfolg versprechenden Ansatz gestoßen, meine Herren. Knöpfen Sie sich die beiden vor."

„Wenn wir uns schon mit der trauernden Witwe beschäftigen, sollten wir uns gleichzeitig auch mit der Tochter auseinandersetzen", schlug Karl Jensen vor.

„Ich denke, die weilte zum Zeitpunkt des Mordes in irgendeinem Internat", wandte Martin Blöcker ein.

„Mit dem Alibi ist es bekanntermaßen so eine Sache“, erwiderte sein Partner, „zudem fand sie quasi zusammen mit ihrem Begleiter die Leiche des Straßenmusikanten.“

Oberkommissarin Schäfer nickte eifrig. „Verhören Sie alle“, forderte sie enthusiastisch, „wirbeln Sie ganz Brakstedt und Umgebung durcheinander.“

„Wir haben noch mehr zu berichten“, meldete Martin Blöcker voller Stolz. „In den Büschen rund um die Jagdhütte fanden wir Fußspuren. Es handelt sich dabei wahrscheinlich um diese Holzschuhe, die auf den Bauernhöfen ab und an getragen werden.“

„Woher wollt ihr das denn so genau wissen?“, fragte Karl Jensen skeptisch.

„Der Träger durchwatete einige Male Matschlöcher, die die Wildschweine angelegt hatten, daher sind sich die Herren von der Spurensicherung ziemlich sicher.“

„Die Jagdhütte erfreute sich scheinbar großer Beliebtheit“, sinnierte Kommissar Jensen. „Ich werde den Verdacht nicht los, dass es sich bei dem Mord an Christian von Seylitz um ein sehr persönliches Verbrechen handelt. Der Mörder lieferte uns zwei mögliche Verdächtige, die mit der Familie des Opfers allem Anschein nach in keiner Weise in einer engeren Verbindung standen. Hast du etwas über die finanziellen Verhältnisse herausbekommen, Martin?“

„Leider nicht, der Sparkassendirektor weigerte sich, mir telefonisch irgendwelche Auskünfte zu geben. Ich habe für morgen einen Termin mit ihm vereinbart.“

Oberkommissarin Schäfer riss die Gesprächsleitung wieder entschlossen an sich. „Ich stelle fest, eine Unmenge verschiedener Alternativen wollen überprüft werden. Für die Pressekonferenz fühle ich mich gut gerüstet. Ich will Sie nicht weiter von Ihrer Ermittlungsarbeit abhalten. Herzlichen Dank, meine Herren.“

Vollen Tatendrang verließ sie die kleine Gesprächsrunde. Karl Jensen lächelte ihr feinsinnig hinterher. „Zuckerbrot und Peitsche“, konstatierte er und stecke sich eine Zigarette an.

# Kapitel 28

Kommissar Jensen genoss die beschauliche Fahrt durch die herbstliche Landschaft Richtung Brakstedt. Wohlwollend ruhte sein Auge auf den sanften Hügeln und den größtenteils schon vorbearbeiteten Äckern, die ab und zu von kleinen Feldgehölzen und lang gezogenen Knicks unterbrochen wurden. Seine Laune verbesserte sich noch mehr, als er an die Oberkommissarin dachte, die sich jetzt in der Pressekonferenz den vielen Fragen der Reporter stellen musste.

„Unser Land zwischen den Meeren ist wirklich wunderschön", dachte er voll innerem Frieden, während er an dem großen Plöner See entlang fuhr. Schon von weitem erblickte er die schlanke, hochaufragende Kirchturmspitze von Brakstedt, der sich immer mehr kleine und große Dächer hinzugesellten, aus deren Schornsteinen sanft ein feiner Rauch emporstieg. Quer durch die idyllische Kleinstadt führte ihn sein Weg. Kinder tobten lärmend auf dem Vorplatz der einzigen Grundschule und pflichtbewusste Hundebesitzer führten ihre vierbeinigen Begleiter durch den großzügigen Park.

„Ein Bild tiefster kleinstädtischer Idylle", dachte Karl Jensen, „und doch verbirgt sich hinter einer der schmucken Eingangstüren ein skrupelloser Mörder."

Die friedliche, stimmungsvolle Atmosphäre war urplötzlich wie weggeblasen. Karl Jensen kniff nervös und irritiert die Augen zusammen. Genauso schnell, wie die Wolken am Himmel aufzogen und sich fratzenhaft zusammenballten, um Eis und Regen zu verkünden, wandelten sich die Empfindungen in seiner Seele. Er fuhr aus Brakstedt Richtung Herrenhaus derer von Seylitz hinaus, während erste eisige Sturmböen sein Auto schüttelten. Kalte Polarluft durchströmte den Wagen, daumendicke Eisstücke prasselten gegen die Windschutzscheibe und die alten, knorrigen Alleebäume ächzten und stöhnten. In Karl Jensen stieg eine unbeschreibliche Kälte auf, drang ihm durch Mark und Bein. Mit klammen Fingern suchte er fieberhaft nach dem Regler für die Autoheizung und wandte seinen Blick für Bruchteile von Sekunden von der Fahrbahn ab. In diesem Augenblick schoss eine dunkle Gestalt, einem Schatten gleich, über die Straße. Aus dem Augenwinkel heraus nahm Karl Jensen den Schemen wahr, der sich vor seinem Auto auf die nasse, graue Fahrbahn warf. Ein letzter verzweifelter Bremsversuch, ein automatisches Herumreißen des Lenkrades blieben ohne die herbeigesehnte Wirkung. Mit einem ohrenbetäubenden Knall prallte der Körper gegen den PKW, wirbelte über die Motorhaube und verschwand, ebenso schnell, wie er gekommen war, in der Böschung der gegenüber liegenden Straßenseite. Nur mit größter Mühe brachte Karl Jensen das schlingernde Fahrzeug zum Stehen, setzte die Warnblinkleuchte in Betrieb, fingerte nach seinen Zigaretten, die auf dem Beifahrersitz lagen und rauchte in tiefen Zügen. Langsam flaute der Hagelschauer ab, und das gewaltige Trommeln auf dem Autodach verlor sich mehr und mehr. Zögernd, mit zittrigen Knien, stieg er aus dem Auto. Schlimmste Vorahnungen geisterten ihm durch den Kopf, als er widerstrebend auf den Punkt der Kollision zusteuerte. Bremsspuren, glitzernde Splitter der zerborstenen Scheinwerfer und eine Blutlache zeigten die Stelle nur allzu deutlich an. Laut knirschten die tauenden Hagelkörner und die Glassplitter unter seinen Füßen, während er die Straßenkante abschritt, von der die Gestalt erschienen war. Seine Augen glitten suchend über das braune, abgestorbene Gras an der Fahrbahnbefestigung und verharrten dann wie hypnotisiert an einem der alten Lindenbäume. Langsam trat er näher heran und erbleichte zu Tode erschrocken. Mit zittrigen Händen hob er einen Kinderschuh aus dem nassen Gras, während es vom Baum unentwegt herabtropfte. Mit Tränen in den Augen blickte er auf die kleinen, rosafarbenen Elefanten, die an die Seiten des kleinen Winterstiefels genäht waren. Nur mühsam tippte er eine Telefonnummer in sein Handy und führte es zum Gesicht.

„Hallo, Kleinmann, Jensen hier, bitte kommen Sie so schnell wie möglich zu der Ausfallstraße, die Richtung Anwesen von Seylitz führt. Was passiert ist? Ich habe soeben einen Menschen, ein kleines Kind überfahren."

Voller Panik und dem fast übermächtig werdenden Drang, die Stätte des grauenvollen Ereignisses so schnell wie möglich zu verlassen, schaute Karl Jensen zur anderen Straßenseite hinüber. Nichts rührte sich dort. Es herrschte Totenstille. Allmählich kehrte bei ihm der gesunde Menschenverstand und das Pflichtgefühl zurück. Mit langen Sätzen stürmte er über die Straße und suchte methodisch die steile Böschung ab. Das triste Grau des Himmels sowie der aufkommende Bodennebel erschwerten die Entdeckung des möglichen Unfallopfers beträchtlich. Karl Jensen stolperte mehr, als dass er ging, den matschigen, schmierigen Abhang entlang. Immer wieder rutschte er aus, fiel mit Knien und Händen in das schmutzige, nasse Gras und rappelte sich schwerfällig wieder auf. Fluchend und schwitzend gab er schließlich auf und marschierte wütend und verzweifelt zu seinem Auto, um nach einer Taschenlampe zu suchen. Hektisch wühlte er den Kofferraum durch, tastete die Flächen unter den Vordersitzen ab und kramte entnervt im Handschuhfach, doch der erhoffte Erfolg wollte sich nicht einstellen. Er hörte erleichtert auf, als in der Ferne das wohlbekannte „Tatütata" ertönte und ein grelles blaues Licht in regelmäßigen Abständen durch den wallenden Nebel blitzte. In rasantem Tempo und mit quietschenden Reifen näherte sich Wachtmeister Kleinmann der Unfallstelle, gefolgt von einem nicht minder schnellen Rettungswagen.

Karl Jensen sprang mitten auf die Straße und gestikulierte wild mit Händen und Füßen, ohne auch nur einen Gedanken daran zu verschwenden, dass auch er selbst bei diesem trüben, diesigen Wetter nicht eben als lebende Warnleuchte fungierte. Kleinmann indessen preschte in voller Fahrt die Straße entlang, um dem Kollegen der Kieler Kripo so schnell wie möglich zu helfen. Zwischen zwei Nebelbänken tauchte urplötzlich eine menschliche Silhouette vor ihm auf, die wie wild auf und nieder sprang und dabei unkontrolliert hin und her strampelte. Wachtmeister Kleinmann stellte in dieser Situation ein ungeheures Reaktionsvermögen unter Beweis, welches ihm keiner aufgrund seiner Körpergröße und eher behäbigen Art und Weise zugetraut hätte. Erkennen, erfassen und reagieren geschah fast gleichzeitig. Mit aller Kraft trat er auf die Bremse und riss das Lenkrad herum, um den sonst unvermeidlichen Zusammenprall zu verhindern. Karl Jensen stand wie zur Salzsäule erstarrt, mit offenem Mund und ausgestreckten Armen auf der Straße und blickte wie hypnotisiert auf die immer größer werdenden Scheinwerfer. Zweimal drehte sich der Polizeiwagen um seine eigene Achse und schlingerte haarscharf an dem Kripobeamten vorbei, bis Wachtmeister Kleinmann das Fahrzeug halbwegs wieder unter Kontrolle bekam. Bereits während das Auto langsam am Straßenrand ausrollte, sprang Kleinmann wild gestikulierend heraus und schimpfte wie ein Rohrspatz, als er auf Karl Jensen zumarschierte.

„Mensch, Herr Jensen, sind Sie denn von allen guten Geistern verlassen? Wie können Sie sich bei diesem Wetter an einer nicht gesicherten, unmarkierten Unfallstelle mitten auf die Straße stellen? Um ein Haar hätte ich Sie plattgefahren."

Karl Jensen wähnte sich wie in einem bösen Traum. „Ich weiß wirklich nicht, was in mich gefahren ist", stammelte er. „Ich habe zwar die Scheinwerfer auf mich zukommen sehen, aber ich konnte mich einfach nicht rühren." In diesem Moment trafen Notarzt und Sanitäter wutentbrannt bei den beiden Polizisten ein. Auch diese beiden hatten ein gewagtes Bremsmanöver heil überstanden, aber einen heftigen Schrecken davongetragen. Die extreme Nervenanspannung ließ nur langsam nach und entsprechend hochgepeitscht waren die Emotionen.

„Sind Sie lebensmüde oder betrunken, Mann", herrschte der Arzt den Kommissar an. „Wie kann ein Mensch sich nur so verhalten. Sie gehören ab sofort aus dem Verkehr gezogen."

Die rüde Verbalattacke rüttelte Karl Jensen endlich auf. „Was kümmert ihr euch eigentlich um derartige Banalitäten", schnauzte er unwillig zurück. „Hier liegt irgendwo ein verletztes Kind in der Böschung, falls es überhaupt noch lebt, und ihr haltet euch mit langen Debatten auf. Helft mir endlich suchen, verdammt noch mal." Diese eindringliche Aufforderung verfehlte nicht ihre Wirkung. Während Wachtmeister Kleinmann professionell die Unfallstelle absicherte, suchten Karl Jensen und die Männer vom Rettungsdienst, nunmehr mit Taschenlampen ausgestattet, jeden Meter der Böschungskante ab. Plötzlich fuchtelte der Notarzt heftig mit den Armen, schwenkte die Taschenlampe und rief laut nach Karl Jensen. Der Kommissar, aschfahl im Gesicht, stürmte blindlings auf den Notarzt zu, das leblose Gesicht eines Kindes vor Augen. Prompt übersah er einen dickeren Ast, den der Sturm von einem der Alleebäume gefegt hatte, stolperte, rutschte bäuchlings den Abhang hinunter und landete direkt vor den Füßen des Arztes.

„Hier haben Sie Ihr Unfallopfer", bemerkte dieser trocken und deutete mit der Taschenlampe auf einen bräunlichen, haarigen Klumpen. Karl Jensen rieb sich immer wieder ungläubig die Augen.

„Das, das ist doch kein Mensch", stotterte er wenig geistreich.

„Nein", bestätigte der Finder, „es handelt sich um ein Reh, genauer gesagt, einen Rehbock."

Karl Jensen starrte fassungslos auf das tote Tier. „Ich hätte schwören können …“

„Lassen Sie sich bloß eine neue Brille verpassen“, unterbrach ihn der Notarzt ärgerlich. „Sie initiieren hier ein Großaufgebot und fabrizieren so nebenbei fast eine Massenkarambolage wegen eines Wildunfalls. Ich für meinen Teil bin für heute restlos bedient.“

Karl Jensen sank mit hängenden Schultern neben den Rehbock zu Boden. Wachtmeister Kleinmann klopfte ihm aufmunternd auf die Schulter. „Ist ja alles gut gegangen, Herr Kommissar. Seien Sie froh, dass es kein Kind war, das zu Tode gekommen ist. Fahren lasse ich Sie heute aber nicht mehr. Ich bringe Sie jetzt nach Hause und kümmere mich später um Ihren Wagen.“

Kommissar Jensen nickte dankbar. „Mir tut es wirklich leid um das Tier, aber Sie haben recht, Kleinmann, nicht auszudenken, wenn es wirklich ein Kind gewesen wäre.“

Karl Jensen fühlte plötzlich eine Eiseskälte in sich aufsteigen, und vergeblich bemühte er sich aufzustehen.

„Sie haben einen Schock“, diagnostizierte Kleinmann, fasste den Kripobeamten bei den Schultern, hob ihn hoch und brachte ihn untergehakt zum Auto.

„Was Sie brauchen, ist ein ordentlicher Schnaps“, lautete die medizinische Empfehlung.

„Was passiert jetzt mit dem Reh?“, wollte der Kommissar wissen.

„Darum kümmert sich der zuständige Jagdpächter, Bürgermeister Tramsen“, erklärte Wachtmeister Kleinmann. „Ich habe gerade auf seinen Anrufbeantworter gesprochen, weil ich ihn selbst nicht erreichen konnte.“

„Und ich hatte mir heute so viel vorgenommen“, bemerkte Karl Jensen etwas zusammenhanglos.

„Wer weiß, wozu es gut war“, antwortete Kleinmann und fuhr mit dem Kripobeamten Richtung Mielkendorf nach Hause.

## Kapitel 29

Oberkommissarin Schäfer betrachtete verzweifelt das Spiegelbild, das ihr mit verkniffenem Gesicht im Waschraum der Damentoilette entgegenblickte. Die in alle Richtungen abstehenden Locken erinnerten sie frappierend an den letzten Science-Fiction-Film, den sie gemeinsam mit ihrem jüngsten Enkel im Fernsehen gesehen hatte. Der jüngste Spross ihrer Familie, eher als unerschrocken und gruselerfahren bekannt, presste sich zu guter Letzt ein Kissen vor das Gesicht und schrie: „Oma, so tu doch was gegen diese schrecklichen Monster."

Diese zugegebenermaßen ernüchternde Erkenntnis versetzte Oberkommissarin Schäfer kurz vor der Pressekonferenz in eine gewisse Unruhe. Alles Drücken, Kämmen und Bürsten nützte nichts, ihre Haare verblieben störrisch in ihrer Aufsehen erregenden Position. Allein bei dem Gedanken an ihren Friseur keimten heftige Mordgelüste in ihr auf, die in verschiedensten Folterszenarien gipfelten. Energisch rief sie sich zur Ordnung, denn ein toter Friseur veränderte die prekäre Situation, in der sie sich befand, auch nicht wesentlich. Fieberhaft suchte sie nach einem Ausweg, um der drohenden Blamage auf der Pressekonferenz zu entgehen. Zufällig fiel ihr Blick auf den Zipfel eines grell geblümten Seidenschals, der unter dem Waschtisch hervorlugte. Die Oberkommissarin bückte sich kurz entschlossen, zog den Rest aus der Versenkung empor und ließ das Fundstück prüfend durch ihre Hände gleiten. „Sehr originell ist das Blümchenmuster ja wahrhaftig nicht", grübelte sie, „doch in der Not frist der Teufel Fliegen." Mit einigen gekonnten Griffen wickelte sie die hauchdünne Blumenpracht um den Kopf, wand mit geübten Fingern einen Knoten und zog diesen mit einem energischen Ruck zu. Wohlgefällig betrachtete sie ihr Werk, denn der Seidenschal schmiegte sich wie eine zweite Haut um den Kopf und drückte rigoros alles platt, was vorher in alle Himmelsrichtungen abstand.

Fröhlich pfeifend und in gehobener Stimmung verließ Oberkommissarin Schäfer den Ort der Wandlung und steuerte mit frischem Selbstvertrauen den großen Konferenzraum an, in dem die Journalisten bereits in großer Zahl versammelt waren. Das allgemeine Gemurmel verstummte schlagartig und eine erwartungsvolle Stille trat ein, als die Chefin der Kieler Kripo sich auf das Podium an der Stirnseite des Raumes stellte. Ein kurzes Räuspern und alle Augen waren gespannt auf sie gerichtet.

„Ich heiße Sie zu der heutigen Pressekonferenz willkommen und freue mich über die große Anteilnahme, die die Unglücksfälle in Brakstedt landesweit ausgelöst haben“, begrüßte sie die anwesenden Reporter. Unzählige Veranstaltungen gleicher oder ähnlicher Art hatte Oberkommissarin Schäfer im Laufe ihrer Karriere bereits erfolgreich gemeistert. Sie konnte sich beim besten Willen keine Situation oder Konstellation vorstellen, die ihr nicht irgendwann bereits schon einmal untergekommen wäre. Entsprechend abgeklärt warf sie nochmals einen kurzen Blick in ihre Unterlagen und holte tief Luft, um mit ihren Ausführungen zu beginnen, als eine junge Journalistin bereits den Finger hob, um eine erste Frage zu stellen. Ein wenig irritiert erteilte Frau Schäfer ihr das Wort.

„Entschuldigen Sie die frühzeitige Unterbrechung, Frau Oberkommissarin, aber kann es sein, dass Sie mein Halstuch auf dem Kopf tragen?“

Ein belustigtes Raunen erfüllte den Konferenzsaal, und ein erstes Blitzlichtgewitter ergoss sich über die perplexe Kripochefin. Frau Schäfer wäre jedoch nicht Frau Schäfer gewesen, wenn sie nicht auch in solch einem heiklen Augenblick Herrin der Lage geblieben wäre.

„Sehen Sie, Sie sollten niemals irgendwelche Kleidungsstücke achtlos in fremden Räumlichkeiten liegen lassen“, konterte die Oberkommissarin. „Seien Sie nur froh, dass ich Ihren Schal gefunden habe. Stellen Sie sich vor, ein potentieller Straftäter hätte ihn für ein Verbrechen missbraucht. Sie wären damit fast automatisch in den Kreis der Verdächtigen gerückt, wobei wir beim eigentlichen Thema sind. Folgende Informationen kann ich Ihnen zum aktuellen Ermittlungsstand bezüglich der beiden Toten in Brakstedt geben.“

In knappen, sachlichen Sätzen berichtete sie über die beiden Todesfälle, die Fundorte der Opfer und die möglichen Todesursachen. Geschickt zog sie die Journalisten in ihren Bann, so dass die Frage der ungewöhnlichen Kopfbedeckung schnell in den Hintergrund rückte. Alle lauschten konzentriert ihren Ausführungen und hefteten den Blick auf die Kripochefin. Keinem fiel auf, dass sich die Tür zum Konferenzraum leise öffnete und eine einzelne Person sich diskret in die hinterste Reihe schob, um still in der hintersten Ecke Platz zu nehmen. Nur Oberkommissarin Schäfer nahm das Erscheinen des ungewöhnlichen Gastes zur Kenntnis, setzte ihren Vortrag jedoch ohne Unterbrechung fort. Nach einer knappen halben Stunde läutete sie die obligatorische Fragestunde ein, dämpfte jedoch gleichzeitig allzu hohe Erwartungen.

„Bitte haben Sie Verständnis, meine Damen und Herren, dass ich Ihnen mit Rücksicht auf die laufenden Ermittlungen nicht alle Fragen beantworten werde.“

Die Journalisten interpretierten diese Aussage als nichtssagende Floskel und ließen ihrem Wissensdrang freien Lauf.

„Sie sagten doch, Frau Oberkommissarin, dass neben der Leiche des Gutsbesitzers Blut von diesem Moosleitner gefunden wurde?“

Frau Schäfer bestätigte die Aussage mit einem kurzen Kopfnicken.

„Damit wäre doch erwiesen, dass der Musiker sich am Tatort befand und somit Christian von Seylitz getötet haben muss“, spekulierte ein anderer Reporter.

Bevor die Oberkommissarin zu dieser These Stellung nehmen konnte, erwiderte ein Pressevertreter: „Unmöglich, Dietmar Moosleitner starb doch fast zur selben Zeit wie von Seylitz, wie soll er ihn dann bitte schön erschossen haben?“

Das muntere Theoretisieren setzte sich weiter fort.

„Das ist doch ganz einfach: Erst ermordete er den Gutsbesitzer aus Rachsucht, dann wurden die Gewissensbisse übermächtig und er beginn Selbstmord. Wieso hat die Polizei eigentlich noch nicht in dieser Richtung ermittelt?“

Oberkommissarin Schäfer, die die ganze Diskussion bislang sehr genossen hatte, fühlte sich nun aufgefordert, den Vorwürfen energisch entgegenzutreten.

„Wir lassen keinen Aspekt und keine Alternative unberücksichtigt“, erklärte sie kategorisch. Der kriminalistisch anscheinend vorbelastete Reporter ließ nicht locker.

„Aber es könnte so gewesen sein“, beharrte er eigensinnig.

„Die Möglichkeit ist zumindest nicht auszuschließen“, gab Oberkommissarin Schäfer ihm diplomatisch recht.

Ein drahtiger junger Mann sprang aufgeregt von seinem Sitz und rief empört: „Hier wird ein Opfer, das sich nicht mehr wehren kann, kaltblütig zum Täter abgestempelt. Dietmar Moosleitner hätte keiner Fliege etwas zuleide tun können."

„Da muss ich Ihnen leider widersprechen", erwiderte die Oberkommissarin trocken. Herr Moosleitner hat vor einigen Jahren eine Haftstrafe wegen Totschlags verbüßt."

Den jungen Reporter brachte der Hinweis keineswegs aus dem Konzept. „Na, wenn schon. Einmal Mörder, immer Mörder, oder was! Er hat doch dafür bezahlt. Aber es ist ja so schön einfach und bequem, alles einem vorbestraften Straßenmusikanten in die Schuhe zu schieben, noch dazu, wenn er selbst tiefgekühlt und steif in der Leichenhalle liegt."

„Sie vergreifen sich erheblich im Ton, junger Mann", entgegnete Frau Schäfer scharf.

„Ich lasse mir nicht den Mund verbieten, noch gibt es so etwas wie Pressefreiheit", antwortete der Zurechtgewiesene kämpferisch. „Der Mord an Christian von Seylitz hat politische Gründe. Hier wird ein Komplott geschmiedet und unsere liebe Polizei lässt sich einfach vor denselben Karren spannen."

„Nun ist es aber genug, noch so eine haltlose Unterstellung und für Sie ist die Pressekonferenz beendet, Herr …"

„Röber heiße ich und von wegen haltlos. Ich habe Beweise für das, was ich sage."

„Na, dann legen Sie die Karten auf den Tisch, Herr Röber", entgegnete Oberkommissarin Schäfer verärgert. „Wenn Sie über sachdienliche Erkenntnisse verfügen, sind Sie verpflichtet, diese der Polizei auszuhändigen."

Nils Röber wandte sich zielstrebig dem Ausgang zu. „Sie werden zu gegebener Zeit von mir hören, das schwöre ich Ihnen. Ich werde für einen Knall sorgen, der ganz Brakstedt aufrütteln wird."

Doch zunächst knallte nur die Tür, die er heftig hinter sich zuwarf.

## Kapitel 30

Sparkassendirektor Mommsen blätterte verloren in einem turmhohen Stapel von Kreditakten herum und schüttelte von Zeit zu Zeit ratlos den Kopf. Schweißperlen standen ihm auf der Stirn und auch das teure Designerhemd in himmelblauer Farbe verdeckte die durchgeschwitzten Achseln nur noch ungenügend. Die feuchten, dicken Finger griffen zitternd nach der Kaffeetasse und ein verzweifeltes Seufzen entrang sich seiner Brust. Resigniert schlug er den Aktendeckel zu, auf dem stolz das Wappen derer von Seylitz prangte. Im selben Moment klopfte jemand leise, fast zögerlich an die Bürotür aus kostbarem Wurzelholz und eine junge, hübsche Sekretärin mit langen schwarzen Haaren und noch längeren Beinen lugte vorsichtig und einfühlsam um die Ecke.

„Bürgermeister Tramsen wäre dann da, Herr Direktor“, verkündete sie mit wichtiger Miene und kokettem Augenaufschlag. Doch der Sparkassenvorstand zeigte sich heute in keinster Weise für verdeckte Anzüglichkeiten empfänglich.

„Schicken Sie ihn bitte herein“, antwortete er kurz angebunden mit nervöser Stimme, während er sich schwerfällig aus dem imposanten Chefsessel aus glänzendem Chrom und echtem Büffelleder stemmte.

Wenn sich Volkmar Tramsen auch nach außen betont jovial gab, so strahlte er doch eine beträchtliche Selbstgefälligkeit aus, denn er war sich seiner Position durchaus bewusst. Als Oberhaupt der Stadt Brakstedt fungierte er automatisch als Vorsitzender des Verwaltungsrates, der die oberste Kontrollinstanz für die Sparkasse darstellte. Trotz der jahrelangen Zusammenarbeit und gegenseitiger Kenntnis, die die beiden Männer verband, ließ Bürgermeister Tramsen keinerlei Zweifel darüber aufkommen, wer in der menschlichen Hackordnung über dem anderen stand.

„Na, mein lieber Mommsen, wo drückt der Schuh?“, eröffnete er gönnerhaft das Gespräch. „Haben Sie die Sparkasse leichtfertig verhökert oder illegale Geschäfte betrieben, dass Sie mich in aller Herrgottsfrühe in Ihre heiligen Hallen bestellen?“

Der Bürgermeister lächelte bei seiner burschikosen Begrüßung charmant, während Sparkassendirektor Mommsen säuerlich das

Gesicht verzog. „Ich bin Ihnen wirklich dankbar, dass Sie zu so früher Stunde Zeit gefunden haben, Herr Bürgermeister“, antwortete er in seiner liebenswürdigsten Art, während er seine fleischige Hand zur Faust ballte. In diesem Augenblick nahte die dunkelhaarige Schönheit aus dem Vorzimmer klappernderweise mit dem obligatorischen Kaffeetablett. Mit einem verführerischen Lächeln beugte sie sich über den Tisch, um das Nationalgetränk der bürokratischen Welt zu servieren. Der Anblick, den die durchsichtige, eher auf- als zugeknöpfte Bluse bot, zog die beiden Männer dermaßen in den Bann, dass weder die abgestandene Milch noch die Kaffeepfützen auf den Untertassen überhaupt registriert wurden. Nach dieser bühnenreifen Darbietung bereitete es den beiden Spitzen des Brakstedter Wirtschaftslebens sichtliche Mühe, zum eigentlichen Thema zurückzufinden. Nach einem Moment der inneren Einkehr gab sich Direktor Mommsen einen Ruck, nahm den Aktenstapel von seinem Schreibtisch und baute ihn umständlich auf dem Besprechungstisch vor dem Kaffee schlürfenden Bürgermeister wieder auf.

„Die Akte von Seylitz“, verkündete er pathetisch, „ich habe vorsorglich alle Kredite gekündigt.“

Bürgermeister Tramsen stellte irritiert seine Kaffeetasse ab. „Was in aller Welt hat Sie denn da geritten, Mommsen, wir haben doch in der letzten Kreditausschusssitzung einer weiteren Kreditausweitung ausdrücklich zugestimmt, weil Christian von Seylitz größere Ackerflächen im Brakstedter Moor an die Stadt Brakstedt verkaufen wollte und das Geld nur zur Überbrückung benötigte. Wir brauchen diese Flächen dringend, um uns in der Fläche entwickeln zu können und für unsere Bürger ein attraktives Naherholungsgebiet zu erschließen. Und Sie setzen diese zukunftsweisenden Planungen leichtfertig mit Ihrer Kreditkündigung aufs Spiel?“

Direktor Mommsen fühlte sich tief in seiner Ehre als korrekter Kreditfachmann gekränkt und erwiderte ärgerlich: „Aber von Seylitz ist inzwischen verstorben, und wir haben nur seine mündliche Zusage über den Verkauf an die Stadt. Ich weiß ja nicht, wie Frau von Seylitz über diese Pläne denkt. Außerdem ist Christian von Seylitz als alleiniger Eigentümer im Grundbuch eingetragen, vielleicht existiert ja ein Testament und die Ehefrau oder besser Witwe kann gar nicht allein entscheiden. Da habe ich vorsichtshalber die Notbremse gezogen.“

Bürgermeister Tramsen schlug verzweifelt die Hände über den Kopf zusammen. „Mensch Mommsen, ist Ihnen eigentlich klar, dass Sie das seit Generationen ehrgeizigste Projekt unserer Stadt durch Ihre unbedachte Handlungsweise gefährden? Sie müssen doch mit der Frau erst einmal sprechen und ihr nicht einfach den Geldhahn zudrehen. Zumindest hätten Sie die ganze Angelegenheit im Vorwege mit mir abstimmen müssen. Sie rufen doch sonst bei jeder Kleinigkeit an und verschaffen sich Rückendeckung, aber wenn es wirklich einmal darauf ankommt, benehmen Sie sich wie ein Elefant im Porzellanladen.“

Auf Mommsens Gesicht erschienen zwei dunkelrote Flecken, und das rechte Augenlid begann unkontrolliert zu zucken. Der Sparkassendirektor befand sich unzweifelhaft im Zustand höchster innerer Erregung. Seine in den Sopran tendierende Stimme überschlug sich fast, als er diesen aus seiner Sicht völlig unberechtigten Vorwürfen entgegentrat: „Ich habe an die Sicherheit der Sparkasse zu denken und nicht an irgendwelche futuristischen Pläne der Stadtverwaltung. Außerdem hat Christian von Seylitz kurz vor seiner Ermordung vereinbarungsgemäß die 250.000 € in bar persönlich von mir erhalten. Das sollte doch wohl einer Astrid von Seylitz genügen, über die Runden zu kommen, bis die formellrechtlichen Fragestellungen geklärt sind.“

Volkmar Tramsen richtete sich mit einem Ruck auf. „Wie bitte? Wie kamen Sie dazu, ihn eine derartig hohe Summe auszuhändigen, während der Kaufvertrag noch nicht einmal in der Endfassung vorlag? Mommsen, ist Ihnen bewusst, in was für eine missliche Situation Sie sich da hineinmanövriert haben? Wie können Sie einem Mann, der bis über beide Ohren verschuldet ist und große Teile seines Grundvermögens verkaufen muss, um dem drohenden Ruin zu entgehen, mal so eben eine viertel Million Euro ausbezahlen?“

Sparkassendirektor Mommsen saß da wie vom Donner gerührt. „Aber Sie selbst haben doch unmissverständlich auf die Übergabe der Summe gedrängt, das habe ich sogar schriftlich!“

Nun war es an Bürgermeister Tramsen, aus allen Wolken zu fallen. „Wissen Sie überhaupt, was Sie mir da unterstellen?“, polterte er unbeherrscht los. „Nicht im Traum wäre es mir eingefallen, eine derart unsinnige Anweisung zu erteilen. Wenn Sie glauben, Sie können Ihre Haut auf meine Kosten retten, täuschen Sie sich gewaltig.“

Sparkassendirektor Mommsen schien die unverhohlene Drohung zu ignorieren und wühlte mit wissender Miene in dem Aktenberg. Augenblicke später hielt er triumphierend ein Blatt Papier in den Händen, wedelte damit siegesbewusst einige Male in der Luft herum und übergab es dem Bürgermeister mit einer eleganten Drehung des Handgelenkes.

„Hier ist es“, lautete die knappe, dafür umso vielsagendere Antwort auf die soeben ausgesprochenen Vorwürfe. Volkmar Tramsen riss ihm das Schreiben förmlich aus den Händen und erbleichte.

„An Direktor Mommsen, persönlich – vertraulich“, las er wie in Trance vor. „Bitte zahlen Sie Herrn von Seylitz auf persönliche Anforderung 250.000 € aus. Weitere Informationen folgen. Gruß Tramsen.“

Nur mühsam gewann er seine Fassung wieder, während er das fatale Schreiben immer wieder in den Händen drehte. Dann lachte er plötzlich laut auf und blickte den Sparkassendirektor scharf in die Augen. „Ihnen ist anscheinend nicht klar, Mommsen, dass Sie einer Fälschung, und sogar einer ziemlich plumpen, aufgesessen sind. Vergleichen Sie doch einfach die Unterschrift auf dem Schreiben mit denen auf anderen Beschlüssen. Selbst einem Kleinkind wäre aufgefallen, dass es sich um eine Nachahmung handelt. Ich begreife nicht, wie ein Mann in Ihrer Position und mit Ihrer Erfahrung auf so etwas hereinfallen konnte. Falls dieser Betrug irgendwann an die Öffentlichkeit gelangen sollte, wäre das Ihr Todesurteil.“

Mommsen schrumpfte förmlich auf seinem Stuhl zusammen und seine sonst so gut durchbluteten Gesichtszüge wurden aschfahl. Mitleidig blickte Volkmar Tramsen auf sein Gegenüber, erhob sich und klopfte ihm aufmunternd auf die Schulter.

„Nun verzweifeln Sie nicht gleich, Mommsen. Soweit müssten Sie mich doch nach all den Jahren kennen, dass ich Sie nicht allein im Regen stehen lasse. Am besten, Sie vernichten den Wisch, und ich werde mit der Familie von Seylitz sprechen, um die Sache wieder geradezubiegen. Verlassen Sie sich auf mich.“

Er blickte auf seine Uhr. „Oh Gott, schon so spät. Mein nächster Termin wartet. Also, lassen Sie den Kopf nicht hängen, mein Freund."

Sparkassendirektor Mommsen setzte ein gequältes Lächeln auf. Volkmar Tramsen eilte aus dem gläsernen Portal der Sparkasse und suchte dabei hektisch nach seinen Autoschlüsseln, so dass er Kommissar Blöcker, der eben im Begriff war, das Gebäude zu betreten, völlig übersah.

## Kapitel 31

Sparkassendirektor Mommsen saß völlig erschöpft und deprimiert in dem vor Wichtigkeit strotzendem Chefsessel aus der Produktionslinie „Karriere“ und haderte mit seinem Schicksal. Die fleischige verschwitzte linke Hand mit dem kostbaren Siegelring ruhte auf dem prallen, weit vorstehenden Bauch, während die rechte eine mächtige Zigarre hielt, an der er in kurzen Abständen heftig zog, um den Rauch stoßweise aus Mund und Nase mit leicht schnalzenden Lippenbewegungen wieder herauszublasen. Der Vergleich mit einer altertümlichen Dampflokomotive lag durchaus nahe. Direktor Mommsen schielte verstohlen zu dem Respekt einflößenden Aktenstapel und dem unscheinbaren, kleinen Dokument mit der großen Tragweite. „Vernichten“ hatte der Bürgermeister vorgeschlagen, doch das widerstrebte dem eingefleischten Bürokraten mehr als alles andere. Zudem, so überlegte er, bedeutete der handgeschriebene Zettel, gleichgültig, ob gefälscht oder nicht, für ihn die einzige Chance, Bürgermeister Tramsen an sich zu binden und ihn somit gewogen zu halten. Nur dann konnte er darauf vertrauen, dass dieser ihm wirklich zur Seite stehen würde, um nicht selbst in die Angelegenheit verwickelt zu werden. Nein, die schriftliche Weisung, das Geld auszuzahlen, würde er auf keinen Fall vernichten, ganz im Gegenteil, er würde das Dokument hüten, wie seinen Augapfel. Bereits erheblich entspannter lehne er sich, immer noch die Zigarre paffend, zurück und seine innere Gelassenheit gewann mehr und mehr die Oberhand.

In diesem Moment klopfte es erneut an seiner Bürotür, die Sekretärin betätigte behutsam den eleganten Edelstahlknauf und schaute verunsichert durch den Türspalt. „Herr Direktor, hier ist …“, begann sie fahrig. Direktor Mommsen reagierte auf die unerwartete Störung prompt und heftig.

„Ich wünsche heute nicht mehr gestört zu werden. Schließen Sie sofort die Tür und verrammeln Sie sie von außen“, befahl er verärgert und weithin hörbar.

Doch zu seiner großen Verwunderung geschah nichts dergleichen. Ganz im Gegenteil. Die Bürotür schlug mit einem Schwung auf und ein leger gekleideter Mann mittleren Alters drängte sich mit einem Lächeln auf den Lippen an der völlig überforderten Sekretärin vorbei. Direktor Mommsen traten vor Verblüffung die Augen weit aus den Höhlen, denn noch keiner hatte es gewagt, seine heiligen Hallen unangemeldet zu betreten. Empört über so viel Unverfrorenheit öffnete er den Mund, um eine geharnischte Schimpfkanonade vom Stapel zu lassen, als eine grüne Plastikkarte, ähnlich einem Personalausweis, unmittelbar vor seine Nase gehalten wurde mit dem autoritär formulierten Hinweis: „Mein Name ist Blöcker von der Kieler Kriminalpolizei, ich freue mich, dass Sie einen Moment Zeit für mich erübrigen konnten, Herr Mommsen."

Die dem Sparkassendirektor auf der Zunge liegende verbale Unmutsbekundung erstarb in einem erschreckten Gurgeln und einem schmerzhaften Aufschrei, als die Glut der fast vergessenen Zigarre die fleischigen Finger berührte. Instinktiv warf er den Zigarrenstummel fluchend weit von sich und rieb sich den schmerzenden Finger. Wie ein aufgescheuchtes Huhn stürmte die aufgebrachte Sekretärin durch das Büro, ergriff das corpus delicti mit zwei langen, roten Fingernägeln und trug es mit gerümpfter Nase hinaus. Energisch schloss Kommissar Blöcker die Tür hinter ihr.

„Ich würde mich gern mit Ihnen persönlich über Christian von Seylitz unterhalten, der ja, wie wir wissen, Kunde Ihres Institutes war."

„Ja, sehr gern, Herr Kommissar", antwortete der Sparkassenchef mit einem gezwungenen Lächeln, das Bände sprach, „aber ich habe Ihnen doch bereits am Telefon alles gesagt. Ich weiß beim besten Willen nicht, wie ich Ihnen weiterhelfen könnte."

Sparkassendirektor Mommsen starrte dabei wie gebannt auf den runden Marmortisch mit dem großen Aktenstapel, auf dessen obersten Deckel das eindrucksvolle Wappen derer von Seylitz prangte, und dem kleinen, unscheinbaren Zettel daneben. Schlagartig änderte er seine Strategie.

„Sie wissen ja, welchen Wert wir auf eine gute, konstruktive Zusammenarbeit mit der Polizei legen", gab er sich betont jovial, „fragen Sie also, was immer Sie wollen, ich werde Ihnen helfen, so weit es nur irgendwie in meiner Macht steht."

So unauffällig wie nur möglich schob er sich Stück für Stück Richtung Tisch und heftete seine begehrlichen Blicke auf das kleine Stück Papier. Kommissar Blöcker irritierte der plötzliche Sinneswandel seines Gegenübers und mit Argusaugen und gespitzten Ohren registrierte er, wie Mommsen sich Stück für Stück dem Tisch näherte. Während der Sparkassendirektor langatmig und ausschweifend über seine Erlebnisse mit Christian von Seylitz berichtete, schob er seine fleischige Hand wie zufällig zu dem kleinen Zettel. Nur einige Zentimeter trennten ihn von dem kompromittierenden Blatt, als Kommissar Blöcker mit zwei schnellen Schritten zum Tisch eilte.

„Wie ich sehe, haben Sie alle wichtigen Unterlagen bereits für mich zusammengestellt", stellte er süffisant fest. „Ihr Wille zur konstruktiven Zusammenarbeit ist wirklich vorbildlich."

Mit einigen schnellen Handgriffen raffte er die Unterlagen zusammen, klemmte sich den Stapel unter den Arm und marschierte Richtung Tür. „Herzlichen Dank, Herr Mommsen", verabschiedete er sich gut gelaunt von dem Sparkassenchef. „Ich hätte mich gern noch ein wenig mit Ihnen unterhalten, aber Sie werden sicherlich Verständnis dafür haben, dass ich mich erst einmal intensiv mit diesen Unterlagen beschäftigen muss. Ich bin ziemlich sicher, wir werden unser Gespräch zu einem späteren Zeitpunkt nachholen."

„Aber Sie können nicht einfach die Unterlagen mitnehmen und dazu noch ohne Quittung", stammelte Sparkassendirektor Mommsen hilflos, doch Kommissar Blöcker hatte das Büro bereits verlassen.

Minuten später fuhr Martin Blöcker fröhlich pfeifend durch Brakstedt Richtung Kiel, während er immer wieder zufrieden auf die heutige Ausbeute blickte. Mit tiefer innerer Genugtuung rief er sich das perplexe Gesicht von Mommsen in Erinnerung. „Wie einfach auch ein hartgesottener Banker zu überrumpeln ist", dachte er selbstgefällig, wohlwissend, dass er sich zumindest am Rande der Legalität bewegt hatte.

„Überfall bei Juwelier Möllmann in Brakstedt", schallte es plötzlich aus dem Polizeifunk, doch es dauerte einen Moment, bis Kommissar Blöcker bei all den Grübeleien den Namen für sich realisierte. „Der Möllmann steht doch auch auf unserer Vernehmungsliste", schoss es ihm durch den Kopf. „Befand sich nicht dessen Auto an der Jagdhütte?"

Kurz entschlossen setzte er die blaue Alarmleuchte auf das Dach seines Wagens und gab Gas. Die belebte Einkaufsstraße wimmelte vor Schaulustigen, so dass er nur langsam vorankam. Schon von weitem erblickte er die hünenhafte Gestalt von Wachtmeister Kleinmann, der mit all seiner natürlichen Autorität versuchte, die Gaffer vom Ort des Überfalls fernzuhalten.

„Moin, Herr Kommissar“, begrüßte er Martin Blöcker verwundert. „Was treibt denn die Mordkommission hierher? Wir haben doch gar keine Todesopfer zu beklagen.“

„Moin, Kleinmann, ich bin sozusagen inkognito hier“, antwortete Martin Blöcker, während er dem Wachtmeister die Hand entgegenstreckte. „Ich dachte mir, die Gelegenheit ist günstig, den Herr Möllmann einfach mal unter die Lupe zu nehmen.“

„Mit Lupe sind Sie bei einem Juwelier immer richtig“, bemerkte Lothar Kleinmann grinsend.

Kommissar Blöcker betrat interessiert das exklusive Schmuckgeschäft mit den unzähligen Vitrinen, deren Inhalt von kleinen, dezent angebrachten Leuchten angestrahlt wurde und in allen Farben funkelte und blitzte. Hinter einem Verkaufstresen saß ein leichenblasser, zitternder Herr mittleren Alters und starrte geistesabwesend zu Boden: Juwelier Möllmann. Mit bewundernden Blicken begutachtete Martin Blöcker die goldenen und silbernen Schmuckstücke und vor allem die kleinen Preisschilder mit den umso größeren Zahlen.

„Ich könnte mir nichts von all dieser Pracht leisten“, flüsterte er Wachtmeister Kleinmann zu, der diese Aussage mit bedauernder Miene eifrig bestätigte. Plötzlich stutzte der Kommissar vor einer der Vitrinen, blickte lange auf eine reicht verzierte Brosche und wandte sich endlich dem Juwelier zu.

„Guten Tag, Herr Möllmann, mein Name ist Blöcker von der Kieler Kripo. Fühlen Sie sich nach diesem schrecklichen Erlebnis in der Lage, mir einige Fragen zu beantworten?“

Siegfried Möllmann nickte matt.

„Dann erzählen Sie uns bitte, was eigentlich geschehen ist, denn gestohlen wurde ja augenscheinlich nichts.“

Die Erinnerung an den Überfall trieb dem Juwelier sogleich wieder die Zornesröte in das Gesicht.

„Stellen Sie sich vor, da kommt so ein halbwüchsiger Strolch, schwankend und nach Alkohol stinkend, in mein Geschäft, hält mir ein langes Messer unter die Nase und verlangt den ganzen Schmuck.

Da habe ich einfach rot gesehen, den Revolver aus der Schublade gezogen und geschossen."

Die beiden Polizeibeamten sahen sich entsetzt an.

„Haben Sie den Mann getroffen?", fragte Kommissar Blöcker.

„Ich glaube nicht, er stieß zwar einen Schrei aus und ließ das Messer fallen, aber er rannte wie ein Blitz davon. Warum kümmert Sie eigentlich die Gesundheit dieses Ganoven? Können Sie sich vorstellen, was für einen Schreck ich bekommen habe?"

Ein anwesender Polizeibeamter bestätigte die Aussage: „Die Kugel drang dort oben in den Holzrahmen ein. Zudem haben wir keinerlei Blutspuren gefunden. Die Fahndung ist bereits eingeleitet."

Martin Blöcker sah den Juwelier mit unverhohlener Abneigung an.

„Sind Sie berechtigt, Herr Möllmann, überhaupt ein Schusswaffe zu führen?"

„Selbstverständlich, Herr Kommissar, aber anstatt mir überflüssige Fragen zu stellen, sollten Sie endlich versuchen, diese arbeitsscheue Kreatur einzufangen."

Martin Blöcker ballte die Faust.

„Seien Sie sich sicher, dass wir wissen, was zu tun ist. Vorerst werden wir Ihren Revolver in Gewahrsam nehmen. Zudem gestatten Sie, dass ich die Schmuckstücke, auf denen das Wappen der Familie von Seylitz eingraviert ist, konfisziere. Sie erhalten selbstverständlich eine Quittung.

Siegfried Möllmann klappte vor Überraschung der Unterkiefer herunter.

„Jetzt beraubt mich auch noch die Polizei", zeterte er. „Ich werde mich über Sie bei höherer Stelle beschweren."

„Tun Sie, was Sie nicht lassen können", erwiderte der Kommissar trocken und wandte sich Wachtmeister Kleinmann zu.

## Kapitel 32

Methodisch und mit ungebrochenem Eifer setzte Astrid von Seylitz ihre Suche fort. „Wo um alles in der Welt mag er das Testament nur versteckt haben?“, überlegte sie angestrengt, während sie die nächste Schublade eines antiken Sekretärs durchwühlte. Alle Bücher in dem Arbeitszimmer ihres Mannes hatte sie bereits Blatt für Blatt kontrolliert, der große, schwere Schreibtisch hatte alle seine Geheimnisse preisgegeben, sämtliche Regale nebst darauf befindlichen Dosen und anderen Behältnissen waren gesichtet, jedoch alles ohne den geringsten Erfolg. Der prächtige Sekretär aus edelstem Kirschenholz war somit eines der letzten Möbelstücke, welcher als möglicher Aufbewahrungsort infrage kam. Und richtig, Astrid von Seylitz zog eine abgegriffene schwarze Ledermappe aus der Schublade, auf der in verschnörkelten Buchstaben „Persönliche Dokumente“ zu lesen stand. Mit einem erleichterten Aufschrei riss sie die Dokumentenmappe an sich. Im selben Augenblick stand wie hingezaubert Agnes Hamann im Arbeitszimmer und fragte, mit unmissverständlicher Abneigung über das Treiben ihrer Herrin in der Stimme: „Haben Sie irgendwelche Wünsche, gnädige Frau?“

Astrid von Seylitz zuckte erschrocken zusammen. „Müssen Sie immer wie ein Gespenst durch die Räume schleichen, Agnes? Ich hätte fast einen Herzschlag bekommen. Verschwinden Sie in die Küche und kümmern Sie sich um das Mittagessen. Wenn ich etwas benötige, werde ich Ihnen schon Bescheid geben!“

Agnes Hamann unterdrückte mühsam eine bissige Bemerkung, drehte sich beleidigt um und ließ die Tür bei ihrem Abgang laut ins Schloss fallen. Astrid von Seylitz wandte sich voller Inbrunst wieder ihrem Fund zu und blätterte aufgeregt in den Unterlagen. Die Mappe barg jede Menge von Geburts- und Sterbeurkunden des alten Geschlechtes derer von Seylitz. Weiterhin beinhaltete sie eine alte, unvollendete Chronik sowie den auf Pergamentpapier dokumentierten herzoglichen Ritterschlag, der dem Urahnen Otto von Seylitz vor einigen hundert Jahren aufgrund besonderer Tapferkeit vor dem Feind zuteil geworden war. Doch Astrid von Seylitz zeigte für diese geschichtsträchtigen Kostbarkeiten, die jedes Heimatmuseum in einen Freudentaumel versetzt hätten, weder Interesse noch Verständnis. Ihr

Sinnen und Streben richtete sich ausschließlich auf das Auffinden der testamentarischen Verfügungen des jüngsten, wenn auch ebenfalls dahingeschiedenen Sprosses des adligen Geschlechtes, sodass der herzogliche Erlass unbeachtet auf der Erde landete. Doch so sehr sie auch blätterte und sortierte, der letzte Wille ihres Mannes blieb ihrer Neugierde verborgen. Wütend und verbittert knallte sie die Dokumentenmappe auf den Fußboden und ließ sich frustriert in einen der schweren Ledersessel fallen. Wütend betrachtete sie das Porträt ihres Mannes, das an der vertäfelten Wand in einem vergoldeten Rahmen prangte. Das süffisante Lächeln und der zynische Blick, mit dem ihr verblichener Mann sie zu betrachten schien, erregten ihren unbändigen Zorn.

„Wenn du nicht bereits ermordet worden wärest, hätte ich dich spätestens jetzt mit meinen eigenen Händen erwürgt", dachte sie voller Hass, als sie auf das Bild starrte. Plötzlich kam es ihr so vor, als wenn die erstarrten Gesichtszüge sich mehr und mehr mit Leben füllten, die fahlen Wangen eine rosige Schattierung überzog und die toten blauen Augen zu erstrahlen begannen. Betroffen und verängstigt versuchte sie, sich abzuwenden, sich der hypnotischen Wirkung zu entziehen, doch ohne Erfolg. Das Porträt zwinkerte ihr zu und verzog den Mund zu einem schelmischen Grinsen, so wie ihr Mann es zu Lebzeiten immer getan hatte, wenn er sie hereinlegen wollte. Kalte Schweißtropfen traten ihr auf die Stirn und eine Hitzewelle durchflutete ihren Körper. Doch bevor das panische Entsetzen die Oberhand gewinnen konnte, rief sie sich energisch zur Ordnung. Astrid von Seylitz war eine harte Frau, für die von Jugend an immer die Erfüllung ihrer eigenen Wünsche an oberster Stelle gestanden hatte, und jetzt ging es darum, sich ihren extravaganten Lebenswandel auch für die Zukunft zu erhalten. Mit aller Macht und höchster Konzentration riss sie ihren Blick von dem Bild ihres Mannes los und in derselben Sekunde überkam sie die Erleuchtung. Wie von einer Tarantel gestochen sprang sie auf und stürzte auf das Bild zu. Unter Aufbietung all ihrer Kräfte hob sie das schwere Porträt von der Wand und untersuchte den rückwärtigen Teil des Bilderrahmens. Dort klebte ein Umschlag, auf dem das Wappen derer von Seylitz prangte und, mit einer Vielzahl von Schnörkeln versehen, fein säuberlich „Mein letzter Wille" geschrieben stand. Mit zitternden Händen entnahm sie das Schriftstück und vertiefte sich in den Inhalt, dessen Aussage sich, einem Dolchstoß gleich, tief und unerbittlich in ihre Brust bohrte. Fassungslos zerknüllte sie das Testament ihres Mannes mit dem für sie so niederschmetternden Aussagen. Ihr erster Impuls bestand darin, die verhängnisvollen Zeilen sofort zu vernichten. Schon hielt sie ein Feuerzeug in der Hand, um den letzten Willen ihres Mannes in Asche zu verwandeln, doch eine innere Stimme, ein gewisser Zwang, hielt sie von der Ausführung ihres Vorhabens ab. Sorgfältig strich sie das Stück Papier glatt und klemmte es wieder in den Bilderrahmen. Dann wuchtete sie heftig atmend das Bild wieder an den angestammten Platz.

An der Eingangstür klopfte es mehrfach. „Wo steckt Agnes bloß wieder?“, dachte Astrid von Seylitz ärgerlich. Ein erneutes, ungeduldiges Leuten ertönte, und sie entschloss sich, selbst nachzusehen, wer so nachdrücklich Einlass begehrte. Dabei entging ihr, innerlich immer noch über das nachlässige Dienstmädchen schimpfend, vollständig, dass die Tür zum Arbeitszimmer nicht mehr geschlossen, sondern nur noch angelehnt war.

„Oh, Herr Kommissar, was für eine Überraschung“, begrüßte die Gutsherrin Karl Jensen, der bereits einige Zeit vor der verschlossenen Haustür gestanden hatte. Astrid von Seylitz interpretierte das verdrießliche Gesicht des Kripobeamten spontan völlig richtig. „Entschuldigen Sie bitte, dass Sie so lange warten mussten, aber auf das heutige Hauspersonal ist einfach kein Verlass mehr.“

Dabei schenkte sie dem Kommissar ihr bezauberndstes Lächeln. Karl Jensen spürte die enorme Anziehungskraft, die Astrid von Seylitz besaß und die so ganz im Gegensatz zu den berechnenden, kalten Augen stand.

„Gibt es denn etwas Neues zum Tode meines Mannes?“, fragte sie mit leicht melancholischer Stimme, während sie ihn in den kleinen Salon führte.

„Die Ermittlungen gehen voran“, antwortete Kommissar Jensen ausweichend und nahm auf einem der lichtblauen Plüschsessel Platz.

Astrid von Seylitz setzte sich ihm gegenüber und blickte ihn erwartungsvoll an.

„Ich hoffe, Sie haben den ersten Schock überwunden, nachdem Sie vom gewaltsamen Tod Ihres Ehemannes erfuhren“, eröffnete Karl Jensen das formale Gespräch.

„Ein solches traumatisches Erlebnis verarbeitet man nicht eben mal so nebenbei“, dozierte sie lehrerhaft und führte ihre rechte Hand mit theatralischer Geste zur Stirn.

Karl Jensen räusperte sich verlegen: „Nun ja, das tut mir wirklich leid, aber ich kann Ihnen einige Routinefragen nicht ersparen.“

Astrid von Seylitz nickte verständnisvoll. „Wie gern würde ich Ihnen helfen, den Mörder meines Mannes zu fassen.“

„Das freut mich zu hören, Frau von Seylitz. Beginnen wir einfach mit der Frage, wo Sie sich zum Zeitpunkt des Mordes befanden.“

„Selbstverständlich hier zu Hause“, antwortete sie ohne zu zögern. „Wo sollte sich eine Frau meines Standes hier in Brakstedt denn sonst aufhalten?“

„Gibt es Personen, die das bestätigen könnten?“, fasste Kommissar Jensen rasch nach.

Astrid von Seylitz zögerte nur kurz, bevor sie antwortete. „Gäste waren nicht geladen und telefoniert habe ich auch nicht, soweit ich mich erinnere. Aber sicherlich werde ich Agnes den einen oder anderen Auftrag erteilt haben. Fragen Sie sie doch einfach.“

Karl Jensen nickte, während er einen entsprechenden Hinweis in sein Notizheft eintrug. „Weiterhin haben wir erfahren, dass Ihnen Schmuck entwendet wurde“, setzte er das Verhör fort. Astrid von Seylitz erschrak sichtbar: „Wie haben Sie das erfahren?“, entfuhr es ihr.

„Reine Routine“, antwortete der Kommissar knapp.

„Mein Mann verdächtigte das Dienstmädchen, als er bemerkte, dass Teile des Familienschmuckes fehlten“, entgegnete sie ausweichend.

„Und was vermuten Sie, Frau von Seylitz?“

„Ich eigne mich leider gar nicht als Kriminalistin, Herr Kommissar. Außerdem, was sollte der fehlende Schmuck mit dem Tod meines Mannes zu tun haben?“

Karl Jensen ließ die Frage unbeantwortet und wandte sich einem anderen Thema zu. „Können Sie mir sagen, aus welchem Grund Sie sich mit dem Juwelier Möllmann in der Jagdhütte trafen?“

Diese Frage brachte Astrid von Seylitz fast vollständig aus der Fassung und sie reagierte, wie sie es in solchen Situationen stets zu tun pflegte, sie ging in die Offensive.

„Ich glaube nicht, dass ich noch irgendetwas Sachdienliches zu der Ermordung meines Mannes beitragen kann, so gern ich es auch würde. Sie müssen mich jetzt entschuldigen, Herr Kommissar, nach dem Tod meines Mannes lasten eine Unmenge Pflichten auf mir."

Karl Jensen erhob sich. „Vielen Dank für die Zeit, die Sie mir geopfert haben", antwortete er unverbindlich. „Ich hätte auch gern mit Ihrer Tochter gesprochen."

Astrid von Seylitz schüttelte bedauernd den Kopf.

„Sie wissen ja, wie diese jungen Dinger sind, mal hier, mal da und den Eltern wird nichts erzählt. Unter uns, Herr Kommissar, ich sorge mich sehr um Carola, denn sie wirkt in der letzten Zeit so, so unausgeglichen. An dem Abend, als mein lieber Mann so schändlich ermordet wurde, habe ich versucht, sie im Internat anzurufen, aber stellen Sie sich vor, mir wurde gesagt, sie wäre bereits abgereist."

Mit großen Augen wartete sie auf eine Reaktion des Kripobeamten, die zu ihrem Leidwesen ausblieb.

„Mit der Jugend hat man schon seine Last", antwortete Kommissar Jensen vieldeutig. „Übrigens, Frau von Seylitz, Wachtmeister Kleinmann wird in etwa einer Stunde vorstellig werden, um Ihre Fingerabdrücke abzunehmen. Ich dachte mir, das ist Ihnen lieber, als auf das Polizeirevier zu kommen. Bitte machen Sie sich keine Sorgen, alles nur Routine."

Bevor die Gutsherrin ihrer Verwunderung Ausdruck verleihen konnte, hatte Kommissar Jensen den kleinen Salon bereits wieder verlassen.

## Kapitel 33

Karl Jensen trat aus der Eingangstür des Herrenhauses und sog genießerisch die klare Herbstluft ein, während die rechte Hand nach der Zigarettenschachtel in der Manteltasche suchte. Eine mannshohe Ligusterhecke begrenzte die Auffahrt und versperrte die Sicht in den angrenzenden, weitläufigen Garten. Die deutlichen Kratzgeräusche einer Metallharke legten die Vermutung nahe, dass sich irgendwer intensiv mit der Gartenarbeit beschäftigte. Da sich Karl Jensen beim besten Willen Astrid von Seylitz nicht als passionierte Gärtnerin vorstellen konnte, die so kurz nach dem Gespräch alles stehen und liegen ließ, um die Außenanlagen zu pflegen, fragte er sich, wer wohl der mögliche Verursacher sei. Vorsichtig bog er die grünen Zweige des Ligusters auseinander und erblickte das ausladende Hinterteil von Agnes Hamann, die emsig dicht unter einem leicht geöffneten Fenster des Gutshauses, das zweifellos zum kleinen Salon gehörte, einige wenige Blätter von links nach rechts bewegte.

Karl Jensen schmunzelte über diesen diskreten Lauschangriff und überlegte, wie er wohl ohne Wissen der Hausherrin das Gespräch mit dem Dienstmädchen aufnehmen könnte. Noch während er über die günstigste Strategie grübelte, kam ihm, wie so häufig, der Zufall zu Hilfe. Plötzlich knirschten hinter ihm die Kieselsteine und Astrid von Seylitz preschte mit ihrem Porsche die Auffahrt Richtung Brakstedt hinunter, ohne ihn auch nur eines Blickes zu würdigen, ja, ohne ihn überhaupt zu registrieren.

„Die Dame scheint es ja ziemlich eilig zu haben", dachte er im Stillen, „ob wohl unser Gespräch sie so aus der Fassung gebracht hat? Na ja, zumindest bedeutet das eine sturmfreie Bude."

Karl Jensen suchte und fand nach kurzer Zeit ein kleines schmiedeeisernes Gartentor. Er schlenderte einen geschlungenen Plattenweg entlang und blieb bewundernd vor einem Dahlienbeet stehen, das in allen Farben prahlte und strahlte. Tagpfauenaugen und Admirale gaukelten durch die Luft und genossen die Herbstsonne auf ihrer Suche nach Nektar. Bienen und Hummeln summten und brummten und ließen den nahenden Winter fast in Vergessenheit geraten. Karl Jensen genoss diese Idylle mit jeder Faser seines Körpers und seiner Seele. Tief in seinem Inneren stieg ein Gefühl des Friedens und der Geborgenheit auf, und fast hätte er vergessen, welches grausame Verbrechen ihn auf das Gut der Familie von Seylitz geführt hatte.

Schlurfende Schritte näherten sich von der Hausecke her und riefen den Kommissar in die Wirklichkeit zurück. Wie erwartet erschien Agnes Hamann mit der Harke in der Hand auf dem Gartenweg und blieb verdutzt stehen, als sie den Kommissar erkannte.

„Was machen Sie denn bei uns im Garten?“, fragte sie misstrauisch.

„Moin, Frau Hamann“, antwortete Karl Jensen mit einem breiten Grinsen auf dem Gesicht. „Ich wollte nur einmal kontrollieren, ob die Blätter unter den Fenstern nun auch wirklich alle weg sind.“

Agnes Hamann errötete leicht und drehte die Augen verlegen in den Himmel. „Ich weiß wirklich nicht, was Sie meinen, Herr Kommissar, ich liebe nun mal die Gartenarbeit und nutze jede freie Minute an der frischen Luft, besonders bei einem so herrlichen Wetter wie heute.“

„Weil dann besonders viele Fenster offen stehen“, konterte Karl Jensen.

Agnes Hamann stemmte kampflustig die Hände in die Hüften. „Wollen Sie etwa damit andeuten, dass ich lausche? Eine solche ungeheuerliche Andeutung weise ich entschieden zurück. Ich kümmere mich hier um meine Arbeit und um nichts sonst.“

„Wenn Blicke töten könnten“, dachte Karl Jensen amüsiert, als er die funkelnden Augen des Dienstmädchens fixierte. Er entschied sich für einen strategischen Rückzug.

„Verstehen Sie mich um Gottes Willen nicht falsch, Frau Hamann. Wie Sie wissen, untersuchen wir die Mordfälle an Ihrem Arbeitgeber, Christian von Seylitz, und an Dietmar Moosleitner. Da sind wir natürlich auf jeden Hinweis angewiesen. Sie glauben ja gar nicht, wie schwer es ist, Menschen zu finden, die mit offenen Augen durch die Welt gehen und Interesse an ihrer Umwelt zeigen. Bei Ihnen hatte ich schon bei unserer ersten Begegnung das seltene Gefühl, eine Frau vor mir zu haben, die die Vorgänge um sie herum wahrnimmt und vor allem richtig zu deuten weiß. Daher bitte ich Sie ausdrücklich um Ihre Unterstützung.“

Agnes Hamann fühlte sich sichtlich geschmeichelt und ihre skeptische Zurückhaltung bröckelte zusehends.

„Ich halte natürlich immer meine Augen offen. Außerdem kann ich ja nichts dafür, wenn die Herrschaften so laut sprechen, ich kann mir ja nicht den ganzen Tag die Ohren zuhalten!“

Dann drehte sie sich ängstlich suchend um. „Ich weiß aber nicht, ob es der gnädigen Frau recht ist, wenn ich mich mit Ihnen unterhalte.“

Karl Jensen hatte diese Reaktion befürchtet und erwartet. „Keine Sorge. Erstens darf Frau von Seylitz Ihnen gar nicht verbieten, der Polizei Auskünfte zu erteilen, und zweitens fuhr sie gerade mit ihrem Auto vom Hof.“

Agnes Hamann atmete erleichtert auf. Kommissar Jensen meinte regelrecht spüren zu können, wie das Dienstmädchen einer umfassenden Tratschrunde entgegenfieberte und warf gekonnt den ersten Brocken hin.

„Während unserer letzten Unterredung sprachen Sie den gestohlenen Familienschmuck an.“

Er brauchte den Satz nicht weiterführen, der kleine Hinweis genügte.

„Sie glauben ja gar nicht, wie der verstorbene Herr mich beschimpft hat, und sie steht daneben und tut so, als wisse sie von nichts. Dabei habe ich ganz deutlich gehört, dass sie mit dem Juwelier sprach und es um das Geld für den Familienschmuck ging. Sei hat all die Juwelen, Ringe, Ketten und Ohrringe versetzt, um weiter ihr Luxusleben führen zu können und wollte mir die Schuld in die Schuhe schieben.“

„Wen meinen Sie denn mit ‚Sie’?“, fragte Kommissar Jensen dazwischen, um jeden Zweifel auszuschließen, obwohl er die Antwort auch selbst hätte geben können.

„Die gnädige Frau natürlich“, antwortete Agnes Hamann aufgebracht, „spielt die hochherrschaftliche Ehefrau und beklaut ihren Mann nach Strich und Faden.“

„Treffender hätte ich den Sachverhalt auch nicht ausdrücken können“, murmelte Karl Jensen in sich hinein und wechselte abrupt das Thema. „Können Sie sich daran erinnern, ob Frau von Seylitz am Abend des Mordes im Haus war?“

Agnes Hamann dachte angestrengt nach. „Ich weiß ja nicht genau, wann der gnädige Herr ermordet wurde, aber seine Frau kehrte an diesem Abend erst kurz vor Mitternacht zurück. Ich kann mich deshalb so gut daran erinnern, weil Carola, die Tochter, mich etwa eine Stunde vorher aus dem Bett geklingelt hat und ihren Vater ganz dringend sprechen wollte. Sie war den Tränen nahe, als sie feststellte, dass er noch nicht zu Hause war und verschwand wieder, obwohl ich ihr so schnell ich konnte das Bettzeug zurechtgelegt hatte."

Karl Jensen horchte interessiert auf. „Ich dachte Carola von Seylitz befand sich zu der Zeit in einem Internat in der Schweiz?"

Agnes Hamann beharrte energisch auf ihrer Version. „Ich weiß, was ich weiß. Carola erschien an diesem Abend mit verheulten Augen und verschwand genauso verzweifelt." Die junge Frau hatte nunmehr ihr Lieblingsthema beim Wickel und keine Macht der Welt hätte sie davon abbringen können, es weiter zu vertiefen. „Nun sagen Sie mal selbst, Herr Kommissar, es ist doch eine wirkliche Schande. Da wird das Mädchen von einem Winkel der Welt in den nächsten geschoben, nur weil die liebe Mutter sich zu fein ist, sich selbst um ihren Nachwuchs zu kümmern. Den einzigen Vertrauten, dem sie ihr Herz ausschütten könnte, war ihr Vater, und dem ging sein Standesdünkel über alles, obwohl er, da bin ich sicher, seine Tochter aufrichtig liebte. Er konnte eben nicht aus seiner Haut, der alte Knauser."

Nach diesen tiefschürfenden psychologischen Betrachtungen hielt Agnes Hamann erst einmal erschöpft inne, so dass Karl Jensen geschickt die Atempause zu einer Zwischenfrage nutzte. „Konnte sie sich denn nicht diesem Stefan Butenschön anvertrauen? Ich dachte, das ist ein Freund von ihr?"

Agnes Brust hob und senkte sich vor lauter Entrüstung. „Der Stefan ist ein Bauernsohn hier aus dem Dorf. Herr von Seylitz wäre Amok gelaufen, wenn er erfahren hätte, dass seine einzige Tochter in einen seiner Pächter verliebt ist. Der hätte sie glatt enterbt. Wasser auf die Mühlen ihrer Mutter wäre das gewesen. Die traktierte ihren Mann doch bereits seit Jahren, ihr den gesamten Besitz zu hinterlassen. Doch in der Beziehung besaß der gnädige Herr ein feines Gespür. Und jetzt, wo er tot ist, werde ich Carola ihr Erbe erhalten, das schwöre ich bei meiner Seele."

Karl Jensen hob erstaunt den Kopf und blickte das Dienstmädchen aufmunternd an. Agnes Hamann erwiderte trotzig den Blick und erklärte abschließend: „Carola ist ein feines Mädchen, sie hat ihr Erbe verdient."

Um weiteren Fragen vorzubeugen, ergriff sie kategorisch die Harke und kratzte heftig in der Erde herum. Der Vergleich mit einem scharrenden Huhn drängte sich dem Kommissar förmlich auf. Weiter in das Dienstmädchen einzudringen, das sagte ihm seine jahrzehntelange Erfahrung, würde zu keinen zusätzlichen brauchbaren Erkenntnissen führen. Daher wechselte er erneut das Thema. „Können Sie mir sagen, wo ich Carola von Seylitz finden könnte?"

Agnes Hamann zögerte.

„Es ist wirklich wichtig. Wenn Sie dem Mädchen helfen wollen, sagen Sie es mir."

Das Dienstmädchen rang sich, wenn auch schwer, zu einem Entschluss durch.

„Versuchen Sie es auf dem Hof von Butenschöns. Das ist die letzte Bauernstelle zum Moor hin, fahren Sie den Feldweg immer geradeaus, dann können Sie ihn nicht verfehlen."

Kommissar Jensen nickte dankbar und machte sich auf in Richtung Moor.

# Kapitel 34

„Wünschen Sie noch irgendetwas, Herr Bürgermeister?“, fragte Sigrid Wohltmann dienstbeflissen, während sie ihren Chef aufmerksam über die Lesebrille hinweg ansah und den Kugelschreiber in ihrer rechten Hand fast aufreizend kreisen ließ.

Volkmar Tramsen unterschrieb ein letztes Schriftstück und klappte die Dokumentenmappe entschlossen zusammen. „So, Frau Wohltmann, für heute haben wir es mal wieder geschafft“, entgegnete er mit einem erleichterten Seufzer. Die Sekretärin nahm ihm die Mappe aus der Hand, kontrollierte mit geschicktem Griff die darin befindlichen Unterlagen und wandte sich dem Ausgang zu.

„Vergessen Sie bitte nicht, Herr Bürgermeister, dass Sie heute Abend an der Vorstandssitzung unseres Turn- und Sportvereins teilnehmen wollten, der dringend auf ihre Zusage bezüglich der Fördermittel wartet. Den dazugehörigen Schriftverkehr habe ich Ihnen vorn auf meinen Schreibtisch gelegt. Ich wünsche Ihnen einen schönen Abend.“

Gefühlvoll schloss Sigrid Wohltmann die Bürotür hinter sich, und Bürgermeister Tramsen sah ihr dankbar hinterher, während er sich genüsslich in seinem Bürostuhl zurücklehnte. „Was wäre ich nur ohne meine Frau Wohltmann“, grübelte er versonnen und lauschte automatisch auf den Rathausplatz hinab. Kein Geigenspiel jedoch läutete, wie seit Jahren gewohnt, den Feierabend ein, nur das unverständliche Gemurmel bummelnder Passanten drang durch das geöffnete Fenster seines Büros. „Erstaunlich, wie sehr mir das abendliche Konzert doch fehlt“, überlegte er nachdenklich und trat zum Fenster, um das späte bunte Treiben zu beobachten. „Um den Moosleitner ist es wirklich schade, irgendwie war er mir richtig ans Herz gewachsen“, ging es ihm durch den Kopf. Wie in stillem Gedenken betrachtete er die Holzbank, gestiftet vom Bürgermeister der Stadt Brakstedt, auf der der Straßenmusikant meist gesessen hatte, um die Spaziergänger mit seinem Geigenspiel zu erfreuen.

Energisch riss sich Volkmar Tramsen von dem Anblick los, ergriff seine Aktentasche und wandte sich dem Ausgang zu. Vor dem Schreibtisch seiner Sekretärin blieb er stehen und blickte auf die Unterlagen des Turn- und Sportvereins. Zweimal hielt er die Aktenmappe in Händen, zweimal legte er sie wieder zurück auf den Tisch. Endlich fasste er einen endgültigen Entschluss, verschloss seine Aktentasche mit einem energischen Ruck und legte den Turn- und Sportverein auf den Stapel mit den unerledigten Vorgängen.

„Die können noch ein paar Tage auf ihre Fördermittel warten, dann ist die Freude umso größer", beruhigte er das aufkeimende schlechte Gewissen. „Freund Möllmann genießt jetzt absoluten Vorrang."

Mit dem ihm eigenen Elan bestieg er sein Auto, startete den Motor und setzte den Wagen langsam zurück. Erschreckt fuhr er zusammen, als unvermutet eine Gestalt laut gegen die Scheibe der Seitentür klopfte. Verärgert betätigte er den elektrischen Fensterheber und erblickte die massige Gestalt von Wachtmeister Kleinmann. Bevor Bürgermeister Tramsen auch nur vom Ansatz her seinen Unmut über das vorsätzliche Erschrecken eines herausragenden Kommunalpolitikers Ausdruck verleihen könnte, kam dieser ohne lange Vorreden direkt zum Thema: „Na, Herr Bürgermeister, wir wollen doch nicht unangeschnallt durch Brakstedt fahren und unseren Mitbürgern ein schlechtes Beispiel liefern, ganz zu schweigen von dem drohenden Bußgeld."

Volkmar Tramsen entschloss sich, wenn auch innerlich Zähne knirschend, gute Miene zum bösen Spiel zu machen. Mit einer übertrieben lässigen Handbewegung arretierte er den Gurt und antwortete süffisant lächelnd: „Es freut mich, dass die Brakstedter Polizei dermaßen auf Zack ist und mögliche Vergehen bereits im Keim erstickt. Wenn sie auch bei der Aufklärung von Kapitalverbrechen so erfolgreich agieren würde, könnten wir hier in Brakstedt bestimmt wieder ruhiger schlafen."

Wachtmeister Kleinmann fühlte sich persönlich an der Ehre gepackt, repräsentierte er doch, zumindest in seiner eigenen Einschätzung, die gesamte exekutive Staatsgewalt. Es kam daher, wie es kommen musste, Lothar Kleinmann log schlichtweg das Blaue vom Himmel. „Wir sind dem Mörder dicht auf der Spur, Herr Bürgermeister. Wenn es nach mir gegangen wäre, hätten wir den Kerl schon längst verhaftet, aber Sie wissen ja, wie zimperlich sich die Herren aus Kiel manchmal anstellen. Ganz im Vertrauen, in den nächsten Tagen werden ganz Brakstedt die Augen aufgehen, denn es wird richtig knallen, wenn wir den Täter dingfest machen."

Mit dieser prophetischen Aussage wandte sich der Wachtmeister ab und stolzierte mit geschwellter Brust von dannen. Einen Moment lang saß Volkmar Tramsen nachdenklich im Auto und trommelte nervös mit seinen Fingern gegen das Lenkrad. Dann winkte er ungläubig ab, da er die phantasievollen Ergüsse des Wachtmeisters zur Genüge kannte und startete seinen Wagen erneut. Kurze Zeit später hielt er vor dem Juweliergeschäft seines langjährigen Bekannten und Skatfreundes. Wie gewohnt, betrat Volkmar Tramsen das Haus durch den rückwärtigen Eingang, dessen einzige Sicherung in einem elektronischen Schloss mit einzugebendem Zahlencode bestand. Halb Brakstedt hatte im Laufe der Zeit Kenntnis von der eigentlich geheimen Nummernfolge erlangt, denn in den zwölf Jahren, seit das seinerzeit hochmoderne Sicherungssystem installiert worden war, hielt Siegfried Möllmann treu und brav an ein und derselben Kombination fest. Entsprechend zügig und routiniert tippte auch Volkmar Tramsen die Zahlenfolge ein und stand nur wenige Augenblicke später in der altmodischen Werkstatt des Juweliers, der völlig entnervt mit einem dampfenden Baldriantee auf einem spartanisch anmutenden Holzschemel an einer kleinen Werkbank saß.

„Hallo Mölle“, begrüßte der Bürgermeister seinen Skatbruder freundschaftlich, „wie ich höre, sorgst du in Brakstedt gehörig für Wildwest-Stimmung.“

Siegfried Möllmann stellte seinen Beruhigungstee dermaßen heftig ab, dass der Inhalt links und rechts über den Tassenrand schwappte. „Fuchtelt mir doch dieser heruntergekommene Versager mit einem Messer vor der Nase herum und faselt etwas von Überfall. Glaubt doch dieser Schnösel allen Ernstes, er könne mich mit seinem lächerlichen Zahnstocher beeindrucken und mich ausplündern. Na, dem habe ich es aber gezeigt.“

„Hast du deinen Revolver etwa immer noch im Laden liegen?“, fragte Volkmar Tramsen mit vertraulich gesenkter Stimme.

„Na klar, in der Schublade direkt neben der Kasse. Du hättest mal sehen sollen, wie schnell der Kerl getürmt ist, als ich mit dem Ballermann auf ihn zielte und es plötzlich krachte. Leider habe ich ihn nicht getroffen“, fügte Siegfried Möllmann mit aufrichtigem Bedauern hinzu.

Volkmar Tramsen schüttelte ungläubig den Kopf. „Das darf ja alles nicht wahr sein. Sei bloß froh, dass du den Mann nicht verletzt hast. Der Ärger mit der Polizei wäre nicht auszudenken gewesen."

Juwelier Möllmann stürzte sich mit Feuereifer auf das Stichwort. „Die Rechtsauffassung in unserem Land ist wirklich katastrophal. Stell dir nur vor, mir werden Vorwürfe gemacht. Der eigentliche Täter mutiert zum bedauernswerten Opfer, während ich, der doch nur sein Hab und Gut verteidigt, zum Schrecken der Gesellschaft avanciere. Anstatt den Ganoven zu verfolgen, hält sich dieser Kommissar stundenlang in meinem Laden auf und fragt mir Löcher in den Bauch."

„Na ja, Siegfried, einen geladenen Revolver offen und zugänglich im Geschäft herumliegen zu lassen, ist ja auch nicht ganz ungefährlich."

Siegfried Möllmann blickte seinen Freund verärgert an. „Fällst du mir etwa auch in den Rücken? Wenn die Staatsgewalt nicht in der Lage ist, ihre Bürger zu beschützen, müssen die sich doch zumindest selbst verteidigen können. Und was heißt hier ‚offen und zugänglich'. Die Waffe liegt immer in der Schublade."

Volkmar Tramsen klopfte dem Juwelier beschwichtigend auf die Schulter. „Und zwar in der, wo der Schlüssel nur noch pro forma draufsteckt, aber lass mal gut sein, ich hätte an deiner Stelle wahrscheinlich ebenso gehandelt."

Doch so leicht ließ sich Siegfried Möllmann nicht besänftigen. „Du hast gut reden, Volkmar. Du musstest dich nicht mit Kleinmann und dem Kieler Kommissar herumschlagen. Stell dir vor, sogar Fingerabdrücke haben sie mir abgenommen. Damit nicht genug, diverse Schmuckstücke haben sie ebenfalls vereinnahmt und zwecks weiterer Untersuchungen mit ins Präsidium verschleppt. Ich kann mir beim besten Willen keinen Reim auf die ganze Geschichte machen."

Volkmar Tramsen horchte auf: „Schmuckstücke? Vielleicht hat der Gangster die ja angefasst, und sie versuchen ihn anhand der Fingerabdrücke zu identifizieren?"

Siegfried Möllmann schüttelte den Kopf: „Der hat gar keine Zeit gehabt, irgendetwas zu berühren, ich hab ja gleich geschossen."

Bürgermeister Tramsen und Juwelier Möllmann sahen sich fragend und ein wenig hilflos gegenseitig an.

## Kapitel 35

Schwere, schwarze Wolken schoben sich unerbittlich vor die tief stehende Herbstsonne und heftige Sturmböen zerrten an den bunt gefärbten Blättern der Bäume, als Karl Jensen die mit Kopfsteinpflaster ausgelegte Zufahrtsstraße zum Gutshaus hinunterfuhr. „Wie viel Schweiß muss wohl geflossen sein", grübelte der Kommissar, „um die tausende von Steinen kunstgerecht zu platzieren und einen Weg zu erschaffen, der den hochherrschaftlichen Kutschen, aber auch dem einfachen Ochsenkarren die Zufahrt zum Gutshaus ermöglichte. Ohne großartiges technisches Gerät, ohne Bagger oder Planierraupe, nur mit Spaten und Schaufel schufen unzählige Landarbeiter diese Straße, die die Jahrhunderte überdauert hat." Während Karl Jensen mit seinem Wagen im Schneckentempo über die abgeflachten Natursteine holperte, dachte er: „Ein moderner glatter Teerbelag fährt sich natürlich gemütlicher." Trotzdem genoss er irgendwie das rustikale Flair der alten Allee und zündete sich gut gelaunt eine Zigarette an. Fast am Ende der Zuwegung stand ein schwerer, schwarzer Mercedes und ein etwa vierzig Jahre alter Mann in einem dunkelblauen Nadelstreifenanzug lief wild gestikulierend um seinen kostbaren fahrbaren Untersatz herum. Der Sturm peitschte erste schwere Regentropfen über das Land, während der Mann in seinem maßgeschneiderten Anzug im Kofferraum seines Wagens herumwühlte. Unbarmherzig prasselte der Regen und Karl Jensen verspürte keinerlei Ambitionen, sich ebenfalls den Unbilden der Witterung auszusetzen. Doch dann registrierte der verzweifelt wirkende Mann in seinem durchweichten Zwirn das herannahende Auto und stürmte mit ausgestreckten Armen darauf zu. Karl Jensen kurbelte das Seitenfenster seines Autos herunter.

„Kann ich Ihnen irgendwie helfen?", fragte er förmlich und musterte sein Gegenüber skeptisch. Das Wesen und das äußere Erscheinungsbild des Mannes stießen ihn vom ersten Moment an bis ins Innerste ab. Die sonnengebräunte Haut, die gold glänzende Armbanduhr und der massive Siegelring wirkten auf den biederen Kommissar protzig und prahlerisch. Als direkt widerwärtig empfand er das süßlich riechende Aftershave, das ihm entgegenströmte. Viel hätte nicht gefehlt und Kommissar Jensen hätte das Autofenster wieder verschlossen. Glücklicherweise verfügte der immer noch im Regen stehende Mann über keine hellseherischen Fähigkeiten und zeigte sich hocherfreut über die schnelle Hilfe.

„Ich danke Ihnen sehr für Ihr spontanes Anhalten, Sie sind mein Lebensretter", begrüßte er Karl Jensen mit einem charmanten Lächeln, obwohl ihm das Wasser in den Hemdkragen hineinlief.

Der Kripobeamte überwand seine innere Abneigung nur mit äußerster Anstrengung. „Steigen Sie erst einmal ein, bei diesem Wetter lässt man ja nicht einmal seinen Hund vor die Tür", antwortete er im barschen Kommandoton. Sekunden später saß der Mann triefend nass auf dem Beifahrersitz und sorgte neben dem unausstehlichen Parfümduft für beschlagene Autoscheiben. Karl Jensen schaltete das Gebläse auf volle Kraft und steckte sich zum Zwecke der Geruchsneutralisierung eine Zigarette an. Sein Mitinsasse hüstelte geziert und drehte diskret seine Autoscheibe einen Spalt hinunter.

„Herbert Tackmann ist mein Name", stellte er sich mit einem überschwänglichen Kopfnicken vor. „Mir ist auf dieser altertümlichen Steinpiste ein Reifen geplatzt. Könnten Sie mich vielleicht nach Brakstedt fahren, damit ich Hilfe holen kann?"

„Eine Reifenpanne ist doch kein Beinbruch", bemerkte der Kommissar trocken, „und, wie heißt es doch, selbst ist der Mann. Aber ich fahre Sie selbstverständlich auch nach Brakstedt."

Herbert Tackmann starrte seinen Lebensretter fassungslos an. „Das meinen Sie jetzt aber nicht ernst, oder? Ich, erster Immobilienmakler am Platz, soll mich im Schlamm hinknien, mit Wagenschmiere an den Fingern und selbst Hand anlegen? Wofür gibt es Werkstätten und Kfz-Mechaniker?"

Karl Jensen betrachtete seinen Mitfahrer mit einem verächtlichen Seitenblick. Fast mitleidig ruhte sein Auge auf den feingliedrigen, weichen Händen mit den sorgsam gepflegten Nägeln und dem gegelten Haar, aus dem immer noch das Regenwasser tropfte.

„Wäre es nicht viel einfacher und schneller gewesen, über Handy einen Pannendienst zu informieren?", fragte Karl Jensen mit vorgetäuschter Neugierde, um die drohende Gesprächslücke zu überbrücken.

„Wir befinden uns hier in einem absoluten Funkloch", jammerte der durchweichte Immobilienmakler, während er an seinem nassen Maßanzug herumzupfte, der mittlerweile eine eher sackähnliche Form angenommen hatte. „Wenn Sie nicht gewesen wären, dann wäre ich verloren gewesen“, konstatierte er mit theatralischer Pose.

Zügig näherten sie sich Brakstedt, und Herbert Tackmann studierte mit wachsendem Interesse das technische Sonderzubehör des Wagens, mit dem er sich gerade chauffieren ließ.

„Sie haben mir noch nicht verraten, wem ich die freundliche Hilfe verdanke“, fragte er unsicher, während er gleichzeitig den Griff der Pistole unter dem Mantel seines Fahrers entdeckte.

Karl Jensen spürte die aufsteigende Angst seines Mitfahrers und genoss im Stillen die angespannte Situation und die Macht, die er in diesem Moment auf Herbert Tackmann ausstrahlte.

„Mein Name ist Jensen, Kommissar Jensen von der Kieler Kriminalpolizei“, stellte er sich vor. Autorität und Stärke lagen in seiner Stimme.

Voller Respekt und gleichzeitig unverhohlener Neugier schaute sich der Immobilienmakler im Auto um. „Das ist das erste Mal, dass ich in einem Polizeiwagen sitze, ein wirklich aufregendes Gefühl.“

„Seien Sie froh“, lachte Karl Jensen, „denn diejenigen, die gewöhnlich mit uns fahren, tun dies nicht freiwillig.“

Herbert Tackmann dachte an seine Geschäftspraktiken, die nicht immer auf den Grundfesten der Legalität standen, und wechselte schnell das Thema. „Dann ermitteln Sie sicherlich in den beiden Mordfällen, die Brakstedt so tief erschüttert haben?“

Karl Jensen hakte nach, ohne weiter auf die Frage einzugehen. „Als stadtbekannter Immobilienmakler werden Sie die Opfer doch sicherlich gekannt haben?“

Herbert Tackmann nickte bestätigend. „Christian von Seylitz prägte das Stadtbild wie kaum ein anderer. Er stammte ja immerhin aus einem der ältesten Geschlechter hier vor Ort. Der Musiker“, er winkte herablassend ab, „na ja, eine gescheiterte Gestalt eben.“

Der Kommissar gab einer plötzlichen Eingebung nach. „Und was führte Sie zu dem Anwesen von Christian von Seylitz?“

Der Immobilienmakler sah den Kripobeamten amüsiert an: „Handelt es sich hier noch um ein lockeres Gespräch oder bereits um ein Verhör, Herr Kommissar?“

Karl Jensen blickte seinem Mitfahrer offen in das Gesicht. „Diese Entscheidung überlasse ich Ihnen, zumindest noch“, antwortete er mit einer Spur von Schärfe in der Stimme.

Herbert Tackmann erhob seine Hand beschwichtigend. „Es wird ja doch früher oder später publik werden. Frau von Seylitz überlegt, sich von Teilen des Besitzes zu trennen. Dass sie mich mit der Abwicklung betrauen möchte, ist zwar nicht überraschend, ehrt mich aber selbstverständlich.“ Dabei plusterte sich der Immobilienmakler auf wie ein Pfau.

Jensen ärgerte die Überheblichkeit, doch er beschloss, diese Schwäche für seine Zwecke zu nutzen. „Um ein derartig schwieriges Unterfangen erfolgreich abschließen zu können, muss man sicherlich ein ausgewiesener Spezialist und Profi sein, denn wer will sich schon für all das Ackerland und die nutzlosen Moorflächen interessieren?“

Herbert Tackmann schluckte prompt den ausgeworfenen Köder. „Ohne Insiderwissen und entsprechende Verbindungen läuft da gar nichts“, antwortete er mit wichtiger Miene.

„Aber selbst mit den allerbesten Beziehungen lässt sich eine derartig große Fläche doch kaum an den Mann bringen“, stichelte der Kommissar weiter.

Der Immobilienmakler lief zu immer größerer Form auf. „Da gebe ich Ihnen recht, dazu bedarf es zusätzlicher Visionen und einer Unmenge an Kreativität.“

„Was für Visionen schweben Ihnen denn so vor?“, hakte Karl Jensen unvermittelt nach.

„Wie wäre es beispielsweise mit einem hoch technologischen Innovationszentrum und einem attraktiven Freizeitpark, wie es unserem Bürgermeister vorschwebt, da steigt der Wert einer solchen Immobilie schnell in die Millionen. Oh, halten Sie bitte hier an, Herr Kommissar, hier ist schon mein kleines Häuschen.“

Genauso schnell, wie Herbert Tackmann das Auto bestiegen hatte, verließ er es wieder. Zurück blieb ein sehr nachdenklicher Kommissar.

## Kapitel 36

Astrid von Seylitz saß in dem breiten Ledersessel im Arbeitszimmer ihres verstorbenen Ehemannes und prostete dem Porträtbild ihres einstigen Gatten triumphierend mit einem Glas Champagner zu. „Du hättest wohl nicht erwartet, dass ich dir so schnell auf die Schliche kommen würde, mein lieber Christian. Ich war dir schon immer eine Nasenlänge voraus, du hast es nur niemals bemerkt. Ja, schau mich nur an mit deinem spöttisch hochgezogenen Mundwinkel und deinem hochherrschaftlichen Getue. Ich bin mir absolut sicher, dass du in deiner bornierten Art und Weise kein Testament bei einem Notar oder beim Amtsgericht hinterlegt hast, denn all diese Instanzen hast du Zeit deines Lebens als inkompetent und ohne angestammtes Recht abgelehnt. Für dich galt immer nur das alte Lehenrecht mit dir als obersten Richter. Lebewohl, mein Schatz, du hast einfach in der falschen Zeit gelebt, und verlass dich darauf, auch deine Tochter, die leider so nach dir geraten ist, wird diesen vermoderten, antiquierten Besitz nicht retten können."

Ein wenig außer Atem nach diesem langen Selbstgespräch drehte Astrid von Seylitz verlangend das leere Champagnerglas in der Hand. Kurz entschlossen betätigte sie die Klingel für die Bediensteten. Schneller als üblich, mit hochrotem Kopf, stand Agnes Hamann auf der Türschwelle. „Sie wünschen, Frau von Seylitz?", fragte sie in einem derartig aggressiven Ton, dass die so Angesprochene erstaunt aufblickte.

„Es heißt immer noch gnädige Frau. Außerdem verbitte ich mir diesen scharfen Ton. Sie sind hier angestellt, vergessen Sie das nicht, sonst sind Sie es die längste Zeit gewesen."

Agnes Hamann warf kampflustig den Kopf in den Nacken. „Als wenn ich es nötig hätte, mir hier die Beine auszureißen. Ich könnte jederzeit eine andere Stellung finden. Nur Carola zu Gefallen und um den gnädigen Herrn nicht vor den Kopf zu stoßen, habe ich mir all Ihre Schikanen gefallen lassen, aber damit ist jetzt Schluss."

Astrid von Seylitz fixierte ihr Dienstmädchen mit einem lauernden Blick. „Dann packen Sie doch Ihre sieben Sachen und verschwinden von meinem Grund und Boden. So eine wie Sie bekomme ich doch jeden Tag wieder. Unzählige junge Mädchen würden sich die Hände danach lecken, auf meinem Gut den Haushalt führen zu dürfen."

Agnes Hamann lachte laut und aufreizend. „In was für einer Welt leben Sie eigentlich? Falls Sie es vergessen haben sollten, das Mittelalter ist längst vorbei und das Jahr 2000 ist seit Jahren Geschichte. Sie glauben doch nicht ernsthaft, dass irgendwer aus dieser Gegend bei Ihnen in Stellung gehen würde, der auch nur ein Fünkchen Ehrgefühl im Leib hat."

Die Gutsherrin sprang aus dem Sessel auf und ballte wutentbrannt die Fäuste. „Was bildest du kleines Flittchen dir ein, so mit mir zu reden", schnauzte sie Agnes Hamann unbeherrscht an. „Meinem Mann konntest du mit deinem Unschuldsblick vielleicht hinters Licht führen, aber mich nicht. Du hast hier nichts mehr verloren. Pack deine armseligen Klamotten und lass dich nie wieder hier blicken."

Das soeben fristlos entlassene Dienstmädchen stampfte trotzig mit dem Fuß auf. „Jetzt zeigen Sie Ihren wahren Charakter. Sie haben sich alles nur erschlichen und mit Ihrem Körper erkauft. Ihre Familie lebte von dem, was andere in ihrer Barmherzigkeit spendeten, und Sie erdreisten sich, mir gegenüber den Moralapostel zu spielen?"

Die verletzenden Worte verfehlten ihre Wirkung nicht. Astrid von Seylitz packte in blinder Wut den eisernen Brieföffner, der neben ihr auf dem Schreibtisch lag, und stürzte auf Agnes Hamann los. „Ich werde dir dein freches Mundwerk schon stopfen", schrie die Gutsherrin in höchster Erregung, doch das Dienstmädchen beherrschte die Szenerie.

„Keinen Schritt weiter!", gebot sie ihrer Herrin und hob gebieterisch die Hände. „Sie werden mich nicht vertreiben, solange ich nicht freiwillig das Feld räume. Ich werde nämlich hier bleiben, bis wirklich geklärt ist, wer zukünftig auf diesem Anwesen das Sagen hat, und glauben Sie mir, ich weiß, was der gnädige Herr wirklich wollte."

Astrid von Seylitz taumelte zurück, als hätte sie einen Faustschlag in das Gesicht erhalten und ließ den Arm mit dem Brieföffner in der Hand kraftlos sinken. Agnes Hamann schaute siegessicher auf das Porträt ihres ehemaligen Arbeitgebers. „Herr von Seylitz liebte seine Tochter und hielt große Stücke auf sie. Er wusste, dass sie den Besitz erhalten würde. Schauen Sie doch nur hinter das Bild, und es wird für die Zukunft keine Zweifel mehr geben."

Astrid von Seylitz verstand den Hinweis nur zu genau und ließ sich wieder in den Sessel fallen, während sie resignierend die Hände hob. „Meine liebe Agnes", sprach sie mit betont versöhnlicher Stimme, „ich habe das Gefühl, zwischen uns gab es eine Menge Missverständnisse, und ich bin froh, dass wir beide das alles aus der Welt räumen konnten. Ich würde mich freuen, wenn Sie mich auch zukünftig so tatkräftig unterstützen würden. Und über Ihre Bezüge sollten wir in allernächster Zeit auch einmal sprechen, denn Ihre Treue muss doch endlich einmal honoriert werden."

„Meine Treue gilt einzig und allein Carola, und ich werde nicht zulassen, dass Sie Ihre eigene Tochter um ihr Hab und Gut bringen", antwortete Agnes Hamann bockig.

„Aber liebst Agnes", klang es in den süßesten Tönen aus dem Mund der Gutsherrin, „Sie müssen etwas völlig missverstanden haben, Sie glauben doch nicht wirklich, dass ich meiner eigenen Tochter, meinem eigenen Fleisch und Blut, nach dem Erbe trachten würde."

Sie versuchte, ihr Dienstmädchen liebevoll in die Arme zu nehmen, doch Agnes Hamann trat verwirrt und zugleich misstrauisch zurück. „Ich weiß nicht, was ich glauben soll, Frau von Seylitz, und es ist auch schon spät. Ich würde mich jetzt gern zurückziehen."

Die Gutsherrin setzte ihre fürsorglichste Miene auf. „Natürlich Agnes, der Abend ist tatsächlich schon reichlich fortgeschritten, lass uns morgen weiter über alles sprechen. Ich wünsche dir eine gute Nacht."

Agnes Hamann zog sich mit einem angedeuteten Knicks zurück und schloss die Tür. Sekunden später bohrte sich ein eiserner Briefbeschwerer in die Rückenlehne eines schweren dunklen Ledersessels.

## Kapitel 37

Karl Jensen setzte inzwischen seine so abrupt unterbrochene Fahrt nach Brakstedt Moor fort. Noch immer schüttelte er innerlich den Kopf über das dilettantische, gezierte Verhalten des Immobilienmaklers während der Reifenpanne. „Der Mann hatte nicht nur zwei linke Hände, der hatte gar keine“, dachte er schmunzelnd. Immer noch peitschte ein schneidender Nord-West-Wind einen Regenschauer nach dem anderen über das Land, in die sich mehr und mehr Hagelkörner mischten. Je weiter sich Karl Jensen von Brakstedt entfernte, desto einsamer und unwirklicher erschien ihm die Gegend durch den auf Hochtouren arbeitenden Scheibenwischer. ER stammte zwar selbst aus einem alten Bauerngeschlecht und war von Jugend an die sogenannte dörfliche Ruhe gewöhnt, doch Brakstedt Moor verfügte über keine typische ländliche Struktur mit Dorfkern und Hauptstraße, sondern bestand aus wenigen einzelnen Gehöften, die eher willkürlich in der Gegend herumstanden. Leider verfügte der Kommissar über einen nur sehr unzureichend entwickelten Orientierungssinn. Glücklicherweise bot die heutige moderne Technik genügend Hilfsmittel, um dieses Manko erfolgreich auszugleichen. So führte auch heute die nette Stimme des Navigationssystems den Kommissar zu seiner eigenen Beruhigung nach Brakstedt Moor auf den Hof der Familie Butenschön. Karl Jensen näherte sich einer Straßengabelung, an der kein Schild oder ein anderer Hinweis die weitere Streckenführung vorgab, aber das Navigationssystem zeigte sich dieser Aufgabe voll und ganz gewachsen. „Halten Sie sich bitte links“, erklang es so selbstsicher aus dem Lautsprecher, dass auch nicht der leiseste Zweifel erlaubt schien. Entsprechend bedenkenlos lenkte Karl Jensen sein Gefährt auf den schmalen Teerweg, der sich bereits nach wenigen hundert Metern in einen wenig Vertrauen erweckenden unbefestigten Plattenweg verwandelte. Doch unverdrossen setzte Karl Jensen seinen Weg fort, denn auch die freundliche weibliche Stimme hüllte sich in ein vielsagendes Schweigen. Kurze Zeit später endeten die Betonplatten. Übrig blieb ein holpriger mit unzähligen Schlaglöchern übersäter Feldweg, der beidseitig von hohen Knicks eingeschlossen war und in denen in regelmäßigen Abständen uralte Eichen von dem generationsübergreifenden Alter dieses Weges zeugten. Die von ihnen herabfallenden Eicheln zogen die Wildschweine magnetisch an, die die Erde auf der Suche nach diesem leckeren Abendbrot systematisch umpflügten. Entsprechend präsentierte sich der Weg als einziges schlammiges Schlachtfeld. Dem Kommissar überkamen erste Zweifel und beunruhigt klopfte er auf das Navigationsgerät, doch die „Dame“ gab sich weiterhin verstockt. Da ein Wenden des Wagens auf dem schmalen Feldweg ohnehin unmöglich gewesen wäre, handelte Karl Jensen nach dem bewährten Motto „Augen zu und durch“. Prompt endete auch der Feldweg und er befand sich mit seinem Fahrzeug auf einem grob überarbeiteten Acker, in den die Autoreifen sich in atemberaubendem Tempo eingruben. An der Situation gab es nichts zu rütteln. Karl Jensen hatte sich irgendwo in der Feldmark hoffnungslos festgefahren. Überflüssigerweise verkündete die Stimme aus dem Lautsprecher des Navigationssystems: „Sie haben Ihr Ziel erreicht!“ Karl Jensen saß fassungslos und frustriert in seinem Wagen, starrte auf den prasselnden Regen und zündete sich zwecks Ordnung der Gedanken erst einmal eine Zigarette an. Nachdem er diese erfolgreich in Asche verwandelt hatte, entschloss er sich zu einer ersten umfassenden Bestandsaufnahme. Mit zusammengebissenen Zähnen und krampfhaft geschlossen gehaltenem Mantel stakste er um das Auto durch den aufgeweichten Ackerboden und versank bei jedem Schritt bis auf die Knöchel.

„Weggesackt bis zu den Achsen“, konstatierte er fachmännisch, während das Regenwasser den Weg zu seiner Haut suchte und auch fand. „Und vor nicht allzu langer Zeit habe ich noch über den ungeschickten Immobilienmakler gelästert“, sinnierte Karl Jensen voll innerer Verbitterung. Da er hier am Ende der Welt jedoch kein größeres Verkehrsaufkommen in absehbarer Zeit erwarten konnte, griff er kurzerhand zu seinem Autotelefon und klingelte Wachtmeister Kleinmann an. Nach längerer fernmündlicher Aufklärung konnte dieser den Standort des Kripobeamten zweifelsfrei lokalisieren.

„Am besten schicke ich Ihnen den Butenschön mit dem Trecker lang“, entschied Lothar Kleinmann nach kurzem Grübeln, „der wird mit dem Allradantrieb in dem Morast mehr ausrichten können als ich mit dem Streifenwagen. Halten Sie so lange die Stellung,

Herr Kommissar, einen Augenblick wird es schon dauern, bis die Rettungsmannschaft unterwegs ist."

Jensen saß zitternd und frierend in seinem Auto, rauchte eine Zigarette nach der anderen und lauschte auf das eintönige Trommeln der Regentropfen auf das Wagendach. Immer wieder kreisten seine Gedanken um die ungeklärten Mordfälle in Brakstedt, immer wieder überkam ihn das Gefühl, der Lösung so nahe zu sein, doch dann tanzten die Fakten wieder wie Irrlichter vor seinem geistigen Auge und rückten den entscheidenden Geistesblitz wieder in weite Ferne. Von weitem ertönte das Tuckern eines Treckers, das sich langsam, aber beständig näherte. Endlich hielt das imposante Allradfahrzeug vor dem Polizeiwagen, und ein junger Mann in dicker grüner Joppe grüßte mit unverhohlener Schadenfreude in Richtung der beschlagenen Windschutzscheibe. Karl Jensen kletterte umständlich aus dem Wagen und setzte eine Miene auf, die jegliche ironische Kommentierung im Keim erstickte. So beschränkte sich Stefan Butenschön auf ein unverbindliches „Moin, Moin" und begann umgehend mit den Bergungsarbeiten. Jensen befürchtete schon, sein Dienstfahrzeug würde in zwei Teile gerissen, doch endlich lösten sich die Räder aus dem klebrigen, morastigen Boden. Erleichtert fuhr er im Schneckentempo hinter dem Traktor her und erreichte schließlich den Hof der Familie Butenschön. Während der Jungbauer den Trecker in die Scheune fuhr, stieg Karl Jensen klatschnass aus dem Auto und sah sich etwas verloren um.

In diesem Moment trat Carola von Seylitz aus der grün angestrichenen Klönschnacktür des Bauernhauses und begrüßte ihn ganz herzlich. „Kommen Sie bloß rein, Herr Kommissar, Sie holen sich sonst noch den Tod, durchgefroren wie Sie sind. Ich habe bereits Grogwasser aufgesetzt, und die nassen Klamotten müssen Sie auch sofort ausziehen."

Karl Jensen setzte zu einem schwachen Protest an, der jedoch ungehört verhallte. Eine halbe Stunde später saß er in trockener Kleidung vor einem dampfenden Grog und genoss das knisternde Feuer in der einfachen, aber sauberen Bauernküche.

„Ich muss Ihnen für Ihre Hilfe danken, ohne Sie würde ich noch in diesem elenden Matschloch festsitzen", erklärte Kommissar Jensen freundlich, während er den heißen Grog schlürfte.

Stefan Butenschön und Carola von Seylitz saßen ihm gegenüber an dem grob gezimmerten Eichentisch und winkten beide wie abgesprochen mit einer wegwerfenden Handbewegung wortlos ab. Karl Jensen wurde warm ums Herz, wobei er sich fragte, ob es am Alkohol lag oder an den beiden jungen Menschen, die wie geschaffen füreinander schienen und ihm einträchtig aneinander geschmiegt gegenüber saßen. Nachdenklich betrachtete er die schwieligen Hände des Jungbauern, die so ganz im Widerspruch zu dem jugendlichen Gesicht zu stehen schienen.

„Bewirtschaften Sie den Hof allein?“, fragte er Stefan Butenschön.

„Seine Eltern kamen bei einem Autounfall ums Leben“, antwortete Carola von Seylitz, während sich die Gesichtszüge des jungen Bauern verhärteten. „Der Einzige, der ihm hilft, ist sein Großvater, den hier alle Vadder Schön nennen.“

Karl Jensen horchte interessiert auf. Mit dem alten Herrn hätte ich gern ein paar Worte gewechselt, denn ich bin sicher, dass er uns einige entscheidende Hinweise liefern könnte.“

„Vadder Schön kommt und geht wie er will“, erwiderte Carola von Seylitz, „aber er ist immer dort, wo ihn keiner vermutet. Wenn man ihn aber braucht, ist er mit einem Mal da. Er taucht auf wie ein Gespenst und ist im selben Moment verschwunden, als hätte ihn das Moor verschluckt.“

„Dann sagen Sie Ihrem Geist, dass ich ihn gern sprechen würde. Ich habe zwei Morde aufzuklären, und ich bin überzeugt davon, dass Ihr Vadder Schön mir dabei helfen könnte.“

„Wenn Opa es für richtig hält, wird er Sie finden und mit Ihnen sprechen“, meldete sich Stefan Butenschön zu Wort.

Karl Jensen schüttelte unwillig den Kopf. „Die Polizei fordert normalerweise zum Verhör auf und wartet nicht darauf, dass sich jemand bequemt, eine Aussage zu machen. Da Ihr Großvater aber gerade nicht anwesend ist, fangen wir doch einfach mit Ihnen an, Herr Butenschön. Ich bin überzeugt davon, dass auch Sie mir eine Menge erzählen können.“

Stefan Butenschön richtete sich angriffslustig auf. „Carola hat mit der ganzen Sache nichts zu tun, das schwöre ich bei allem, was mir heilig ist.“

Karl Jensen lächelte, als er das kämpferische Kinn und die blitzenden Augen betrachtete. Carola von Seylitz stellte indessen frisches Brot und geräucherten Schinken auf den Tisch.

„Ich glaube, wir können alle eine Stärkung nach dem anstrengenden Tag gebrauchen. Langen Sie tüchtig zu, Herr Kommissar."

Das ließ sich dieser nicht zweimal sagen, denn ihm knurrte ziemlich der Magen. „Anschließend werden wir unser Tischgespräch aber umso intensiver fortsetzen", verkündete er prophetisch, und es wurde eine lange Nacht.

## Kapitel 38

Zeitig am nächsten Morgen brach Kommissar Jensen wieder nach Kiel auf. Ein wenig übernächtigt, aber frisch gestärkt durch ein deftiges Frühstück mit Bratkartoffeln und Spiegeleiern verabschiedete er sich mit einem kräftigen Händedruck von den jungen Leuten.

„Ich hoffe, wir konnten Ihnen alle Ihre Fragen zur Zufriedenheit beantworten", bemerkte Carola von Seylitz mit leicht schnippischem Ton, der über ihre Unsicherheit hinwegtäuschen sollte.

„Das werden die weiteren Ermittlungen mit Sicherheit zeigen", antwortete Karl Jensen ausweichend, während er in sein Auto einstieg. Langsam fuhr er vom Hof, denn das nächtliche Gespräch beschäftigte ihn sehr. Immer wieder fragte er sich, ob die beiden jungen Leute ihm die Wahrheit gesagt hatten. Carola von Seylitz hatte gestanden, vorzeitig das Internat verlassen zu haben, weil sie es angeblich ohne ihren Freund nicht mehr aushalten konnte. Um den Zorn ihrer Eltern nicht auf sich zu ziehen, hatte sie sich heimlich auf dem Hof von Butenschöns einquartiert. Stefan Butenschön bestätigte die Aussage. Damit verschafften die beiden sich gegenseitig ein Alibi. Doch genauso wäre es denkbar, dass die beiden die Morde gemeinsam geplant und durchgeführt hatten, um den Weg zu ebnen für eine gemeinsame Zukunft, die Christian von Seylitz niemals geduldet hätte. Ratlos zündete Karl Jensen eine Zigarette an, die jedoch auch nicht die Erleuchtung brachte. Er mochte die jungen Leute und sein Bauch sagte ihm klipp und klar, dass Carola von Seylitz und Stefan Butenschön die Wahrheit sprachen. Seine jahrzehntelange Erfahrung in der Aufklärung von Verbrechen hatte ihm jedoch ebenso gelehrt, alles und jeden infrage zu stellen. Zwischen diesen gegensätzlichen Polen fühlte er sich hin und her gerissen, als er mit seinem schlammbedeckten Wagen den Hof der Butenschöns verließ. Der Sturm hatte sich in der Nacht ausgetobt und die schweren Regenwolken waren einem strahlend schönen Herbsttag gewichen. Nur die riesigen Wasserlachen auf den Feldern und Wiesen erinnerten an die Weltuntergangsstimmung des letzten Tages. Voller Selbstvertrauen und Kraft schob sich die Sonne am örtlichen Firmament empor, als wolle sie den leise anklopfenden Winter ignorieren. Karl Jensen betrachtete fasziniert den roten Feuerball und hätte dabei fast den alten Mann übersehen, der mit seinem Fahrrad am Rand des Weges stand. Der Kommissar trat erschrocken auf die Bremse und klebte dabei mit dem Kopf an der Windschutzscheibe, da er mal wieder aus alter Gewohnheit auf den Anschnallgurt verzichtet hatte. Verärgert und sich die Stirn reibend kletterte er aus dem Auto und marschierte schnurstracks auf den alten Mann zu, der gerade in aller Seelenruhe aus seiner grünen Joppe ein Stück Kautabak hervorkramte und sich genüsslich in den Mund schob.

„Sie müssen Vadder Schön sein", brach es förmlich aus dem Kommissar hervor.

„Kun wohl sien", antwortete der Alte und schob seinen Priem bedächtig von einem Mundwinkel in den anderen.

„Mit Plattdeutsch am frühen Morgen habe ich so meine Probleme, ich würde mich freuen, wenn wir uns auf Hochdeutsch verständigen könnten", bat Karl Jensen mit Nachdruck in der Stimme.

Vadder Schön spuckte verächtlich aus. „Wenn es denn unbedingt sein muss, dann bitte. Aber ich kann beim besten Willen nicht begreifen, dass ein Schleswig-Holsteiner oder einer, der es sein will, seine Muttersprache nicht mehr beherrscht."

Karl Jensen überging diesen Vorwurf als irrelevant und zückte, sozusagen zwecks Klärung der Hierarchie, seinen Dienstausweis. Vadder Schön studierte ihn eingehend, aber ohne größere Respektserweisung.

„Und ich dachte, Sie wären irgend so ein Reporter, der sein Käseblatt mal ein bisschen auf Vordermann bringen wollte, dabei sind Sie so ein hohes Tier aus Kiel. Hätte ich ehrlich gesagt nicht erwartet, denn die verirren sich nicht so häufig in unsere Gegend."

Karl Jensen ignorierte auch das „hohe Tier" und verbiss sich einen gehässigen Kommentar. Stattdessen meinte er: „Na ja, wenn zwei Morde so kurz aufeinander geschehen, dann sollte die Kriminalpolizei vielleicht mal nach dem Rechten sehen."

Vadder Schön nickte bedächtig. „Das ist wohl richtig. Und was habt ihr bis jetzt rausgekriegt?"

Karl Jensen beschlich das unbestimmte Gefühl, das Gespräch könnte ihm entgleiten. „Moment mal, wenn hier einer Fragen stellt, bin ich das", bemerkte er bissig.

Der Altbauer griente still vor sich hin.

„Wie mir Ihr Enkel erzählte, halten Sie sich viel in der Feldmark auf", leitete Karl Jensen das Verhör ein, „da werden Sie sicher die eine oder andere interessante Beobachtung gemacht haben."

„Nun ja, Herr Kommissar, was soll es bei uns schon viel zu sehen geben, außer Hasen, Rehe und Wildschweine. Wenn ich Jäger wäre, würde mich unser Wildreichtum wohl reizen, aber wir haben mit der Jagd rein gar nichts am Hut, sondern kümmern uns nur um unsere Äcker."

Er setzte dabei eine bewusst dümmliche Miene auf, doch der lauernde Blick, mit dem er den Kommissar musterte, sprach eine ganz andere Sprache. Karl Jensen fragte sich, wie viele Hasen der Alte wohl im Laufe seines Lebens gewildert und bei Nacht und Nebel klammheimlich auf seinen Hof gebracht hatte. Doch er war nicht nach Brakstedt gekommen, um Wilddieben das Handwerk zu legen, sondern um zwei Morde aufzuklären.

„In unmittelbarer Nähe der Jagdhütte, in der wir die Leiche des Moosleitners entdeckt haben, fand unser Spurendienst Fußabdrücke einer Person mit Holzschuhen, und zwar genau dieselbe Sorte, die Sie gerade tragen. Wollen wir erst noch eine chemische Analyse vornehmen oder erzählen Sie mir gleich, was Sie dort gesehen haben?"

Karl Jensen vertraute auf den Überraschungseffekt und auf die mangelnden Kenntnisse des Bauern in Bezug auf die Analysemöglichkeiten der Polizei. Und der Schuss ins Blaue traf. Vadder Schön kratzte sich nachdenklich hinter dem rechten Ohr. Kommissar Jensen durchschaute die zögerliche Reaktion und fasste sofort nach.

„Ich kann mir kaum vorstellen, dass Sie Freude daran finden würden, mit mir nach Kiel zu fahren und sich dort erkennungsdienstlich erfassen zu lassen, also lieber gleich raus mit der Sprache."

Die Aussicht, sein gewohntes Terrain verlassen zu müssen und in eine Großstadt verschleppt zu werden, gab Vadder Schön den Rest.

„Ich bin zufällig im Wald spazieren gegangen, um die Herbststimmung zu genießen, da hörte ich plötzlich Stimmen, die von der Jagdhütte kamen."

Der Redefluss des Altbauern versiegte so schnell, wie er begonnen hatte. Karl Jensen konnte sich zwar beim besten Willen nicht vorstellen, dass das Herbstlaub die Ursache für den Waldspaziergang gewesen war, sondern vermutete ganz andere Hintergründe. Er enthielt sich aber jeglichen Kommentars und drängte Vadder Schön zum Weitererzählen.

„Ja, und? Was haben Sie denn nun dort gesehen? Nun mal flink, ich habe nicht ewig Zeit. Sonst geht's doch noch ab nach Kiel."

Eilig setzte der Alte seine Erzählung fort. „Ich stand oberhalb der Hütte zwischen den alten Buchen, da hat man einen schönen Blick auf die Landschaft."

Karl Jensen biss sich auf die Lippen.

„Der Straßenmusikant aus Brakstedt torkelte aus einem Auto auf die Jagdhütte zu. Der war total besoffen und musste deshalb von einem zweiten Mann gestützt werden. Beide verschwanden in der Hütte. Nach etwa einer halben Stunde erschien der andere allein vor der Tür, blickte sich in alle Richtungen um, ging schnurstracks zu seinem Auto und fuhr davon. Ich habe noch eine halbe Stunde drauf gegeben, aber es rührte sich nichts mehr. Ich dachte, der Moosleitner schläft dort seinen Rausch aus. Am nächsten Tag hatte ich keine Zeit, aber einen Tag darauf wollte ich mal nach dem Rechten schauen, da ging dann das Theater mit den beiden Jungs los und Stefan erschien dann auch noch mit Carola auf der Bildfläche, da bin ich ab durch die Mitte."

Karl Jensen konnte seine Erregung kaum unterdrücken. „Konnten Sie den Mann oder zumindest das Auto erkennen?", fragte er drängend.

„Ne, so gut sind meine Augen auch nicht mehr."

„Aber den Moosleitner haben Sie erkannt?", fragte der Kommissar misstrauisch.

„Na, wegen seiner Mütze und seiner Geige", verteidigte sich Vadder Schön.

„Wissen Sie zumindest, um welches Fabrikat es sich bei dem Auto handelte?", klang es flehentlich aus dem Mund des Kommissars.

Vadder Schön schüttelte energisch den Kopf. „Groß und blau, mehr kunn ick nich sehn." Ärgerlich verfiel er ins Platt.

In diesem Moment klingelte durchdringend das Autotelefon. Martin Blöcker grüßte seinen Kollegen nur knapp und kam aufgeregt zur Sache. „Kannst du gleich nach Kiel kommen, Karl? Die Lage spitzt sich hier dramatisch zu."

Karl Jensen zögerte nicht lange. „Ich mache mich gleich auf die Socken. Was gibt es denn so dramatisches, Martin?"

„Ich glaube, wir haben ihn, Karl, mehr verrate ich nicht."

Kommissar Jensen startete den Wagen. „Wir werden uns später weiter unterhalten", lautete seine Botschaft an Vadder Schön, während sich die Räder des Wagens langsam Richtung Kiel in Bewegung setzten.

Gelangweilt winkte der Altbauer ab. „Wenn du meenst, du büst mie öber, denn man to", presste er halblaut zwischen den Zahnlücken hervor und setzte seinen Weg fort.

# Kapitel 39

Auf der Hauptstraße angekommen, gab Karl Jensen Gas und der kaum angetrocknete Schlamm und Morast flog in weitem Bogen auf die Fahrbahn und traf unglücklicherweise auch einen Fahrradfahrer, den der Kommissar in flottem Tempo überholte. Zudem traf einer der herumfliegenden Lehmklumpen den wackeren Zweiradfahrer auch noch genau auf den wunden Punkt zwischen Nase und Mund. Aufgrund des plötzlichen Beschusses sowie des zielsicheren Treffers verlor der von der hinterhältigen Attacke völlig überraschte Fahrradfahrer die Kontrolle über seinen Drahtesel und landete unsanft im Straßengraben. Erst spuckte er, während er sich die schmerzenden Gliedmaßen rieb, Lehm und Dreck, später Gift und Galle.

Karl Jensen bemerkte von diesem Unglücksfall gar nichts, denn sein ganzes Augenmerk richtete er nach vorn, um möglichst schnell ins Präsidium nach Kiel zu gelangen. Er erreichte sein Ziel zeitgleich mit Oberkommissarin Schäfer, die ebenfalls von Martin Blöcker alarmiert worden war. Missbilligend äugte sie auf das Auto des Kommissars.

„Mensch Jensen, wie sieht denn Ihr Wagen aus? Erst zerlegen Sie Ihr Auto bei einem Wildunfall und dann behandeln Sie Ihren Ersatzwagen auf diese Art und Weise. Es handelt es sich hier immerhin um Staatseigentum! Sind Sie damit durch das Watt gefahren?“

Karl Jensen kannte seine Chefin zu lange, um sich von ihr einschüchtern zu lassen. „Das zeichnet die Kieler Kripo eben aus, nicht mal die Wattwürmer sind vor uns sicher.“

Doch Oberkommissarin Schäfer ignorierte die ironische Bemerkung und strebte bereits voller Elan und mit wogenden Busen die Treppe in das Dienstgebäude hinauf.

„Ich bin ja mal gespannt, mit welchen bahnbrechenden Neuigkeiten Kollege Blöcker aufwarten kann. Am Telefon hat er es ja mehr als spannend gemacht.“

„Dann geht es Ihnen wie mir“, entgegnete Karl Jensen, während sie den langen Korridor entlang schritten, der zu ihren Büros führte. Seltsam gedämpft klangen ihre Stimmen in dem schmalen Gang mit dem abgetretenen Linoleumfußboden. Schon von weitem sahen die beiden Martin Blöcker wild gestikulierend auf dem Gang stehen.

Oberkommissarin Schäfer betrachtete den wie einen Gummiball auf und ab springenden Kommissar mit sorgenvoller Miene.

„Mensch, Herr Blöcker, so aufgeregt kenne ich Sie ja gar nicht. Was um Himmels Willen ist nur in Sie gefahren?"

Martin Blöcker ließ sich in seinem Enthusiasmus nicht bremsen. „Nur herein, die Herrschaften, die Wende im Fall Brakstedt steht unmittelbar bevor."

Einen Moment später saßen Oberkommissarin Schäfer und Kommissar Jensen in dem Besprechungsraum und warteten gespannt auf die Ausführungen ihres Kollegen.

„Wir haben doch in dem Geschäft des Juweliers Möllmann Schmuckstücke aus dem Besitz der Familie von Seylitz gefunden. Auf unser Befragen hin gab er an, dass Astrid von Seylitz ihm den Schmuck zum Weiterverkauf überlassen hätte."

„Das ist aber interessant", warf Karl Jensen ein, „das Hausmädchen behauptete, Sie wäre des Diebstahls beschuldigt worden, als der verstorbene Christian von Seylitz nach dem Familienschmuck suchte. Sieht ganz so aus, als hätte die liebe Gattin ein zusätzliches Haushaltsgeld für sich beansprucht."

Oberkommissarin Schäfer winkte ungeduldig ab. „Die zu knapp gehaltene Ehefrau erhöht sich, wenn auch mit fragwürdigen Methoden, ihr Taschengeld, na und? Das soll in den besten Familien vorkommen. Was hat das mit unserem Fall zu tun, Herr Blöcker?"

Karl Jensen sprang seinem Kollegen hilfreich zur Seite. „Ganz so, wie Sie es gerade darstellen, verhält es sich auch wieder nicht. Astrid von Seylitz ist in ganz Brakstedt für ihre extravagante und verschwenderische Art bekannt, und ihr Mann befand sich in außerordentlichen finanziellen Schwierigkeiten, wie wir aus den Kontounterlagen, die Martin dankenswerterweise leihweise von der Sparkasse erhalten hat, zweifelsfrei entnehmen konnten."

Oberkommissarin Schäfer beharrte weiter eisern auf ihrem Standpunkt. „Er ist pleite, und sie verscherbelt das Familiensilber. Herr Blöcker, haben Sie etwa wegen dieser schlichten Erkenntnis die halbe Welt verrückt gemacht?"

Martin Blöcker ließ sich nicht aus dem Konzept bringen. „Der Zufall wollte es, dass Juwelier Möllmann einen Überfall auf sein Geschäft mit Hilfe eines Revolverschusses vereitelte. Er besitzt zwar einen Waffenschein, doch haben wir die Gunst der Stunde genutzt und ihm seine Fingerabdrücke abgenommen."

Es folgte eine rhetorische Pause, während der Martin Blöcker seine beiden Gesprächspartner spitzbübisch anblickte. Karl Jensen war der erste, dem der Geduldsfaden riss.

„Nun spann uns nicht auf die Folter, Martin, was hat der Abgleich ergeben?"

„Die Jagdhütte ist voll mit seinen Fingerabdrücken. Am Stuhl, an der Türklinke, sogar am Hut und auf der Geige des ermordeten Straßenmusikanten haben wir welche gefunden. Er ist definitiv in der Jagdhütte gewesen."

Karl Jensen horchte angespannt auf. „Weißt du, was für ein Auto er fährt, Martin?"

„Einen dunkelblauen BMW, wieso fragst du?"

„Weil der Altbauer Butenschön beobachtet hat, wie der Moosleitner aus einem dunkelblauen Auto stieg, gestützt von einem anderen Mann, dessen Gesicht er angeblich nicht erkannte."

Karl Jensen stutzte plötzlich, zündete sich aufgeregt eine Zigarette an und blätterte dabei hektisch in seinem Notizbuch. „Damals, als ich an der Jagdhütte vorbeifuhr, stand der Porsche von Astrid von Seylitz und ein dunkelblauer BMW davor. Ich habe dir doch noch das Kennzeichen zwecks Identifizierung gegeben, Martin."

„Ist auch geschehen, Karl, es handelte sich eindeutig um seinen Wagen."

Oberkommissarin Schäfer setzte sich wie elektrisiert in ihrem Stuhl auf. „Meine Herren, ich glaube, wir haben einen Volltreffer gelandet. Glückwunsch, Herr Blöcker. Damit besteht der begründete Verdacht, dass der Juwelier in den Mord an dem Herrn Moosleitner verstrickt ist. Die Frage ist nur, ob er auch Christian von Seylitz auf dem Gewissen hat. Zudem fehlt uns noch das Motiv."

Martin Blöcker setzte zum zweiten großen Wurf an. Heute war zweifellos sein Tag. „Als Herr Möllmann auf den Einbrecher schoss, bohrte sich das Projektil in die Decke seines Geschäftes. Wir haben es mit dem Geschoss verglichen, welches wir im Körper von Christian von Seylitz fanden. Beide stammen zweifelsfrei aus derselben Waffe."

Kommissar Blöcker genoss seinen Triumph bis in die letzte Faser seines Körpers. Oberkommissarin Schäfer war die erste, die ihre Sprache wiederfand.

„Mensch, Herr Blöcker, dann haben wir ja die Tatwaffe identifiziert. Nochmals meine herzliche Gratulation."

Auch von Karl Jensen erntete er anerkennende Blicke. „Falls nun Astrid von Seylitz und Siegfried Möllmann nicht nur aus geschäftlichen Gründen die Abgelegenheit der Jagdhütte suchten, sondern sich vielleicht auch persönlich nahestehen, hätten wir auch ein überzeugendes Tatmotiv."

Oberkommissarin Schäfer klatschte begeistert in die Hände. „Ich werde sofort einen Haftbefehl bei der Staatsanwaltschaft beantragen. Den Juwelier haben wir so gut wie im Sack. Bereiten Sie schon mal die Verhaftung vor, Herr Blöcker. Und Sie, Herr Jensen, schaffen die trauernde Witwe her. Ich spüre es in jeder Fingerspitze, dass die beiden ein Verhältnis haben. Vertrauen Sie nur auf die weibliche Intuition."

Mit diesen klaren Anweisungen und einem herzlichen Schulterklopfen verabschiedete sich die Oberkommissarin Richtung Staatsanwaltschaft. Die beiden Kommissare folgten ihr, um dem Braksteder Mörder endgültig das Handwerk zu legen.

Wie jeden Abend öffnete Agnes Hamann die Fensterläden im zweiten Stock, um die prächtigen Geranien zu wässern, die jedes Fenster des Vorderhauses zierten. Mit der Gießkanne in der Hand beugte sie sich vorsichtig aus dem Fenster. Plötzlich traf sie ein fürchterlicher Stoß in den Rücken. Instinktiv griff sie mit der freien Hand nach hinten und bohrte ihre Fingernägel in den Arm der Person, die hinter ihr stand. Doch sie fand keinen Halt mehr, und mit einem entsetzten Aufschrei stürzte sie nach unten. Der Aufprall auf der gefliesten Terrasse erlöste Agnes von dem höhnischen Gelächter, das ihren Sturz begleitete. Um sie herum wurde es still.

## Kapitel 40

Kommissar Jensen fuhr Richtung Brakstedt, um Astrid von Seylitz persönlich zum Verhör ins Kieler Präsidium abzuholen. „Die Strecke könnte ich so langsam im Traum fahren“, dachte er im Stillen, während er die Auffahrt zum Gutshaus hinauffuhr. Mit knirschenden Reifen rollte der Wagen auf dem Kieselweg aus, und Karl Jensen marschierte Augenblicke später mit amtlicher Miene an der Hecke entlang Richtung Haustür. Überrascht bemerkte er eine kleine Menschenansammlung auf der anderen Seite der Ligusterabgrenzung, die in einem Halbkreis unter einem der Fenster des Herrenhauses standen, aufgeregt diskutierten und dabei zu Boden blickten. Kommissar Jensen entschied sich kurzerhand, dieser Volksversammlung auf den Grund zu gehen. Mit energischen Schritten stapfte er auf die Gruppe zu, die ihm bereitwillig den Weg öffnete und ihm die Sicht auf das Zentrum des Interesses ermöglichte. Ihm stockte vor Schreck der Atem, denn auf den Fliesen der kleinen Terrasse lag leblos und mit verdrehten Gliedmaßen ein menschlicher Körper – Agnes Hamann. Augenblicklich kniete der Kommissar neben ihr nieder und sprach leise auf sie ein, während er den Puls fühlte. „Flach und unregelmäßig, aber sie lebt“, murmelte er in sich hinein. Laut fragte er, während er in die Gruppe schaute: „Hat bereits einer den Notarzt alarmiert?“ Wütend nahm er das einmütige Kopfschütteln zur Kenntnis, wühlte sein Handy aus einer seiner Hosentaschen und wählte den Rettungsdienst.

„Hat jemand von Ihnen gesehen, wie das geschehen konnte?“

Alle schüttelten wiederum den Kopf, während sie auf das geöffnete Fenster im zweiten Stock blickten. Karl Jensen schäumte vor Wut.

„Sie stehen hier alle herum wie die Ölgötzen, anstatt Erste Hilfe zu leisten und einen Arzt herbeizuholen. Sie bleiben alle hier, bis Wachtmeister Kleinmann eingetroffen ist und Ihre Personalien aufgenommen hat. Ich zeige Sie alle an wegen unterlassener Hilfeleistung.“

Ein betretenes Schweigen folgte. Karl Jensen verspürte keinerlei Lust, auch nur ein weiteres Wort an die Gaffer zu verschwenden und kümmerte sich um die Schwerverletzte, bis der Rettungsdienst eintraf. Beruhigend streichelte er ihre Hand und redete sanft auf sie ein.

Dabei fiel ihm ein Hautfetzen auf, den Agnes Hamann an ihrem Fingernagel kleben hatte. Im selben Moment landete der Rettungshubschrauber auf der weiträumigen Rasenfläche vor dem Haus und der Rettungsarzt spurtete in gebückter Haltung unter den noch laufenden Rotorblättern auf die Verletzte zu. Karl Jensen wies sich aus und deutete auf das offene Fenster.

„Wie sieht es aus, Doktor?"

Der Rettungsarzt zuckte unsicher die Achseln. „Ich kann noch nicht beurteilen, wie schwer die inneren Verletzungen sind, nur so viel, es ist wirklich ernst."

Kommissar Jensen blickte mitleidig auf das junge Dienstmädchen und deutete dann auf den Hautfetzen unter dem Fingernagel. „Den hätte ich gern gehabt, Sie wissen schon, wegen DNS und so."

Der Doktor blickte ihn scharf an. „Glauben Sie etwa an ein Verbrechen?"

Nun war es an Karl Jensen, mit den Achseln zu zucken. „Ich kann es auch noch nicht beurteilen, aber es ist ernst."

Der Rettungsarzt drehte sich pikiert zu seiner Patientin um und strafte den Kripobeamten mit Nichtbeachtung. Karl Jensen fühlte überdeutlich, dass er in diesem Augenblick überflüssig war. Er erhob sich und schritt auf das Herrenhaus zu. Im Zurückblicken erkannte er die imposante Statur von Wachtmeister Kleinmann, der auftragsgemäß mit wichtiger Miene die Personalien der neugierigen Hausangestellten aufnahm. Die verängstigten Gesichter bereiteten ihm eine ungeheure Genugtuung. Voller Elan trat er an die Haustür und klingelte lang und anhaltend. Astrid von Seylitz öffnete vorsichtig, indem sie die Tür nur einen Spalt aufzog. Als sie den Kommissar erkannte, zögerte sie einen Moment, bevor sie sich widerstrebend entschloss, den ungebetenen Gast einzulassen. Karl Jensen bemerkte zwar die abweisende Haltung, ging aber nicht weiter darauf ein.

„Moin, moin, Frau von Seylitz, ich wundere mich, dass Sie gar nicht dabei waren, als die arme Agnes Hamann nach ihrem Sturz aus dem Fenster abtransportiert wurde."

Die Gutsherrin blickte ihn mit weit aufgerissenen Augen an. „Wieso, was ist denn passiert? Ich habe Agnes eben noch mit einer Gießkanne laufen sehen, um die Geranien auf den Fensterbänken zu wässern. Von was für einen Unfall reden Sie denn bloß?"

Karl Jensen starrte sie fassungslos an. „Wollen Sie etwa behaupten, Sie hätten nicht einmal etwas von der Ankunft und dem Abflug des Rettungshubschraubers bemerkt?“

„Ich schwöre Ihnen, nein, ich hielt mich in der Bibliothek auf und trug Ohrhörer, während ich Schuberts Unvollendete auf mich wirken ließ.“

„Dabei haben Sie scheinbar Wasser auf Ihr Kleid geschüttet, meine Gnädigste, denn auf dem Rock befindet sich ein dunkler, feuchter Fleck.“

Astrid von Seylitz fühlte spontan am Rocksaum, wobei sie die Hand nutzte, die sie bisher sorgsam verborgen hatte. Kommissar Jensen heftete seine Augen sofort auf die Verletzung, die die Gutsherrin blitzschnell wieder verdeckte.

„Frau von Seylitz, ich glaube, es gibt eine Menge Dinge, die wir beide in Kiel besprechen sollten“, verkündete der Kommissar mit amtlich nüchterner Stimme. „Ich bitte Sie, mit mir zu kommen.“

Astrid von Seylitz blickte ihn durchdringend an und sagte dann leise: „Wenn ich Ihnen damit irgendwie weiterhelfen kann, fahre ich natürlich gern mit nach Kiel.“ Sie lachte laut auf. „Endlich mal wieder eine gute Gelegenheit, in der Holstenstraße shoppen zu gehen.“

Karl Jensen sagte nichts und wartete ruhig ab. Sie schlug die Augen nieder.

„Wenn Sie sich einen Moment gedulden wollen, ich muss nur noch meinen Mantel holen, draußen ist es schon empfindlich frisch.“

„Wenn Sie nichts dagegen haben, werde ich Sie dabei begleiten“, entgegnete der Kommissar.

Wieder lachte sie laut. „Na, denn kommen Sie in Gottes Namen mit, einen persönlichen Geleitschutz habe ich mir schon immer gewünscht.“

Karl Jensen folgte ihr mit versteinerter Miene.

In der Zwischenzeit erreichte Martin Blöcker, mit einem Haftbefehl ausgestattet, das Geschäfts- und Wohnhaus des Juweliers Möllmann. Siegfried Möllmann saß in dem kleinen Büro, welches sich an Verkaufs- und Werkraum anschloss, und zählte mit zufriedener Miene die Tageseinnahmen. Das stürmische Klingeln an der Hintertür brachte ihn bei der Addition der Banknoten völlig durcheinander.

„Verdammt, verzählt", fluchte er und warf das Notenbündel verärgert auf den Schreibtisch. Nochmals klingelte es Sturm.

„Das Geschäft ist geschlossen", brüllte er wutentbrannt. Er nahm das Geld erneut in die Hand.

„Mein Name ist Blöcker von der Kieler Kriminalpolizei", ertönte es nicht minder laut von der Eingangstür.

Siegfried Möllmann zuckte bei dem Stichwort „Polizei" leicht zusammen, überlegte kurz und erhob sich dann doch, um die Tür zu öffnen. Mit einem gewinnenden Lächeln winkte er Martin Blöcker hinein.

„Gratuliere, Herr Kommissar, das war wirklich eine flotte Arbeit, haben Sie den Kerl also erwischt. Ich weiß wirklich zu schätzen, dass Sie mich darüber persönlich informieren wollten, obwohl Sie ja sicherlich schon Feierabend haben."

Martin Blöcker war ein wenig aus dem Tritt geraten. „Nun ja", stotterte er leicht, „deswegen bin ich nicht gekommen."

Siegfried Möllmann stierte ihn entgeistert an. „Sie wollen doch nicht andeuten, dass Ihnen noch weitere Fragen eingefallen sind, mit denen Sie mir meine Zeit stehlen?"

Martin Blöcker nahm eine straffe Haltung an und verkniff verärgert das Gesicht. „Herr Möllmann, Sie stehen im dringenden Verdacht, an der Ermordung von Dietmar Moosleitner beteiligt gewesen zu sein. Ich muss Sie bitten, das Nötigste einzupacken und mich nach Kiel zu begleiten."

Siegfried Möllmann starrte ihn mit offenem Mund an. In diesem Augenblick erschien Bürgermeister Tramsen im Türrahmen.

„Die Hintertür war offen", stammelte er betroffen, „deshalb habe ich alles mitgehört. Das muss ein Irrtum sein, Herr Kommissar, für Siegfried lege ich meine Hand ins Feuer." Schützend stellte er sich vor seinen Freund.

Juwelier Möllmann zog sich wie in Trance den Mantel an und ging vor dem Kommissar Richtung Ausgang.

„Sag nichts, Siegfried!", rief Volkmar Tramsen den beiden nach. „Ich werde dir einen Anwalt beschaffen. Du kannst dich auf mich verlassen."

## Kapitel 41

„Wie sieht es mit unserem Fenstersturz aus, Dr. Sauer?“, fragte der Professor der Unfallchirurgie an der Universitätsklinik in Kiel geschäftsmäßig seinen diensthabenden Arzt.

„Einige Frakturen an Armen und Beinen, einen Milzriss und, was am schwersten wiegt, einen doppelten Schädelbasisbruch. Was an medizinischer Versorgung veranlasst werden konnte, haben wir getan.“

Der Professor studierte sorgfältig die medizinischen Befunde und nickte zustimmend bezüglich der eingeleiteten Maßnahmen.

„Gute Arbeit, Dr. Sauer, ich will mir die Patientin trotzdem nochmals ansehen.“

Minuten später stand er in dem sterilen Zimmer der Intensivstation und betrachtete voller Sorge das junge Mädchen, das mit bleichem Gesicht in ihrem Bett lag, umgeben von einer Vielzahl hochtechnisierter Apparaturen, die Agnes Hamann helfen sollten zu überleben.

„Sie könnte meine Tochter sein“, murmelte er leise.

„Was sagten Sie?“, fragte der diensthabende Arzt neugierig.

„Oh, nichts, nicht so wichtig“, wiegelte der Professor ab und schritt mit schnellem Tempo seinem Büro zu.

Astrid von Seylitz musterte Kommissar Jensen mit einem kühlen, abschätzenden Blick. „Nun stellen Sie endlich Ihre Fragen, damit wir es hinter uns bringen, sonst schließen noch die Geschäfte und ich bin ganz umsonst nach Kiel mitgekommen“, drängelte sie im provozierenden Ton.

Einen alten Haudegen wie Karl Jensen brachten derartige Aussprüche nicht aus der Ruhe. „Sie behaupten, Sie hätten weder bemerkt, dass Agnes Hamann aus dem Fenster stürzte, noch die aufwendige Rettungsaktion registriert, die anschließend stattfand.“

Astrid von Seylitz fiel ihm unwillig ins Wort. „Das habe ich Ihnen doch bereits haarklein erzählt.“

„Ja, ja, Schubert mit Ohrstöpseln“, antwortete der Kommissar mit größter Gelassenheit, „dadurch wird Ihre Aussage aber auch nicht glaubwürdiger. Wachtmeister Kleinmann war so freundlich, in der Bibliothek nachzusehen. Er fand weder eine Schallplatte mit der ‚Unvollendeten’ noch irgendwelche Kopfhörer.“

Astrid von Seylitz wirkte irritiert, aber noch nicht geschlagen. „Dann habe ich es eben im Radio gehört und den Ton so laut gestellt. Was tut das schon zur Sache. Aber wie kommen Sie dazu, in ein fremdes Haus einzudringen und es zu durchseuchen, ohne vorab um Erlaubnis zu fragen. Dieses unerhörte Verhalten wird Folgen haben, das versprechen ich Ihnen."

„Wenn es Gründe gibt, die für ein Verbrechen sprechen, ist die Vorgehensweise durchaus legitim", erwiderte Kommissar Jensen trocken, „aber wenn Agnes Hamann wieder zur Besinnung kommt, wird sie uns ausführlich Auskunft darüber geben können, was wirklich geschehen ist."

Astrid von Seylitz stieß einen leichten Schrei aus. „Was, ich dachte, sie sei tot!"

„Darauf hatten Sie es angelegt, nicht wahr?", fragte Karl Jensen mit versteinerter Miene. Doch die Gutsherrin hatte ihre Emotionen bereits wieder unter Kontrolle.

„Ich verbitte mir derartige Unterstellungen. Was glauben Sie denn, wen Sie vor sich haben. Ich habe Verbindungen bis in die einflussreichsten Kreise hinein. Legen Sie sich also nicht mit mir an, Sie würden Ihr blaues Wunder erleben."

Karl Jensen hatte derartige Drohungen schon zu oft gehört, um sie noch ernst zu nehmen. „Auf welchen Radiosender wollen Sie denn Schubert gehört haben, Frau von Seylitz?"

„Was weiß denn ich", antwortete sie schnippisch, „wenn ich sage, ich habe die Unvollendete im Radio gehört, haben Sie das als Tatsache zur Kenntnis zu nehmen."

„Es ist die ureigenste Aufgabe der Polizei, sogenannte Tatsachen zu hinterfragen", verkündete Kommissar Jensen mit Überzeugung in der Stimme. „Lassen wir aber erst einmal Ihren angeblichen Aufenthalt in der Bibliothek und kommen zu Ihrem nassen Kleid. Wie erklären Sie sich denn den Wasserfleck?"

Astrid von Seylitz setzte weiter auf Konfrontation. „Ich sehe nicht ein, was Sie das angeht. Woher kommt übrigens der Fettfleck auf Ihrem Hemd?"

Karl Jensen fasste sich automatisch an die Stelle, die beim Mittagessen den Soßentropfen aufgefangen hatte und griff genervt zu seiner Zigarettenschachtel. Astrid von Seylitz beobachtete ihn dabei scharf. „Ich vertrage keinen Zigarettenqualm", sagte sie scharf und verschränkte demonstrativ die Arme.

Karl Jensen resignierte. „Gut, dann machen wir eine kurze Pause."

In Brakstedt Moor hatte sich das ganze Drama um Agnes Hamann wie ein Lauffeuer herumgesprochen. Als Carola von Seylitz von dem Unglück erfuhr, stürzte sie auf Stefan Butenschön zu. „Stefan, du musst mich sofort nach Kiel in die Klinik fahren. Agnes ist eine meiner ältesten Freundinnen. Ich muss ihr einfach beistehen."

Ohne lange zu diskutieren, holte der junge Bauer den Autoschlüssel und fuhr mit Carola so schnell es ging nach Kiel. Carola erkundigte sich kurz in der Aufnahme nach dem Verbleib ihrer Freundin und hastete dann voller innerer Unruhe durch die langen Korridore. „Intensivstation, bitte klingeln" stand an der breiten Flügeltür. Carola von Seylitz klingelte zaghaft, mit Angst im Herzen vor dem, was sie erwarten würde. Eine Krankenschwester öffnete und fragte kurz angebunden: „Sie wünschen?"

„Meine Freundin Agnes Hamann soll hier liegen. Ich hätte sie gerne besucht", antwortete Carola von Seylitz schüchtern und mit belegter Stimme.

Die Schwester betrachtete sie abweisend und mit einem Blick, als wäre sie ein lästiges Insekt. „Ich glaube nicht, dass das möglich sein wird", antwortete sie knapp und schickte sich an, die Tür wieder zu schließen. Voller Verzweiflung ergriff die junge Frau die Hände der Krankenschwester und flehte: „Oh, bitte, ich muss zu ihr, sie hat doch sonst kaum einen Menschen."

Die strengen Züge der Schwester lockerten sich ein wenig. „Ich werde den Arzt fragen. Wie lautet übrigens Ihr Name?"

„Carola von Seylitz."

„Warten Sie hier." Demonstrativ schloss die Krankenschwester die Tür und suchte den diensthabenden Arzt.

Dr. Sauer prüfte gerade akribisch die medizinischen Instrumente, an denen Agnes Hamann angeschlossen war. „Ihr Zustand wird immer kritischer", flüsterte er der Krankenschwester zu, die ihm assistierte. Plötzlich flackerten die Augenlider und die Schwerverletzte stöhnte leise. Sanft ergriff Dr. Sauer ihre Hand. „Können Sie mich hören?", fragte er fast zärtlich.

Agnes Hamann schlug die Augen auf und sah ihn sonderbar an. „Holen Sie Carola“, flüsterte sie leise, aber verständlich.

„Welche Carola? Wo finden wir sie“, fragte der Doktor überrascht über die Klarheit der Worte. Die Krankenschwester tippte ihm aufgeregt auf die Schulter.

„Draußen steht eine Carola von Seylitz und will ihre Freundin besuchen.“

Dr. Sauer blickte auf die unregelmäßigen, immer schwächer werdenden Herztöne, die das Gerät anzeigte.

„Holen Sie sie rein“, entschied er.

Carola von Seylitz erschrak zutiefst, als sie Agnes Hamann sah, aber sie ließ sich nicht das Mindeste anmerken. „Mensch, Agnes, was machst du für Sachen“, plauderte sie munter drauflos, während ihr die Tränen in die Augen stiegen. Agnes Hamann schaute sie mit weit aufgerissenen Augen an, doch das schmerzverzerrte Gesicht entspannte sich.

„Testament, Bild, Vater“, erklag es seltsam hell von ihren Lippen. Die Augen erstarben, sie sank zurück und Zufriedenheit umspielte ihre Lippen. Schluchzend fiel Carola von Seylitz dem Arzt um den Hals, der ihr tröstend über das Haar strich.

„Es ist vorbei.“

„Können Sie mir bereits sagen, ob der Hautfetzen unter Agnes Hamanns Fingernagel von Astrid von Seylitz stammt?“, fragte Kommissar Jensen den Gerichtsmediziner. Am anderen Ende der Leitung war nur ein langes Seufzen zu hören. „Sie sollten es eigentlich besser wissen, Jensen. Das Ergebnis einer DNA-Analyse liegt erst nach Wochen vor. Sie bekommen Ihre Antwort so bald wie möglich.“

Karl Jensen ließ sich davon nicht entmutigen. „Nun gut“, meinte er, „dann wird es wohl Zeit für einen Bluff!“ Strotzend vor Tatendrang legte er den Hörer auf die Gabel.

„Auf zur zweiten Runde, Frau von Seylitz“, zischte er und betrat erneut den Vernehmungsraum. Die Gutsherrin drückte mit schlechtem Gewissen die Zigarette aus und bedachte den Kommissar mit einem charmanten Lächeln. Kommissar Jensen erwiderte das Lächeln. „Es wäre vielleicht angebracht, Ihren Anwalt hinzuzuziehen, Frau von Seylitz“, eröffnete er das Gespräch.

Im Bewusstsein ihrer bisherigen Position zuckte sie nur leicht mit den Schultern. „Ich bin es gewöhnt, mich selbst zu verteidigen."

„Nun gut, wie Sie wünschen. Unser Gespräch wird übrigens aufgezeichnet, und der Herr an der Tür wird Ihre Aussagen zusätzlich protokollieren."

Astrid von Seylitz lachte herausfordernd. „Sie können so viel aufschreiben lassen, wie Sie wollen, Sie haben nichts gegen mich in der Hand."

„Wie man's nimmt. Agnes Hamann krallte sich im Fallen an eine Person und ein Stück Haut blieb unter ihrem Fingernagel haften. Ein Stück Haut, wie es an Ihrem Arm fehlt, Frau von Seylitz, und das laut DNA-Analyse eindeutig zu Ihnen gehört."

„Sie wollen mir eine Falle stellen", zischte sie gefährlich leise.

Karl Jensen schüttelte den Kopf. „Agnes Hamann hat den Hergang quasi bestätigt", behauptete er mit ernster Miene.

„Die dumme Ziege hat mich doch gar nicht gesehen, oh …"

Kommissar Jensen klatschte triumphierend in die Hände. „Das ist ein Geständnis, Frau von Seylitz, ich verhafte Sie wegen dringenden Tatverdachts. Und nun erzählen Sie mir, warum Sie Ihre Angestellte aus dem Fenster gestoßen haben."

„Fragen Sie doch diese habgierige Kreatur, von mir erfahren Sie gar nichts mehr", tobte die Überführte lautstark.

Kommissar Jensen winkte den im Raum befindlichen Polizisten heran. „Führen Sie sie ab, wir machen morgen weiter."

Erschöpft, aber zufrieden, sank er auf einen der Stühle und zündete sich eine Zigarette an. „Das war der erste Streich", prophezeite er dem leeren Büro.

## Kapitel 42

Karl Jensen schaute auf die Uhr. „20.00 Uhr, Zeit, Feierabend zu machen", dachte er und zog, ein Liedchen summend, seinen Mantel über.

Martin Blöcker steckte in diesem Moment seinen Kopf durch die geöffnete Tür. „Gut, dass du noch da bist, Karl, die Klinik rief eben an, Agnes Hamann ist an ihren schweren Verletzungen gestorben."

Der Kommissar senkte betroffen den Kopf. „Sie war so ein fröhliches, vitales Mädchen. Warum muss nur nach jedem Sieg eine Niederlage folgen?"

Martin Blöcker blickte seinen Kollegen fragend an.

„Astrid von Seylitz hat gestanden, ihr Dienstmädchen aus dem Fenster gestoßen zu haben. Das Geständnis kam zum richtigen Zeitpunkt, denn unsere einzige Zeugin hat ihre Lippen für immer verschlossen."

Martin Blöcker klopfte seinem Kollegen aufmunternd auf die Schulter. „Nimm es nicht so tragisch, Karl, du hättest es nicht verhindern können. Lass uns noch irgendwo ein Bier trinken, so zum Absacken."

Karl Jensen nickte. „Na, dann mal los."

Zehn Minuten später saßen die beiden in einer gemütlichen Kneipe und prosteten sich zu. Nach einem ersten tiefen Zug aus der Biertulpe folgte ein langes Schweigen, wobei jeder seinen eigenen Gedanken nachhing.

„Wie geht es Susanne?", fragte Martin Blöcker, um das Gespräch auf ein aus seiner Sicht unverfängliches Thema zu lenken.

„Sie schlägt sich wirklich bravourös, steckt die Schwangerschaft weg wie nichts", antwortete Karl Jensen einsilbig. Eine weitere Schweigeminute folgte.

„Warum zum Teufel hat Astrid von Seylitz die kleine Hamann aus dem Fenster gestoßen?", platzte er plötzlich heraus.

„Die einzige, außer der hochherrschaftlichen Gutsherrin, die dir dazu eine Antwort hätte geben können, liegt tiefgekühlt in der Pathologie", bemerkte Martin Blöcker trocken.

„Bei der Seylitz beißt man auf Granit", entgegnete sein Kollege verbittert. „Noch mal lässt die sich nicht so von mir überrumpeln."

Martin Blöcker schlürfte nachdenklich sein Bier. „Obwohl, der Arzt erwähnte, dass die junge von Seylitz kurz vor dem Tod von Agnes Hamann auftauchte und am Sterbebett stand. Das Dienstmädchen wollte sie in ihrer letzten Stunden unbedingt sprechen."

Karl Jensen horchte interessiert auf. „Hat der Arzt mitbekommen, worüber die beiden sprachen?"

Martin Blöcker schüttelte den Kopf. „Das habe ich ihn auch gleich gefragt, aber er hatte sich aus Pietätgründen ein wenig zurückgezogen. Irgendetwas von einem Bild hat er mitbekommen."

„Das hilft uns nicht wirklich weiter", grübelte Karl Jensen. „Ich werde mit der jungen von Seylitz nochmals sprechen müssen. Vielleicht kann sie ein wenig Licht in die Angelegenheit bringen."

Martin Blöcker nickte zustimmend. „Ich frage mich die ganze Zeit, Karl, ob eine Frau, die ihr Dienstmädchen kaltblütig aus dem Fenster stößt, nicht auch ihren Ehemann erschossen haben könnte."

Karl Jensen lächelte an diesem Abend das erste Mal. „Darüber habe ich auch schon nachgedacht, Martin. Aber warum wurde der Straßenmusikant, der Moosleitner, ermordet? Vielleicht sollte er als Sündenbock dienen. Kurz vorher gab es eine heftige Auseinandersetzung zwischen Christian von Seylitz und Dietmar Moosleitner. Der Gutsherr wird erschossen aufgefunden und der Straßenmusikant hinterlässt nach dem heftigen Kampf sein eigenes Blut am Schauplatz des Geschehens. Später bekommt er Gewissensbisse, zieht sich voller Schuldgefühle in die Jagdhütte zurück und stopft sich so lange mit Tabletten und Alkohol voll, bis er einen sanften, aber endgültigen Tod stirbt. Der Täterin ist klar, dass die Polizei sehr schnell Moosleitners Vorleben recherchieren wird. Ein Mann, der bereits getötet hat und Christian von Seylitz wegen der demolierten Geige Rache schwor. Gibt es ein besseres Motiv und einen geeigneteren Mörder? Das Spiel ist aus, der Vorhang fällt."

Martin Blöcker zollte seinem Kollegen uneingeschränkt Respekt und applaudierte erst stürmisch, dann immer nachdenklicher. „Aber woher wusste Astrid von Seylitz von dem Vorleben des Straßenmusikanten? Sein Führungszeugnis wird ja nicht öffentlich ausgehangen haben, und ich glaube kaum, dass er sein Vorleben jedem auf die Nase gebunden hat. Er kam nach Brakstedt, um selbst zu vergessen."

Karl Jensen winkte lässig ab. „Sie ist nicht irgendwer, vergiss das nicht, Martin, irgendjemand wird ihr die Geschichte schon gesteckt haben."

Martin Blöcker wirkte nicht gerade überzeugt. „Aber wir wissen doch definitiv, dass Christian von Seylitz nicht an dem Ort erschossen wurde, an dem wir ihn gefunden haben. Wie soll eine zierliche Frau diesen schweren, muskulösen Mann an den Fundort getragen haben? Die Schleifspur hätte ja tief wie der Grand Canyon sein müssen."

„Gut kombiniert, Hastings", stichelte Karl Jensen. „Denk doch mal daran, wem die Tatwaffe gehörte. Demselben, dem sie auch den diskreten Verkauf des Familienschmuckes anvertraute. Einem Menschen, der ihr wie ein Hund folgt, der ihr hörig ist." Er legte eine bedeutungsvolle Pause ein, die sein Kollege konsequent nutzte.

„Natürlich, Siegfried Möllmann! Er wäre kräftig genug, den Leichnam durch die Büsche zu schleppen. Er ist hemmungslos genug, um selbst einem Einbrecher die Kugeln um die Ohren fliegen zu lassen. Er war es, der Dietmar Moosleitner zur Jagdhütte schleppte, ihm im halb narkotisierten Zustand das Blut abzapfte und ihn anschließend zu seinen Ahnen beförderte. Wir haben das ideale Mörderpaar gefunden, Karl."

Kommissar Jensen nippte nachdenklich an seinem Bier. „Du hast recht, Martin, es passt alles wunderbar zusammen. Denk nur daran, dass ich damals die Autos der beiden vor der Jagdhütte gesehen habe. Die haben sich dort zu einem heimlichen Rendezvous getroffen."

Martin Blöcker bestellte vor lauter Begeisterung noch zwei Bier. „Die Schäferin wird in einen Freudentaumel fallen, wenn wir ihr morgen früh unsere sensationellen Schlussfolgerungen präsentieren und ihr den Doppelpack gleich frei Haus liefern."

Karl Jensen schmunzelte, als er sich Oberkommissarin Schäfer, über die Korridore hüpfend und laute Freudenschreie ausstoßend, vorstellte. Er steckte sich eine Zigarette an und krauste die Stirn.

„Ich frage mich nur, wie sie den Bürgermeister auf den Hochstand gelotst haben, beziehungsweise wussten, wo er seinen nächtlichen Ansitz plante."

Martin Blöcker tat die Frage mit einer wegwerfenden Handbewegung ab. „Das war reiner Zufall. Der Tramsen ist ihnen ganz unvermutet in die Quere gekommen, und wir konnten das Missverständnis ja auch ziemlich schnell aufklären. Als Sündenbock war von vornherein Dietmar Moosleitner auserkoren."

Karl Jensen gab sich nach diesem langen, aufregenden Tag mit der zugegebener Weise recht schlechten Antwort zufrieden. „Wir haben ein Motiv", resümierte er, „wir haben schlüssige Indizien, wir haben die Tatverdächtigen in sicherem Gewahrsam. Das Einzige, was uns zu unserem Glück fehlt, wäre ein Geständnis."

Martin Blöcker durchlebte augenblicklich eine euphorische Phase. „Du sollst mal sehen, Karl, es ist nur eine Frage der Zeit, bis wir die beiden durch sanftes Zureden dazu bringen. Pünktlich zum Feierabend werden wir morgen die Akte Brakstedt geschlossen haben."

Karl Jensen schätzte die Angelegenheit weitaus pessimistischer ein, hatte aber keine große Lust, darüber mit seinem Kollegen zu diskutieren. Plötzlich klingelte sein Handy und zwang ihn dazu, sämtliche Taschen seines Mantels zu durchwühlen, bis er das gute Stück mühsam aus dem Stoffhaufen herauspulte.

„Das Innenfutter hat ein Loch", erklärte er seinem Kollegen entschuldigend und legte das Handy an sein Ohr. Martin Blöcker vernahm nur ein „Ja, nein, sofort", und registrierte den verschämten Gesichtsausdruck seines Kollegen. Fragend blickte er ihn an.

„Das war Susanne", erklärte Jensen mit säuerlichem Gesicht. „Sie fragt, ob ich mit ihr oder dem Polizeipräsidium verheiratet bin. Ich muss jetzt los. Noch einen schönen Abend, Martin."

Mit forschem Schritt trat Karl Jensen den Heimweg an.

## Kapitel 43

Am nächsten Morgen fuhr Karl Jensen gut gelaunt und voller Tatendrang Richtung Kiel, um mit den Vernehmungen von Siegfried Möllmann und Astrid von Seylitz zu beginnen. Mit ein wenig Wehmut dachte er an die viel zu schnell vergangene Kuschelstunde mit seiner Frau, die ihn fast Raum und Zeit hatte vergessen lassen. Zärtlich hatte er Susannes bereits stark gewölbten Bauch gestreichelt und das pochende Herz des heranwachsenden Lebens gespürt. Tränen des Glücks standen ihm in den Augen, als er an den Augenblick dachte, in dem er das Kind, sein Kind, das erste Mal auf dem Arm halten würde. Susanne sah ihm tief in die Augen, sagte nichts, drückte ihm wortlos die Hand, und er spürte die Welle der Zuneigung, des liebevollen Vertrauens, die ihm entgegenflutete. Er wünschte und hoffte, dieser Moment gemeinsamer tiefgehender Harmonie würde nie vergehen und wusste doch nur zu gut, dass die raue, manchmal furchtbar störende Wirklichkeit bereits auf ihn wartete. Der herzliche Abschiedskuss und die innige Umarmung gaben ihm Kraft und Zuversicht für den heutigen Tag und mit frischem Mut verließ er das Haus. Bereits während der Autofahrt verwandelte sich der treusorgende Familienvater in spe wieder in den routinierten Kommissar, der zielstrebig und mit sicherer Hand die verworrenen Fäden des komplizierten Falles zu entwirren versuchte. Noch gestern Abend während des Gespräches mit Martin Blöcker hätte er Stein und Bein darauf geschworen, die Mörder des Gutsbesitzers und seines Dienstmädchens sowie des Straßenmusikanten identifiziert zu haben. Jetzt, im Auto, überkamen ihn erste vage Zweifel. Durch nichts begründet zwar, denn die Indizien wiesen eindeutig auf Astrid von Seylitz und Siegfried Möllmann hin, aber sein Bauchgefühl rebellierte erst schüchtern, dann immer nachdrücklicher gegen diese Lösung. Er ärgerte sich über sich selbst, denn die Fakten lagen klar und gnadenlos auf dem Tisch, andererseits, wie häufig bewahrte ihn die innere Stimme vor einem folgenschweren Fehler und führte ihn auf die richtige Spur. Unvermittelt klingelte das Handy und riss ihn abrupt aus seinen Grübeleien. Mit gerunzelter Stirn nahm er das Gespräch an und vernahm eine aufgeregte junge Frauenstimme.

„Bitte kommen Sie schnell, ich brauche dringend Ihre Hilfe.“

Die Stirnfalten des Kommissars nahmen gebirgshafte Züge an. „Noch bin ich nicht mit hellseherischen Fähigkeiten ausgestattet. Mit wem spreche ich und wohin soll ich kommen?“, fragte er in drängendem Tonfall.

„Oh, entschuldigen Sie bitte, ich bin so aufgeregt“, ertönte es atemlos aus dem Lautsprecher der Freisprechanlage. „Hier spricht Carola von Seylitz, und ich bin gerade in der Bibliothek meines Vaters.“

„Fühlen Sie sich irgendwie bedroht, soll ich Ihnen Wachtmeister Kleinmann schicken, denn der wäre schneller vor Ort als ich“, fragte Kommissar Jensen väterlich, während er an die gut aussehende junge Frau dachte.

„Nein, nein, Herr Kommissar, mir fehlt nichts. Ganz im Gegenteil, ich habe eine geradezu aufsehenerregende Entdeckung gemacht. Das muss ich Ihnen unbedingt als Ersten zeigen.“

Karl Jensen fühlte sich zwar geschmeichelt, dachte jedoch an die vor ihm liegenden Vernehmungen. „Es tut mir wirklich leid, Frau von Seylitz, aber ich habe einige dringliche Termine, die ich nur schwer verschieben kann. Zu einem späteren Zeitpunkt unterhalte ich mich selbstverständlich gern mit Ihnen.“

So leicht ließ die junge Frau sich jedoch nicht von ihrem Vorhaben abbringen. „Ich bin sicher, dass meine Entdeckung wirklich wichtig für die Aufklärung der Morde sein wird. Sie sollten keine Zeit verlieren und nach Brakstedt fahren.“

Karl Jensen gab sich noch unerbittlich, obwohl seine Neugierde bereits geweckt war. „Wenn Sie sachdienliche Hinweise liefern können, sind Sie dazu verpflichtet“, bemerkte er betont bürokratisch. „Warum erzählen Sie mir nicht jetzt am Telefon, was Sie Aufregendes gefunden haben?“

„Das geht nicht, ich muss es Ihnen einfach zeigen, bitte, kommen Sie schnell.“

Bevor Karl Jensen überhaupt die Gelegenheit hatte, weiter auf seinen Terminvorstellungen zu beharren, war das Gespräch unterbrochen. Schmunzelnd rief er im Präsidium an. „Du, Martin, fang bitte mit den Verhören schon mal alleine an, ich habe erst einmal ein Rendezvous mit einer jungen Dame in Brakstedt und komme deshalb etwas später.“

Auch Martin Blöcker erhielt keine Chance, diese etwas mehrdeutige Information näher zu hinterfragen. Jedoch vertraute er seinem Kollegen und dessen Fähigkeit, im richtigen Moment die richtigen Prioritäten zu setzen.

Karl Jensen indessen erreichte etwa eine halbe Stunde später das Herrenhaus derer von Seylitz und hielt mit knirschenden Reifen auf der Auffahrt vor dem Haupteingang. Er hatte kaum den immerwährenden Kampf mit dem klemmenden Anschnallgurt nach heftigem Zerren und Reißen siegreich bestanden und schickte sich gerade an, sein Fahrzeug zu verlassen, da stürmte Carola von Seylitz bereits auf ihn zu.

„Herzlich willkommen, Herr Kommissar, es freut mich aufrichtig, dass Sie so schnell kommen konnten."

Karl Jensen erwiderte die euphorische Begrüßung mit einem kurzen Kopfnicken, setzte ein betont grimmiges Gesicht auf und blickte demonstrativ auf seine Armbanduhr. „Nun haben Sie mich hierher gelotst, was gibt es denn so Aufregendes, was Sie mir nicht am Telefon mitteilen konnten? Heraus mit der Sprache", forderte er mürrisch.

Carola von Seylitz schien wie in eine andere Sphäre versetzt und überhörte daher völlig den missbilligenden Ton in der Stimme des Kommissars. Ungestüm packte sie den Ärmel des Kripobeamten und zog ihn hektisch in Richtung Eingangstür. Karl Jensen ließ sie gewähren, fühlte sich durch die stürmische Annäherung der sympathischen jungen Frau sogar leicht geschmeichelt. Suchend drehte er sich um.

„Wo haben Sie eigentlich Ihren jungen Freund gelassen?"

Ohne den Kommissar aus dem Schlepptau zu lassen, antwortete sie: „Wir fanden, es wäre besser, wenn er zu Hause bleibt, denn falls Mutter ihn hier zu sehen bekommt, gibt es die schlimmste Streiterei. Außerdem handelt es sich um eine Familienangelegenheit, die fechte ich ganz allein aus." Stolz warf sie dabei den Kopf in den Nacken.

Karl Jensen blieb überrascht in der großen Eingangshalle stehen. „Wie? Wissen Sie etwa noch nicht, dass Ihre Mutter sich derzeit in Untersuchungshaft befindet?"

Carola von Seylitz ließ perplex den Ärmel los und fiel regelrecht in einen der großen ledernen Ohrensessel hinein, die im Foyer platziert waren. „Mutter soll Vater erschossen haben?“, stammelte sie fassungslos. „Alles glaube ich, aber das nicht. Sie ist zwar verschwenderisch und hinterhältig und intrigiert für ihr Leben gern; sie neigt in ihrer Wut auch mal zu Handgreiflichkeiten, aber sie hätte Vater niemals rücksichtslos gemeuchelt.“ Auf eine Kommentierung wartend, starrte sie den Kommissar wie gebannt an. Doch der hüllte sich in Schweigen.

„Die Ermittlungen laufen noch, ich kann und darf zum jetzigen Zeitpunkt keine weiteren Auskünfte geben.“

„Aber Sie können Mutter doch nicht so einfach einsperren!“

Für Carola von Seylitz brach eine ganze Welt zusammen. Trotz der heftigen Dispute und Kontroversen, trotz Feindschaft und Hass, ein Quäntchen Liebe zu ihrer leiblichen Mutter glomm noch in ihrem Herzen.

„Kann ich irgendetwas für meine Mutter tun, Herr Kommissar?“, fragte sie mit trockenem Mund und feuchten Händen.

„Besuchen Sie doch Ihre Mutter und lassen Sie sich von ihr alles erklären. Sie wird es hundertprozentig besser können als ich“, schlug Karl Jensen mitleidig vor und überlegte krampfhaft, wie er wohl das Thema wechseln könnte. „Was wollten Sie mir eigentlich präsentieren?“, fragte er mit aufmunternder Stimme. Carola von Seylitz schreckte förmlich aus ihrer Lethargie auf.

„Kommen Sie“, rief sie laut und marschierte mit großen Schritten voraus. In der Bibliothek deutete sie mit weit ausholender Geste auf ein großes Wandbild in schwerem, vergoldeten Rahmen. „Das ist ein Porträt meines Vaters“, erläuterte sie lehrerhaft. „Die letzte große Überraschung hielt er schon immer bis zuletzt zurück. Jedes Jahr zu Weihnachten freute er sich wie ein kleines Kind auf seinen großen Auftritt.“ Ihre Gedanken wanderten weit in die Vergangenheit zurück und Tränen stiegen ihr in die Augen. Mit Gewalt riss sie sich von den Kindheitserinnerungen los. „Auch dieses Mal hütete er sein letztes Geheimnis wie ein Augapfel und wenn Agnes nicht gewesen wäre, ich hätte es wohl nie gefunden.“

Karl Jensen trommelte ungeduldig mit den Fingerspitzen auf der Tischkante. „Von was sprechen Sie eigentlich?“

Carola von Seylitz sah ihn triumphierend an. „Von seinem Testament natürlich. Er hatte es hinter seinem Porträt versteckt. Danach bin ich alleinige Erbin des gesamten Anwesens, sowie ich die Volljährigkeit erreicht habe. Bis dahin sollte Mutter die treuhänderische Verwaltung übernehmen. Aber in wenigen Monaten werde ich ja bereits achtzehn, und dann werde ich den Laden hier in Schwung bringen."

„Kein sehr weitsichtiger Letzter Wille", murmelte Karl Jensen vor sich hin, sagte aber laut: „Na, dann herzlichen Glückwunsch. Ich bewundere Ihren Mut und Ihre Zuversicht", und dachte dabei an die Kontoauszüge und den Schriftverkehr mit der Sparkasse. Dann stutzte er. „Sagten Sie, Agnes Hamann habe Ihnen das Versteck verraten?"

„Ja", antwortete sie mit belegter Stimme und schluckte mehrmals heftig. „Es waren die letzten Worte, die sie vor ihrem Tod sprach. Ihre letzten Gedanken galten mir und meiner Zukunft." Schluchzend schlug sie ihre Hände vors Gesicht.

„Das Motiv", schoss es Karl Jensen durch den Kopf, „das könnte das Motiv für den Mord an Agnes Hamann gewesen sein."

Carola von Seylitz übte sich inzwischen in ihrer zukünftigen Rolle als Gutsherrin. „Wenn dieser schmierige Immobilienhai wieder auftaucht, werde ich ihn hochkantig hinauswerfen", verkündete sie großspurig. „Der Besitz bleibt in den Händen der Familie, dafür sorge ich."

Karl Jensen wurde unruhig. „Ich habe wirklich keine Zeit mehr, das Präsidium wartet." Mit einem kurzen Gruß wandte er sich der Tür zu und dachte zufrieden: „Jetzt habe ich auch das Motiv."

## Kapitel 44

Martin Blöcker begrüßte seinen Kollegen, trotz des gegenseitigen Vertrauens, das sich im Laufe der Jahre entwickelt und verfestigt hatte, mit einem vorwurfsvollen Unterton. „Na, dein Rendezvouspartner hat dich ja richtig lange in Beschlag genommen.“ Es sollte scherzhaft locker klingen, doch Karl Jensen registrierte die feine Kritik durchaus, denn er kannte seinen Kollegen lange genug.

„Wirklich nett von dir, dass du so lange die Stellung gehalten hast, bist ein feiner Kerl, Martin“, lobte der seinen Freund in überschwänglichem Ton und klopfte ihm launig auf die Schulter. Dieser setzte eine beschwichtigte Miene auf.

„Halb so schlimm, Karl, wenn deine amourösen Abenteuer dir neue Erkenntnisse eingebracht haben.“

„Das kann man wohl sagen, Martin, ich bin absolut sicher, das Motiv für den Fenstersturz von Agnes Hamann zu kennen.“

Martin Blöcker tunkte aufgeregt seinen Teebeutel Marke „Herbstfeuer“ in seine Tasse mit Heißwasser, während Karl Jensen an seinem Pott Kaffee nippte.

„Nun erzähl schon, Karl, und spanne mich nicht auf die Folter. Was steckte dahinter?“

Karl Jensen setzte gerade an, um die Neuigkeiten zu verkünden, als Oberkommissarin Schäfer das Büro betrat und die beiden Kommissare missbilligend anblickte. „Moin, moin, meine Herren, wie ich sehe, stärken Sie sich gerade bei einem gemütlichen Kaffeekränzchen. Ich hoffe, ich störe Sie in Ihrer behaglichen Zweisamkeit nicht allzu sehr.“

„Frau Schäfer, wir wollten nur, wir haben …“, stotterte Martin Blöcker etwas konfus und verbrühte sich vor Schreck fast den Mund an seinem heißen Teewasser.

Oberkommissarin Schäfer ließ keine weiteren Entschuldigungen zu und winkte unwillig ab. „Meine Herren, wir haben einige Morde aufzuklären, und es stehen entscheidende Vernehmungen an. Es ist mir unbegreiflich, wie Sie hier so ruhig dasitzen und gemächlich Ihren Kaffee schlürfen können.“

„Tee“, korrigierte Martin Blöcker überflüssigerweise.

Oberkommissarin Schäfer strafte ihn mit einem vernichtenden Seitenblick. „Ist mir völlig gleichgültig, was Sie in sich hineinschütten, verschieben Sie es auf später und kümmern Sie sich endlich um die Verdächtigen."

Die beiden Kommissare kannten das aufbrausende Temperament ihrer Chefin, schluckten ihre bissigen Kommentare hinunter und legten den wortgewaltigen Zornesausbruch als wohlgemeinten Ratschlag ad acta. Zehn Minuten später saßen die beiden Kripobeamten dem Juwelier Siegfried Möllmann gegenüber. Dieser nutzte die ungeteilte Aufmerksamkeit, die er im Augenblick genoss, und ließ seiner Verärgerung freien Lauf.

„Es ist eine Unverschämtheit, wie ich hier behandelt werde. Wie ein gemeiner Verbrecher muss ich die Schikanen der Polizei über mich ergehen lassen. Aber das wird Folgen haben, das verspreche ich Ihnen. Diese skandalösen Vorkommnisse werde ich der Presse melden, das schwöre ich Ihnen."

„Über welche Schikanen sprechen Sie, bitte?", fragte Kommissar Blöcker gelangweilt.

„Der Kaffee zum Frühstück war lauwarm, das Brötchen von gestern und das Bett bretthart."

Karl Jensen konnte sich ein breites Grinsen nicht verkneifen, doch Martin Blöcker blieb ernst. „Das ist natürlich bedauerlich, Herr Möllmann, aber Sie befinden sich hier in Untersuchungshaft und nicht auf einer Wellnesskur", konterte er trocken.

Der Juwelier ließ sich nicht bremsen. „Ich bin einer der angesehensten Bürger Brakstedts, mich mit den zugegebenermaßen bedauerlichen Vorfällen bei uns in der Stadt überhaupt in Verbindung zu bringen, ist eine Instinktlosigkeit, die durch nichts zu entschuldigen ist."

„Die bedauerlichen Vorfälle, wie Sie es nennen, kosteten drei Menschen das Leben", unterbrach Kommissar Jensen den lautstarken Vortrag mit grimmiger Stimme, „zumindest ein Mord geschah mit Ihrem Revolver. Würden Sie uns freundlicherweise mitteilen, wie Sie sich diesen Umstand erklären?"

Siegfried Möllmann zuckte desinteressiert mit den Schultern. „Was weiß denn ich. Halb Brakstedt wusste, dass ich in der Schublade an der Kasse meine Waffe aufbewahre, um mich im Notfall verteidigen zu können. Auf die Polizei kann man sich heutzutage ja nicht mehr verlassen." Irgendeiner muss den Revolver dann in einem unbeobachteten Moment entwendet und ihn für seine Mordpläne benutzt haben. Sie sehen, ich bin völlig unschuldig."

Karl Jensen wunderte sich selbst, mit welcher Gelassenheit er die Provokationen des Juweliers hinnahm. „Die Waffe trug aber einzig und allein Ihre Fingerabdrücke, Herr Möllmann. Das deutet nicht gerade auf eine andere Person hin", bohrte er in aller Seelenruhe weiter.

„Dann handelte es sich eben um einen intelligenten Täter, der seine Spuren beseitigte, bevor er die Waffe zurücklegte", brummelte er trotzig.

„Halten Sie die Ausrede nicht selbst für ein wenig dürftig?", fragte Martin Blöcker gedehnt.

Siegfried Möllmann explodierte förmlich. „Was heißt hier Ausrede. Wie kommen Sie überhaupt dazu, meine Worte anzuzweifeln. Wenn ich Ihnen versichere, nicht auf von Seylitz oder den Straßenmusikanten geschossen zu haben, haben Sie das als Tatsache hinzunehmen. Ich jedenfalls bestehe auf meine Darstellung, und es ist an Ihnen, mir das Gegenteil zu beweisen."

Karl Jensen nickte zustimmend. „Ganz recht, Herr Möllmann, das ist unsere Aufgabe und die nehmen wir sehr, sehr ernst. Das versichern wir Ihnen."

Der Brakstedter Juwelier rutschte unbehaglich auf seinem Stuhl hin und her, während er die beiden Kommissare unsicher anblickte. Kommissar Blöcker läutete die zweite Runde ein.

„Wo hielten Sie sich an dem Abend auf, an dem Christian von Seylitz erschossen wurde?"

Siegfried Möllmann zögerte kurz, bevor er antwortete. „Im Bett natürlich. Ich pflege sehr zeitig schlafen zu gehen, um am nächsten Tag fit und munter für meine Kunden präsent zu sein."

„Allein?", fragte Martin Blöcker süffisant.

Der Juwelier lief vor Empörung puterrot an. „Was erlauben Sie sich eigentlich? Mein Liebesleben geht Sie nicht das Geringste an."

„Sie hätten jedoch eine wichtige Entlastungszeugin", bohrte Martin Blöcker weiter.

Siegfried Möllmann verschränkte bockig die Arme. „Ich war alleine", beharrte er mit aller Entschiedenheit.

Kommissar Jensen wagte einen Schuss ins Blaue. „Laut Aussage einer Zeugin wurden Sie aber am besagten Abend in der Nähe des Tatortes gesehen."

Wie von der Tarantel gestochen sprang der Beschuldigte von seinem Stuhl auf. „Lüge, Lüge, Beate Uhse liegt, äh, ich meine ..." Der Redestrom stoppte.

Karl Jensen lehnte sich zufrieden zurück. „Sie haben also dem Erotikladen einen Besuch abgestattet."

„Ich bin unverheiratet, wer sollte es mir verbieten. Ich bin erwachsen", polterte der Juwelier, doch Schamesröte im Gesicht bewies, wie unangenehm ihm seine unüberlegte Reaktion war.

„Sie können Ihre Freizeit verbringen, wo Sie wollen, aber, was viel wichtiger ist", forschte der Kommissar weiter, „hat Sie jemand gesehen?"

„Ich hatte mich mit einem dicken Schal umhüllt und trug eine Sonnenbrille", erwiderte er mit belegter Stimme.

Kommissar Blöcker unternahm einen neuen Anlauf. „Wie war Ihr Verhältnis zu Astrid von Seylitz?"

Siegfried Möllmann reagierte nervös. „Die gnädige Frau durfte ich häufig in meinem Geschäft begrüßen. In allen Fragen rund um Schmucksachen genoss ich ihr uneingeschränktes Vertrauen."

„Mit anderen Worten, Sie haben den Familienschmuck des Hauses von Seylitz in bare Münze umgewandelt", hinterfragte Kommissar Blöcker die etwas vage Aussage.

Juwelier Möllmann fühlte sich ganz in seinem Element. „Na und, warum hätte ich an der Legalität der Transaktionen zweifeln sollen, Astrid von Seylitz ist Herrin des Hauses", entgegnete er geschäftsmäßig.

„Wie weit ging denn Ihre vertrauensvolle Zusammenarbeit?", wollte Karl Jensen wissen.

„Frau von Seylitz ist beziehungsweise war eine verheiratete Frau", lautete die barsche Antwort.

„Das ist ein Grund, aber kein Hindernis", verkündete der Kommissar philosophisch, „nun mal klipp und klar, hatten oder haben Sie ein Verhältnis mit der Dame?"

Siegfried Möllmann reagierte empört. „Wie kommen Sie auf solche abstrusen Gedanken? Ich verwehre mich auf das Schärfste dagegen!"

„Herr Möllmann, Sie wollen mir doch nicht erzählen, dass Sie die Jagdhütte mit Astrid von Seylitz aufgesucht haben, um Küchenrezepte auszutauschen", harkte Martin Blöcker unbarmherzig nach.

„Woher wollen Sie davon wissen?“, stammelte der Juwelier atemlos.

„Ihrer beider Wagen wurden von meinem Kollegen hier“, Karl Jensen nickte höflich, „persönlich gesehen. Außerdem war die Jagdhütte von oben bis unten voll mit Ihren Fingerabdrücken. Nun sagen Sie endlich die Wahrheit!“

Siegfried Möllmann kapitulierte. „Nun gut, wir haben eine Affäre und trafen uns unter anderem auch in der Hütte. So etwas geschieht jeden Tag. Das können Sie mir doch nicht vorwerfen.“

„Haben wir auch nicht vor“, antwortete Karl Jensen erleichtert über das Teilgeständnis, „aber uns interessiert, wie Ihre Fingerabdrücke auf die Geige und den Hut von Dietmar Moosleitner gelangten.“

„Die Sachen lagen dort herum und ich habe sie angefasst. Daraus werden Sie mir keinen Strick drehen können“, antwortete der Juwelier mit siegessicherer Miene.

Martin Blöcker lächelte gezwungen. „Wie man es nimmt. Ein Zeuge will gesehen haben, wie ein Mann mit einem großen blauen Wagen, so wie Sie einen besitzen, Moosleitner in die Hütte geführt hat.“

Das Gesicht des Juweliers wurde aschfahl. „Ich habe ihn nicht erschossen, ich habe niemanden getötet, das schwöre ich Ihnen. Warum in aller Welt hätte ich so etwas tun sollen?“

„Vielleicht, um den Weg frei zu machen, für Sie und Ihre Geliebte, Herr Möllmann. Wir werden Ihren Wagen akribisch untersuchen und gnade Ihnen Gott, falls wir etwas finden, das schwöre ich Ihnen“, prognostizierte Karl Jensen mit eisiger Stimme.

„Ein Alptraum, das kann nur ein furchtbarer Alptraum sein“, flüsterte der Juwelier, als er wieder in seine Zelle abgeführt wurde.

## Kapitel 45

Die beiden Kommissare sahen sich gegenseitig ein wenig ratlos an. „Entweder hat der Bursche tatsächlich ein reines Gewissen oder er lügt wie gedruckt“, resümierte Karl Jensen, während er eine Zigarette ansteckte.

„Der behauptet doch glatt, Dietmar Moosleitner wäre erschossen worden“, warf Martin Blöcker in den Raum. „War das nun Absicht oder wusste er es tatsächlich nicht besser?“

Karl Jensen wiegte nachdenklich den Kopf. „Frage mich etwas Leichteres. Zumindest hat er sein Verhältnis mit Astrid von Seylitz zugegeben. Vielleicht hilft uns das bei der gnädigen Frau ja weiter.“

Martin Blöcker stemmte sich etwas schwerfällig aus seinem Bürostuhl. „Na, dann werde ich Frau von Seylitz mal aus ihrer noblen Unterkunft führen“, scherzte er gönnerhaft und verließ bedächtig den Vernehmungsraum.

Karl Jensen grübelte indessen weiter über die Aussagen des Juweliers Möllmann nach. Kurze Zeit später erschien Astrid von Seylitz mit stolz erhobenem Haupt und frischen Teint. Augenscheinlich hatte ihr die Untersuchungshaft nicht im Mindesten geschadet. Mit forschem Schritt und einem charmanten Lächeln stolzierte sie auf Kommissar Jensen zu.

„Einen schönen guten Tag, mein verehrter Gesetzeshüter, womit kann ich Ihnen heute eine Freude bereiten?“, begrüßte sie Karl Jensen mit einem schelmischen Augenblinzeln.

Der Kommissar küsste ihr galant die Hand. „Ich freue mich, Sie zu sehen, Frau von Seylitz, und hoffe, wir können unser gestriges Gespräch so konstruktiv fortsetzen.“

Ohne auf eine Aufforderung zu warten, nahm die Gutsherrin Platz und schlug graziös die Beine übereinander. „Wenn Sie die richtigen Fragen stellen, Herr Kommissar, wird es mir ein Vergnügen sein, ehrliche und aufrichtige Antworten zu geben.“

Karl Jensen schmunzelte. „Ich werde mir die größte Mühe geben, Frau von Seylitz. Fangen wir doch einfach mit Ihrem Verhältnis mit Siegfried Möllmann an.“

Astrid von Seylitz verzog verächtlich ihre Mundwinkel. „Was soll ich mit dieser Krämerseele zu schaffen haben? Ab und zu habe ich seinen Laden betreten, um mir Schmuck anzusehen, das war alles."

Martin Blöcker platzte der Kragen. „Was soll denn das ganze Theater. Wir wissen, dass Sie sich heimlich getroffen haben, unter anderem auch in der Jagdhütte. Zudem hat Herr Möllmann bereits Ihre Liebesbeziehung gestanden."

Die Gutsherrin zeigte sich völlig unbeeindruckt. „Warum fragen Sie mich überhaupt, wenn Sie alles besser wissen. Im Übrigen ist das seine Version und nicht meine. Da steht wohl Aussage gegen Aussage."

Kommissar Blöcker war gerade im Begriff, eine passende Antwort zu formulieren, als ein Polizist den Kopf durch die Tür steckte.

„Hätten Sie einen Augenblick Zeit, Herr Kommissar, ich glaube, es ist dringend."

Die beiden Kripobeamten stimmten sich mit einem kurzen Blickkontakt ab und Karl Jensen verließ den Raum. Draußen wartete Carola von Seylitz.

„Guten Tag, Herr Kommissar, ich finde einfach keine Ruhe mehr. Ich muss unbedingt mit meiner Mutter sprechen."

Die erste Reaktion Jensens bestand in einer strikten Ablehnung, doch nach kurzem Überlegen revidierte er seine Meinung.

„Vielleicht hilft uns das ja weiter. Sie können mit Ihrer Mutter sprechen, doch nur unter einer Bedingung."

Carola von Seylitz blickte ihn fragend an. „Und die wäre?"

„Kommissar Blöcker und ich nehmen an dem Gespräch teil."

Die junge Frau stimmte ohne zu zögern zu. „Ich habe nichts zu verbergen."

Mit einem mulmigen Gefühl betrat sie den Raum. „Hallo Mutter", begann sie schüchtern.

Astrid von Seylitz fixierte sie voller Verachtung. „Spar dir dein sentimentales Gesäusel", giftete sie ihre Tochter an, „lässt dich vor den Karren der Polizei spannen, um die eigene Mutter ans Messer zu liefern. Geh mir bloß aus den Augen."

Carola von Seylitz trafen die Anschuldigungen wie Pfeile und sie widersprach heftig. „Nein, nein, Mutter, die Polizei hat damit nichts zu tun, ich bin aus freien Stücken hier und ich glaube nie im Leben, dass du vorsätzlich einen Menschen ermordet haben könntest."

Astrid von Seylitz schwieg, bedachte ihre Tochter jedoch mit einem höhnischen Blick. Dann platzte die junge Frau mit der für sie so elementaren Botschaft heraus.

„Ich habe Vaters Testament gefunden, in dem er mich als Alleinerben eingesetzt hat, aber sei unbesorgt, ich ..."

Astrid von Seylitz verlor jede Kontrolle über sich. Sie stieß einen schrillen Schrei aus und brüllte ihre Tochter hasserfüllt an. „Wie kommst du dazu, in meinem Haus herumzustöbern und wie ein gemeiner Dieb in meiner Privatsphäre herumzuwühlen!"

„Das musste ich gar nicht, Mutter. Agnes fand das Testament und hat mir das Versteck in ihrer Todesstunde verraten."

Die Gutsherrin starrte entgeistert auf ihre Tochter. „Was? Agnes ist tot? Da hätte ich ja gar kein Geständnis abzulegen brauchen."

Carola konnte sich nicht mehr auf den Beinen halten und fiel vor ihrer Mutter auf die Knie. „Bitte sag, dass das nicht wahr ist."

Angewidert schob die Gutsherrin die vor ihr kniende Frau von sich. „Was rutscht du hier auf dem Boden rum wie ein Häufchen Elend. Benimm dich gefälligst wie eine Dame. Ich habe mein Leben lang gekämpft für ein bisschen Respekt und Anerkennung, und da wagt es so ein hergelaufenes Dienstmädchen, mir zu drohen. Jetzt hat sie die Quittung."

Carola von Seylitz liefen die Tränen in Strömen über die Wangen. „Mutter, du hast Blut an den Händen. Du hast ein Menschenleben vorsätzlich zerstört für das bisschen Reichtum."

Astrid von Seylitz stieß ein hartes, fast unmenschliches Lachen aus. „Was weißt du denn über die wahren Probleme des Lebens. Du bist doch aufgewachsen wie eine Made im Speck. Nie musstest du mit knurrendem Magen ins Bett gehen, nie wurdest du von deinen Klassenkameraden ausgelacht, weil du mit löchrigen Strümpfen und abgetragenen Kleidern in die Schule kamst. Kein Kind lud mich zum Spielen oder zu seinem Geburtstag ein, jeder mied den Umgang, weil wir nichts besaßen, weil wir von der Hand in den Mund lebten. Schon früh hatte ich mir geschworen, mit allen Mitteln der Armut zu entkommen, auf andere herabsehen zu können, und nun ist alles verloren."

Starr blickte sie auf die kahle, weiße Wand, während ein leises Zittern ihren Körper durchlief. Carola von Seylitz kämpfte mit dem Zweispalt ihrer Gefühle, das Grauen und Entsetzen über die Tat ihrer Mutter und ein tiefes Mitleid.

„Du musst dich nicht sorgen, Mutter, dir wird es an nichts fehlen, das schwöre ich“, beteuerte sie, nachdem das familiäre Band langsam die Oberhand gewann. Doch statt Dankbarkeit und versöhnlicher Worte hagelte es Hohn und Spott.

„Träum weiter, Carola, die Sparkasse hat bereits die Kredite gekündigt. Du wirst alles verkaufen müssen. Du bist schlichtweg pleite. Nichts und niemand gibt noch einen Pfifferling auf den Namen von Seylitz. Auf deine Hilfe kann ich verzichten und verschone mich zukünftig mit deiner Anwesenheit.“

Astrid von Seylitz wandte sich demonstrativ ab. Wie zu einer Salzsäule erstarrt stand Carola auf einen Fleck gebannt. Karl Jensen ergriff behutsam ihren Arm.

„Ich glaube, es ist besser, wenn Sie jetzt gehen“, sagte er leise und führte sie langsam aus dem Raum. Zu seiner großen Erleichterung wartete Stefan Butenschön schon auf dem Korridor. Mit einem Blick erfasste der junge Mann den schockähnlichen Zustand seiner Freundin und nahm sie zärtlich in den Arm.

„Es wird alles wieder gut, glaube mir“, flüsterte er immer wieder.

Karl Jensen nickte zustimmen. „Sie braucht jetzt Ihre ganze Hilfe und Unterstützung“, gab er dem jungen Bauern mit auf den Weg.

Als er in den Vernehmungsraum zurückkehrte, begann Martin Blöcker gerade mit dem weiteren Verhör. Astrid von Seylitz gab alles verloren, ihr Widerstand war endgültig gebrochen.

„Ja, ich hatte ein Verhältnis mit Siegfried, denn er war mir für die Erreichung meiner Ziele durchaus dienlich.“

Diese Antwort erfolgte ohne jegliche Gefühlsregung und setzte selbst die hartgesottenen Kommissare in einiges Erstaunen.

„Bestand der Nutzen dieser eher vernunftbetonten Beziehung etwa darin, einen Komplizen für die Beseitigung Ihres Mannes zu gewinnen?“, fragte Martin Blöcker direkt und ohne Umschweife. Astrid von Seylitz lachte aus vollem Hals.

„Ah, darauf wollen Sie hinaus, ganz schön clever. Aber merken Sie sich eines, meine Herren, ich lasse mir von Ihnen nichts unterjubeln. Ich habe den Möllmann gebraucht, damit er, ohne dass mein Mann etwas davon erfuhr, die verstaubten Klunker in klingende Münze verwandelte. Ich habe dieses impertinente Dienstmädchen zum Schweigen gebracht und es tut mir, ehrlich gesagt, nicht einmal leid. Aber mit den übrigen Morden habe ich nicht das Geringste zu tun. Das sage ich Ihnen nur, damit Sie sich später nicht blamieren, denn was habe ich noch zu verlieren. Ich betrachte das Gespräch als beendet, meine Herren."

Energisch gab sie sich einen Ruck und schritt mit vollendetem Hüftschwung zur Tür. „Bringen Sie mich in mein Domizil", befahl sie dem postierten Polizisten und entschwand hoheitsvoll. Karl Jensen pfiff anerkennend durch die Zähne.

„Ein beachtenswerter Abgang", lautete sein Urteil.

„Es ist wirklich freundlich von Ihnen, Herr Kommissar, dass Sie trotz Ihres engen Terminkalenders Zeit für mich gefunden haben“, bekundete Volkmar Tramsen dankbar und hob zuprostend seine Kaffeetasse.

Karl Jensen nahm das Kompliment wohlwollend zur Kenntnis. „Falls wir Ihnen irgendwie weiterhelfen können, Herr Bürgermeister, tun wir das natürlich gern“, antwortete er jovial und erwiderte den Kaffeegruß.

Bürgermeister Tramsen beugte sich leicht vor. „Sehen Sie, der Siegfried Möllmann ist ein alter Freund von mir, wir kennen uns seit unserer Schulzeit. Es ist völlig undenkbar, dass er in die Mordgeschichten verstrickt ist.“

Kommissar Jensen setzte eine streng dienstliche Miene auf. „Die Ermittlungsarbeiten laufen auf Hochtouren, Herr Bürgermeister, und ich hoffe sehr auf Ihr Verständnis, dass ich während eines laufenden Verfahrens keine Ergebnisse weitergeben kann.“

Volkmar Tramsen hob besänftigend die Arme. „Um Gottes Willen, Herr Kommissar, verstehen Sie mich nicht falsch, ich möchte doch nicht in Sie dringen. Mir geht es nur darum, Siegfried so lange aus dem Gefängnis zu holen, bis seine Unschuld endgültig bewiesen ist. Es besteht weder Flucht- noch Verdunklungsgefahr. Wenn er in Untersuchungshaft bleibt, fürchte ich, wird er einen irreparablen Schaden erleiden.“

„Es ehrt Sie, Herr Bürgermeister, dass Sie sich so um das Wohl Ihres Freundes sorgen und sich für seine Freilassung einsetzen“, erwiderte Karl Jensen mit einem anerkennenden Kopfnicken. „Nur, leider, sind Sie bei mir an der völlig falschen Adresse. Über eine Haftentlassung entscheidet die Staatsanwaltschaft, auch müssen Sie, falls der Antrag überhaupt genehmigt wird, mit einer saftigen Kautionszahlung rechnen.“

Volkmar Tramsen winkte lässig ab. „Geld spielt eine untergeordnete Rolle. Mein Anwalt wird morgen mit dem Staatsanwalt die Modalitäten aushandeln. Mit war nur wichtig, dass Sie frühzeitig von meinem Vorhaben informiert sind und sich nicht übergangen fühlen.“

Kommissar Jensen brachte dem Bürgermeister aufrichtige Sympathie entgegen. „Das ist wirklich freundlich von Ihnen“, entfuhr es ihm spontan.

„Ein Gebot der Fairness“, erwiderte Volkmar Tramsen, erhob sich und schüttelte dem Kommissar zum Abschied kräftig die Hand.

Das Telefon läutete. „Ja, hier spricht Kommissar Jensen. Wer ist am Apparat? Ach, Herr Röber, was kann ich für Sie tun?“

Karl Jensen klemmte den Hörer zwischen Schulter und Ohr und notierte eifrig. „Sie haben unumstößliche Beweise und wissen jetzt absolut sicher, wer der Täter ist? Entschuldigen Sie, aber ich kann Sie so schlecht verstehen, Sie müssen mit Ihrem Handy in einem Funkloch stecken. Sie wollen mich treffen? Gern, und wo? Ich wiederhole: Heute Abend um 20 Uhr an der Jagdhütte in Brakstedt. Warum so abgelegen? Sie haben Ihre Gründe. Gut, ich komme.“

Augenblicke später betrat Martin Blöcker das Büro seines Kollegen. „Mensch, Karl, ich habe dir schon tausendmal gesagt, du sollst deine Bürotür geschlossen halten. Der ganze ekelhafte Zigarettenqualm dringt durch den Korridor.“

Karl Jensen wischte die Beschwerde mit einer vielsagenden Handbewegung beiseite. „Belästige mich nicht mit derartigen Nebensächlichkeiten, Martin, der Röber hat angerufen und wünscht ein diskretes Treffen.“

„Wer ist denn dieser Röber?“

„Na, der streitlustige Reporter von diesem Brakstedter Käseblatt. Tat am Telefon sehr geheimnisvoll und behauptete, den Fall geklärt zu haben.“

Kommissar Blöckers Interesse erlosch abrupt. „Sag bloß, da willst du heute Abend wirklich hin. Der wird dir stundenlang die Ohren mit seinen abstrusen Theorien vollquatschen und es wird absolut nichts dabei herauskommen.“

„Martin, ich bin ehrlich entsetzt über deine ordinäre Ausdrucksweise und außerdem, ein Journalist quatscht nicht, er debattiert höchstens.“

Kommissar Blöcker setzte bereits zu einer dezidierten Gegenrede an, als er die schelmisch blitzenden Augen seines Kollegen wahrnahm. „Du nimmst mich mal wieder auf den Arm“, warf er Karl Jensen ärgerlich vor.

Bevor der freundschaftliche Disput fortgesetzt werden konnte, stürmte Oberkommissarin Schäfer in ihrer üblichen hektischen Art in das Büro und raufte sich die Haare, während sie einen Stoßseufzer nach dem anderen ausstieß. Bevor die beiden Kommissare nach dem Grund des bühnenreifen Auftritts fragen konnten, ließ sie ihre Mitarbeiter bereits an ihrem grenzenlosen Kummer teilhaben. „Die Staatsanwaltschaft hat den Juwelier Möllmann gegen Kaution auf freien Fuß gesetzt", verkündete sie atemlos und versetzte dabei den letzten Resten ihrer einst kunstvollen Frisur den Todesstoß.

„Bürgermeister Tramsen ist wirklich ein Mann der Tat", bemerkte Karl Jensen mit anerkennender Miene.

„Was hat denn der damit zu tun?", fragte Frau Schäfer verwirrt.

„Er hat mir vor Kurzem eröffnet, dass er beabsichtigt, seinen Freund aus der Untersuchungshaft herauszuholen. Ich habe die ganze Geschichte, ehrlich gesagt, für fadenscheiniges Geschwätz gehalten. Wie gesagt, ich haben den Mann wirklich unterschätzt."

„Das nächste Mal informieren Sie mich gefälligst über Ihre aktuellen Erkenntnisse", giftete die Oberkommissarin und die Knöpfe ihrer Bluse leisteten schier Unmögliches, um den Stoff über dem wogenden Busen zusammenzuhalten. „Ich akzeptiere es nicht, dass alle Welt Bescheid weiß, nur ich tappe im Dunkeln."

„Ich gelobe Besserung", antwortete Karl Jensen beschwichtigend und setzte zu einem umfassenden Bericht an.

„Ist denn bei der Untersuchung seines Autos etwas herausgekommen?", fragte Oberkommissarin Schäfer, nachdem sie sich die bisherigen Ermittlungsergebnisse schweigend angehört hatte.

„Weder Blutspuren noch Stofffetzen, nicht einmal ein Haar haben wir von dem Moosleitner gefunden", berichtete Martin Blöcker, „aber die DNA-Tests liegen noch nicht vollständig vor."

„Wir hätten Siegfried Möllmann also ohnehin nicht viel länger festhalten können", sprach sich die Oberkommissarin selbst Trost zu und begann, ihre Haarpracht wieder zu ordnen. Das Telefon klingelte und Oberkommissarin Schäfer ergriff, eingedenk ihrer Klagen bezüglich von Informationslücken, selbst den Hörer. Ihre Gesichtsfarbe wechselte in schneller Folge von tiefblass zu knallrot. Mit zitternder Hand legte sie den Telefonhörer auf.

„In Brakstedt ist ein Mann erschossen in seinem Auto aufgefunden worden", stammelte sie fassungslos.

Die beiden Kommissare saßen da wie vom Blitz getroffen und starrten ungläubig auf ihre Chefin. „Laut Angabe von Wachtmeister Kleinmann handelt es sich um Nils Röber, den Reporter aus Brakstedt. Neben ihm auf dem Beifahrersitz lag ein Revolver. Der Schuss traf ihn in die rechte Schläfe."

„Selbstmord?", fragte Martin Blöcker leise.

„Das kann ich mir einfach nicht vorstellen, er wollte sich doch heute Abend mit mir treffen, um mir zu beweisen, wie unfähig unser Polizeiapparat doch ist. Er behauptete, den Mörder von Brakstedt zu kennen", gab Kommissar Jensen zu bedenken.

„Vielleicht kannte er ihn ja auch", bemerkte Martin Blöcker trocken.

Oberkommissarin Schäfer beschäftigte eine ganz andere Theorie. „Wachtmeister Kleinmann ist ziemlich sicher, dass es sich bei der Tatwaffe um den Revolver des Juweliers handelt, zumindest ist es dasselbe Kaliber. Wenn sich das bewahrheiten sollte, ist Möllmann fällig. Wieso dieses Beweisstück nicht gleich nach dem Überfall auf den Juwelierladen einbehalten wurde, ist mir allerdings schleierhaft."

„Die Jungs vom Einbruchsdezernat haben schlichtweg geschlampt", behauptete Kommissar Blöcker mit dem Brustton der Überzeugung, doch sehr wohl fühlte er sich nicht in seiner Haut.

Karl Jensen schüttelte ungläubig den Kopf. „Wer wird denn so dumm sein, seine eigene Waffe, die noch dazu der Polizei bekannt ist, erneut für ein Verbrechen zu benutzen. Man mag von Siegfried Möllmann halten, was man will, aber er ist ein intelligenter Mann."

Oberkommissarin Schäfer schob die Bedenken kategorisch beiseite. „Ihm blieb eben keine Zeit mehr, das Verbrechen zu verschleiern. Er musste handeln, da er sich in die Enge getrieben fühlte. Herr Blöcker, leiten Sie sofort eine Großfahndung nach dem Juwelier ein und veranlassen Sie die gerichtsmedizinischen Untersuchungen. Ich werde inzwischen zum Staatsanwalt gehen und ihm mit Genuss seine Unfähigkeit vor Augen führen."

In Windeseile leerte sich das Büro und Karl Jensen kam sich plötzlich sehr nutzlos vor. Er zündete sich eine Zigarette an, rauchte in tiefen Zügen und beschloss dann, seine Frau mit seinem pünktlichen Erscheinen zu überraschen.

## Kapitel 47

Karl Jensen freute sich auf einen gemütlichen Abend auf seiner Terrasse. Der milde, sonnige Herbstabend lud förmlich dazu ein, die Füße bequem auszustrecken und ein kühles, erfrischendes Bier zu genießen. Doch wie so häufig im Leben kam es komplett anders. Kaum hatte er das Haus betreten und die lästige Krawatte in den hintersten Winkel des Kleiderschranks befördert, betrat seine Frau Susanne das Schlafzimmer. Sie begrüßte ihn mit einem flüchtigen Kuss, wobei ihm sofort der verängstigte, aber auch erwartungsvolle Blick auffiel.

„Hallo Schatz, wie geht es euch beiden?“, fragte er fürsorglich.

Susanne verzog schmerzhaft das Gesicht und presste eine Hand krampfhaft auf ihren Bauch. „Ich glaube, es geht los, Karl, unser Baby will nicht mehr länger warten“, stöhnte sie, während der Schmerz einer neuerlichen Wehe ihren Körper durchzog. Alles war längst für diesen lang ersehnten Moment vorbereitet. Der Krankenhauskoffer stand seit langem gepackt im Badezimmer und wartete auf seinen Einsatz, trotzdem ergriff den Kommissar eine nie gekannte Panik. Kopflos rannte er kreuz und quer durch das Haus und suchte den Autoschlüssel, den er doch vor fünf Minuten noch in der Hand gehabt hatte. Susanne beobachtete das hektische Treiben für einige Zeit amüsiert, bis eine weitere Welle des Schmerzes ihrer Geduld Grenzen setzte.

„Reiß dich zusammen, Karl, ich bekomme das Kind und nicht du“, rief sie ihren Mann zur Ordnung und ergriff kurz entschlossen das Kommando. „Nimm jetzt den Koffer und starte das Auto, es wird Zeit, dass wir ins Krankenhaus kommen.“

„Glaubst du, du kannst selbst zum Wagen gehen oder soll ich dich lieber tragen?“, fragte er besorgt und unternahm bereits erste Stützversuche.

Trotz der immer häufiger einsetzenden Wehen musste Susanne lachen. „Karl, ich bin weder gehbehindert noch habe ich einen Schwächeanfall erlitten. Es reicht völlig, wenn du den Koffer nimmst und mich endlich Richtung Krankenhaus chauffierst.“

Im Auto kramte Karl Jensen hektisch nach seinen Zigaretten, was ihm einen strafenden Blick seiner Frau eintrug. „Fang nicht an, hier im Wagen zu qualmen“, lautete die unmissverständliche Order, welche er widerspruchslos befolgte.

Endlich erreichten sie das Krankenhaus. Eine ältere Hebamme mit gütigen blauen Augen nahm einfühlsam die erste Untersuchung vor.

„Ganz so eilig hat es Ihr Baby noch nicht“, beruhigte sie die beiden. „Ich schlage vor, Sie gehen noch ein wenig im Park spazieren und genießen den wunderschönen Herbstabend. In zwei Stunden schauen wir dann noch einmal nach, ob Ihr Baby Fortschritte gemacht hat.“

Ganz im Gegensatz zu seinen Eltern bewahrte der erwartete zukünftige Erdenbürger eine stoische Ruhe und dachte gar nicht daran, das Licht der Welt zu erblicken. Aus den zwei Stunden wurde die ganze Nacht, und die beiden marschierten tapfer unter dem sternenblauen Nachthimmel. Immer häufiger und stärker setzten die Wehenschübe ein. Krampfhaft klammerte sich Susanne an ihren Mann und weinte vor Schmerzen, während er sie zärtlich umfasste, ihr vorsichtig den Rücken massierte und wünschte, er könne ihr einen Teil der Schmerzen nehmen. Zartrosa färbten erste zögerliche Sonnenstrahlen den morgendlichen Himmel, als ein kräftiger, selbstbewusster Schrei die Ankunft von Johanna-Elisa Jensen verkündete. Schnell und routiniert klemmte die Ärztin die Nabelschnur ab, während die Hebamme Karl Jensen feierlich eine Schere überreichte.

„Wenn Sie möchten, können Sie die Nabelschnur jetzt durchtrennen“, bot sie dem jungen Vater mit einem freundlichen Lächeln an. Blass und mit zittriger Hand schritt er zur Tat. Völlig erschöpft, aber überglücklich hielt Susanne wenig später das Neugeborene in ihren Händen, während der stolze Vater übermüdet auf der Bettkante saß.

„Wenn du willst, kannst du Johanna auch einmal halten“, schlug Susanne vor.

Karl Jensen schüttelte den Kopf. „Lieber nicht, ich habe Angst, ich könnte ihr wehtun. Guck dir doch das kleine Bündel an.“ Mit verliebtem Blick betrachtete er seine Frau und seine Tochter, die bereits eifrig auf dem Bauch ihrer Mutter nach einer Milchquelle suchte und ungeduldig quäkte, da sie das Objekt ihrer Begierde nicht sogleich fand. Voller Rührung ergriff Karl Jensen die Hand seiner Frau und drückte sie überschwänglich. „Ich danke dir, dass du mir so etwas Wunderbares geschenkt hast. Wir sind jetzt eine kleine Familie. Ich liebe dich mehr als alles andere auf der Welt, Susanne.“

Immer noch peinigten Nachwehen die frisch gebackene Mutter und ihr Gesicht verzog sich schmerzhaft, doch ihr Händedruck sprach Bände. „Na ja, noch sieht unsere Tochter ja wie verbrüht aus“, scherzte sie zaghaft.

„Sie wird genauso schön werden, wie ihre Mutter“, schmunzelte ihr Mann und küsste Susanne auf die Lippen. „Ich lasse euch beide jetzt allein, damit ihr euch ein bisschen erholen könnt, aber ich bin bestimmt schneller zurück, als euch lieb ist“, versprach er und verabschiedete sich zärtlich. Augenblicke später trat er vor das Eingangsportal des Krankenhauses. Ein großer, roter Sonnenball begrüßte den arg mitgenommenen, aber überglücklichen Vater. Dankbar blickte Karl Jensen in den blauen Himmel des gerade angebrochenen Tages und atmete tief die würzige, frische Luft ein. Mit einem Mal war alles anders geworden, sein ganzes Leben erhielt eine völlig neue, wunderbare Bestimmung. Er hätte tanzen mögen vor lauter Glück.

## Kapitel 48

Kommissar Jensen schwebte wie in Trance durch die Korridore des Polizeipräsidiums. Er fühlte sich wie ein Wanderer zwischen den Welten, die nüchterne, kalte hier an seinem Arbeitsplatz, die nur nüchterne Fakten kannte, und die Welt der Harmonie und des Glücks, in der er mit seiner Frau und seiner neugeborenen Tochter eben noch eine wundervolle Zeit verbracht hatte. Auf dem Gang begegnete ihm sein Kollege Martin Blöcker.

„Schön, dass du dich auch mal wieder blicken lässt, Karl. Wir schuften hier bald rund um die Uhr und du bist wie vom Erdboden verschluckt. Nicht einmal über das Handy warst du erreichbar, die Schäferin spuckt Gift und Galle."

„Es gibt Termine und Augenblicke, Martin, die musst du packen und festhalten, sonst fliegen sie an dir vorbei wie Wolken am Himmel, auf immer verschwunden in der Ewigkeit", entgegnete Karl Jensen philosophisch und trat in sein Büro.

Martin Blöcker folgte verwundert. „Sag mal, Karl, fehlt dir irgendetwas? Du redest so verworren."

Karl Jensen fiel schwer und völlig übernächtigt in seinen Bürostuhl, strahlte dabei jedoch eine Zufriedenheit aus, die den ganzen Raum quasi durchflutete. Sorgenvoll musterte Martin Blöcker seinen Kollegen.

„Du bist heute so komisch, Karl, und du siehst aus, als hättest du die ganze Nacht durchgezecht. Falls du Probleme hast, sag es, wir finden bestimmt eine Lösung."

Kommissar Jensen schaute seinen Freund und Kollegen aus tief schwarz umränderten Augen an. „Mir kann keiner mehr helfen, Martin, aber vielen Dank für deine Unterstützung. Du bist ein echter Kumpel."

Martin Blöcker wurde angst und bange. „Oh Gott, Karl, warst du etwa beim Arzt?"

„Ich komme gerade aus dem Krankenhaus", bestätigte Karl Jensen.

„Was hat die Untersuchung denn ergeben? Nun spann mich doch nicht so lange auf die Folter."

„Mutter und Tochter gesund und munter, nur der Vater leidet noch erheblich unter den Nachwirkungen der stundenlangen Geburt“, berichtete er betont gleichgültig, während er den Mund mehr und mehr zu einem breiten Grinsen verzog. Es dauerte einen Moment, bis Martin Blöcker die Tragweite dieser Aussage wirklich realisierte.

„Du bist Vater geworden“, rief er in aufrichtiger Freude.

„Manchmal hast du wirklich eine lange Leitung“, spottete Karl Jensen, doch Martin Blöcker überhörte scheinbar die kleine Stichelei.

„Nun erzähl doch mal, wie ist denn alles abgelaufen?“

Der frisch gebackene Familienvater warf sich selbstbewusst in die Brust. „Ich hatte alles total unter Kontrolle. Gut, dass zumindest ich die Ruhe bewahrt habe, wer weiß, ob sonst alles so reibungslos abgelaufen wäre.“

Bevor weitere Eigenlobarien folgen konnten, betrat Oberkommissarin Schäfer die Szenerie und bedachte Kommissar Jensen mit einem lang anhaltenden Ausdruck des Missfallens. „Ein altes Sprichwort lautet: Wer feiern kann, der kann auch arbeiten“, dozierte sie streng und verdrängte dabei völlig, welche verheerenden Auswirkungen ihre eigene Geburtstagsfeier auf ihre Leistungsfähigkeit gehabt hatte.

Bevor irgendeine zweideutige Erwiderung Karl Jensens die Situation verschärfen konnte, mischte sich Martin Blöcker beherzt ein. „Sie verkennen die Umstände, Frau Schäfer. Karl hat sich die ganze Nacht um die Ohren geschlagen, weil seine Frau ein Baby entbunden hat.“

„Junge oder Mädchen?“, fragte die Oberkommissarin.

„Johanna-Elisa“, lautete die prompte Antwort.

Mit energischen Schritten marschierte Frau Schäfer auf ihren Kommissar los und schüttelte ihm freudestrahlend die Hände. „Meinen herzlichen Glückwunsch, Herr Jensen. Ich wünsche Mutter und Kind alles erdenklich Gute. Nun hat ja alles Hoffen und Bangen ein glückliches Ende gefunden und Sie, lieber Herr Jensen, können sich wieder mit Feuereifer und voller Konzentration in Ihre Arbeit stürzen.“

Karl Jensen klappte vor Überraschung der Unterkiefer herunter, doch im Stillen musste er seine Chefin für ihren Pragmatismus bewundern.

Diese vergeudete auch keine Zeit für weitere sentimentale Ergüsse. „Nun zu den Fakten, meine Herren. Der Reporter beging definitiv keinen Selbstmord. Der Schuss wurde aus einer Entfernung von etwa einem halben Meter abgefeuert, durchschlug die Schläfe und war sofort tödlich. Auf der Tatwaffe fanden wir nur die Fingerabdrücke Röbers. Der Mörder muss also den Revolver abgewischt und ihn dann in die Hand des Opfers gedrückt haben. Übrigens handelt es sich tatsächlich um dieselbe Waffe, mit der auch Christian von Seylitz erschossen wurde. Einfach unfassbar, dass sie von den Kollegen des Einbruchdezernats nicht als Beweisstück einbehalten wurde! Auch die Großfahndung nach Siegfried Möllmann erbrachte noch keinerlei Hinweise. Der Mann ist wie vom Erdboden verschwunden."

„Ich werde Bürgermeister Tramsen mal auf die Pelle rücken", schlug Karl Jensen nachdenklich vor, „immerhin handelt es sich um seinen besten Freund. Ich möchte schwören, dass er den Aufenthaltsort kennt."

„Was Sie unternehmen, meine Herren, ist mir relativ gleichgültig, Hauptsache, es hat den gewünschten Erfolg. Wir können doch keinen heimtückischen Massenmörder frei herumlaufen lassen, der jeden, der ihm unsympathisch ist, ins Jenseits befördert."

Kurze Zeit später fuhr Kommissar Jensen Richtung Brakstedt. Da das Rathaus so früh am Morgen seine Pforten noch geschlossen hatte, versuchte er es am Privathaus des Bürgermeisters. Volkmar Tramsen blinzelte noch etwas verschlafen, als er die Haustür öffnete. „Guten Morgen, Herr Kommissar, was führt Sie denn zu so früher Stunde zu mir?"

Karl Jensen erwiderte den Gruß. „Sagen Sie mir bitte, wo ich Herrn Möllmann finden kann", wollte er ohne Umschweife wissen.

Volkmar Tramsen zögerte kurz, entschloss sich dann aber für die Wahrheit. „Ich habe Siegfried für ein paar Tage in mein Haus eingeladen, damit er sich von den Strapazen der Untersuchungshaft erholen kann. Aber was wollen wir das alles vor der Haustür besprechen, kommen Sie doch herein, Herr Kommissar."

Karl Jensen folgte ihm durch den Flur und betrachtete interessiert die zahlreichen Familienfotos, die gerahmt an den Wänden hingen.

„Alles Geschichte, aber Bestandteil unseres Lebens“, kommentierte der Bürgermeister scherzend. In der Küche saß Siegfried Möllmann am gedeckten Frühstückstisch und fixierte den Kommissar mit argwöhnischer Miene. Bürgermeister Tramsen hingegen gefiel sich in der Rolle des galanten Gastgebers.

„Möchten Sie vielleicht auch eine Tasse Kaffee, Herr Kommissar, ich glaube, Sie könnten eine vertragen.“

Karl Jensen stieg zwar der aromatische Duft verlockend in die Nase, doch er besann sich auf den Grund seines Besuches und winkte ab. „Haben Sie die gesamte Zeit seit Ihrer Haftentlassung hier verbracht?“, fragte er den Juwelier. Siegfried Möllmann bestätigte dies durch ein energisches Kopfnicken. „Kann das einer bezeugen?“, bohrte der Kommissar gnadenlos weiter.

„Ja, natürlich“, erwiderte er ungeduldig, „Volkmar, ich meine, Herr Tramsen.“

Karl Jensen wandte sich dem Bürgermeister zu. „Können Sie das bestätigen?“

„Selbstverständlich.“

Der Kommissar gab sich mit dieser knappen Antwort keineswegs zufrieden. „Falls wir feststellen sollten, dass ihre Antwort nicht den Tatsachen entspricht, kommen sie in Teufels Küche“, drohte er Volkmar Tramsen.

Dieser schielte verlegen zu seinem Freund hinüber. „Ich habe natürlich den ganzen Tag meine Pflichten im Rathaus wahrzunehmen. Wir sind ja schließlich keine siamesischen Zwillinge“, gab er widerstrebend zu.

Karl Jensen wandte sich wieder dem Juwelier zu. „Ich glaube, es ist besser, wenn Sie jetzt mit mir kommen, Herr Möllmann.“

Widerspruchslos folgte Siegfried Mölllmann dem Kommissar. Bürgermeister Tramsen blieb mit tief gesenktem Kopf und einem schlechten Gewissen zurück.

## Kapitel 49

Die Kommissare Blöcker und Jensen saßen gemeinsam mit dem Juwelier Siegfried Möllmann im Vernehmungszimmer und warteten auf das Eintreffen der Oberkommissarin, die sich vorbehalten hatte, das Verhör selbst zu führen, um den Fall nunmehr erfolgreich abzuschließen. Nervös rutschte der Juwelier auf dem Stuhl hin und her und knetete seine schweißnassen Hände.

„Ich schwöre bei allem, was mir heilig ist", begann er zögernd, wurde jedoch durch das Eintreten von Oberkommissarin Schäfer jäh unterbrochen. Frau Schäfer entschied sich bei dem zusammengesackten Häufchen Elend vor sich spontan für die mütterliche Strategie. „Also, Herr Möllmann, alle Indizien in diesem Fall sprechen ohne jeden Zweifel gegen Sie. Ich versichere Ihnen, wenn Sie ein umfassendes Geständnis ablegen, wird das Ihr Gewissen unendlich erleichtern. Vertrauen Sie mir, und sagen Sie uns die volle Wahrheit."

Siegfried Möllmann stöhnte verzweifelt auf. „Wie häufig soll ich es Ihnen noch sagen, ich weiß gar nicht, wovon Sie überhaupt sprechen. Ich bin unschuldig."

Mit enttäuschter Miene drehte die Oberkommissarin sich zu ihren Mitstreitern um, als erhoffe sie deren tatkräftige Unterstützung. Während Martin Blöcker zumindest so tat, als protokolliere er eifrig, starrte Kommissar Jensen wie hypnotisiert auf die vor ihm liegende Ermittlungsakte. Frau Schäfer setzte gerade zu einer bissigen Bemerkung an, als Karl Jensen förmlich aus seinem Stuhl herauskatapultierte und mit seltsam verklärtem Blick in die Runde schaute.

„Mein Gott, wenn das wahr wäre. Aber es besteht immerhin die Möglichkeit. Zum Teufel, so könnte es gewesen sein", brabbelte er konfus vor sich hin. Entschlossen klemmte er seinen Mantel unter den Arm und stürmte aus dem Raum.

„Herr Jensen, was in aller Welt haben Sie vor?", rief ihm Oberkommissarin Schäfer völlig perplex nach.

„In der Vergangenheit wühlen", hallte es aus dem Korridor zurück, während seine schnellen Schritte auf dem Gang verhallten.

„Der Zwischenfall tut mir wirklich leid, Herr Möllmann, unserem Kollegen ist zurzeit nicht ganz wohl", stotterte die Oberkommissarin, während sie mühsam um ihre Fassung rang.

Kommissar Blöcker behielt die Nerven und entpuppte sich als Retter in der Not.

„Dann fangen wir eben noch mal von vorne an, Herr Möllmann", verkündete er in aller Seelenruhe.

Karl Jensen indessen fuhr im halsbrecherischen Tempo Richtung Brakstedt. Diesmal fand er mühelos die richtige Abzweigung zum Hof der Butenschöns. Auf halbem Weg, auf einem großen Stein am Rande eines frisch gepflügten Ackers sitzend, entdeckte er Vadder Schön, der genüsslich eine Pfeife rauchte. Der Kommissar bremste scharf, sprang aus dem Wagen und marschierte schnurstracks auf den Altbauern zu.

„Wir müssen uns dringend unterhalten", begann er ohne Umschweife.

Vadder Schön nickte bestätigend und blies den Pfeifenrauch mit wissender Miene in den herbstlichen Himmel. „Ich wusste, dass Sie noch mal kommen, habe schon länger darauf gewartet", antwortete er vielsagend, während er das wettergegerbte, faltige Gesicht zu einem feinen Lächeln verzog.

Karl Jensen setzte sich neben den Altbauern und zündete sich eine Zigarette an. Eine Weile saßen die beiden rauchend nebeneinander und hingen schweigend ihren Gedanken nach. In der Ferne erklang das melancholische Rufen der Kraniche, die sich auf ihre Weise von Schleswig-Holstein verabschiedeten, um den Winter in wärmeren Gefilden zu verbringen.

„Der Mörder von Brakstedt hat jetzt auch den hiesigen Reporter auf dem Gewissen", sagte der Kommissar fast schüchtern in die Stille des Augenblicks hinein.

„Hab schon davon gehört, wir leben hier nicht auf dem Mond", lautete die knappe Antwort von Vadder Schön.

„Es wird Zeit, dass wir diesem gemeingefährlichen Verbrecher endlich das Handwerk legen, denn sonst endet diese Mordserie nie", prophezeite Karl Jensen düster.

Der Altbauer nickte bedächtig. „Das ist wie mit der Katze und dem Mausen, Mord wird zur Gewohnheit."

Der Kommissar sah Vadder Schön anerkennend an. „Eine verdammt richtige Lebensweisheit. Daher müssen Sie mir helfen, den

Täter ein für alle Mal hinter Schloss und Riegel zu bringen, denn Sie wissen doch, wer dahinter steckt."

„Was geht mich das an?", lautete die ablehnende Antwort. „Wozu haben wir denn die Polizei. Schon mein Großvater lebte nach dem Motto: ‚Sorg du für dich und Gott für uns alle', und er ist sehr gut damit gefahren."

Kommissar Jensen schippte empört seinen Zigarettenstummel auf den gepflügten Acker. „Machen Sie sich damit die Sache nicht zu leicht? Von Ihrer staatsbürgerlichen Verpflichtung will ich ja gar nicht sprechen, aber ist Ihnen klar, dass vielleicht die Liebe zwischen Ihrem Enkelsohn und der jungen von Seylitz auf dem Spiel steht?"

Der alte Mann nahm die Pfeife aus dem Mund und dachte lange nach. Trompetend überflogen Kraniche die beiden Männer auf dem Weg in den sonnigen Süden. Die blauen Augen des Altbauern folgten ihrem Flug. Vadder Schön startete ein letztes Ausweichmanöver. „Ich habe aber keine Beweise, Sie haben im Zweifelsfall nur mein Wort."

Karl Jensen klopfte ihm aufmunternd auf die Schulter. „Sie wissen es, ich ahne zumindest, wer der Brakstedter Totschläger ist. Wir beide können die Person übertölpeln. Wir zwei fahren jetzt zur nächsten Telefonzelle und Sie starten einen netten Erpressungsversuch. Entweder Zahlung von 50.000 € oder Sie gehen zur Polizei. Treffpunkt Jagdhütte, da kann ich mich nämlich wunderbar im kleinen Keller verstecken und im Notfall eingreifen."

Vadder Schön zögerte einen Moment, schlug dann aber beherzt ein. „Ick mog dat aber nur för mienen Enkelsöhn."

Der Plan lief wie am Schnürchen. Bereitwillig wurde auf die Forderungen des Altbauern eingegangen und ein Treffen zu später Stunde in der Jagdhütte vereinbart. Oberkommissarin Schäfer war informiert, die Verstärkung unter Leitung von Martin Blöcker in der Umgebung der Hütte postiert. Die Falle für den Mörder von Brakstedt konnte zuschnappen.

Bereits lange vorher zerrte Karl Jensen an dem massiven Metallring und stemmte die schwere Falltür in die Höhe, um sich in das enge Loch zu zwängen, in dem vor einiger Zeit Dietmar Moosleitner seine vorläufige Ruhestätte gefunden hatte.

Als Vadder Schön zur verabredeten Zeit die Jagdhütte betrat, umfing ihn fast völlige Dunkelheit. Plötzlich richtete sich der Strahl einer Taschenlampe auf sein Gesicht und blendete ihn vollständig.

„Guten Abend, Herr Butenschön“, ertönte eine schadenfrohe Stimme durch den kleinen Raum. „Ich freue mich, Sie einmal persönlich kennenzulernen, umso mehr, weil Sie am Telefon Andeutungen haben fallen lassen, die mich sehr beschäftigt haben.“

Vadder Schön nahm die Hände abwehrend vor das Gesicht, um den grellen Schein der Lampe zu mildern. Er fühlte eine unbeschreibliche Angst in sich aufsteigen, doch das Bewusstsein, vorgesorgt zu haben, gab ihm den Mut, die Sache bis zum Ende durchzufechten. „Ich habe Sie erkannt, als Sie den Moosleitner halb tot in diese Hütte geschleppt haben. Damals dachte ich erst, es wäre reine Nächstenliebe. Als ich dann den Schuss hörte und Sie den alten von Seylitz durch die Büsche zerrten, da kapierte ich Ihre wahre Absicht. Sie sind ein kaltblütiger Mörder.“

„Ich wusste gar nicht, dass ich einen so aufmerksamen Beobachter gehabt habe. Na, ja, auch der größte Künstler begeht manchmal einen Fehler und wir sind ja hier, um die Sache zu bereinigen, nicht wahr.“

Die Drohung, die in der Stimme lag, jagte den Altbauern eiskalte Schauer über den Rücken. „Was haben Sie vor?“, fragte er mit bebender Stimme. „Überlegen Sie genau, was Sie tun.“

„Das habe ich“, lautete die lauernde Stimme. „Dich wird man vielleicht in einigen hundert Jahren als die Moorleiche von Brakstedt feiern.“

Der Altbauer begann, in panischer Furcht zu wimmern und Kommissar Jensen hielt nun die Zeit gekommen, einzugreifen und dem Drama ein Ende zu setzen. Leise sprach er in sein Funkgerät und gab den Befehl zum Zugriff. Doch es folgte keine Reaktion. „Verdammt, irgendetwas muss den Funk stören“, dachte Karl Jensen und erkannte, dass er jetzt nur noch im Alleingang handeln konnte. Unglücklicherweise stand der oberirdische Angreifer gerade in dem Moment auf der Holzklappe, als der Kommissar mit aller Kraft von unten dagegen drückte. Dieser reagierte blitzschnell, als ihm bewusst wurde, dass ein Untergrundkämpfer sich in die Auseinandersetzung einzumischen drohte. Wuchtig sprang er mit beiden Beinen auf der Klappe hin und her und rückte den gusseisernen Kanonenofen heran, der gleich neben dem Kellerabgang stand. Sekunden später packte er Vadder Schön an den Schultern und zerrte ihn auf die Erde. Schon glaubte er, den Kampf für sich entschieden zu haben, da wurde mit kraftvollem Tritt die Tür aufgestoßen und ein junger Mann stürzte wie ein wilder Tiger auf ihn los. Mit unbändiger Wut versuchte der Mörder sich zu befreien, doch Stefan Butenschön packte ihn mit stahlhartem Griff und schleuderte ihn derart heftig gegen die Holzwand, dass er das Bewusstsein verlor.

In diesem Moment stürmte auch eine Schar von Polizisten, aufgerüttelt durch die Kampfgeräusche, in die Jagdhütte. Kommissar Blöcker sondierte mit schnellen Blicken die Lage, sah den unschädlich gemachten Mörder und machte sich sodann an die Befreiung seines Kollegen, der verzweifelt an der Falltür rüttelte und schließlich schnaufend und prustend aus seinem unfreiwilligen Gefängnis auftauchte. Auch Vadder Schön erholte sich schnell von seinem Panikanfall und war bereits wieder in der Lage einige Sticheleien an den Mann zu bringen: „Sich im Keller zu verstecken war ja ein wirklich gut durchdachter Plan. Man gut, dass ich mich nicht nur auf Sie verlassen habe“, spottete er und bot Kommissar Jensen ein Stück Kautabak an. Dieser lehnte heftig ab und drückte stattdessen dem Jungbauern, der sich unbemerkt von allen Polizisten die ganze Zeit in unmittelbarer Nähe seines Großvaters aufgehalten hatte, dankbar die Hand. Zur gleichen Zeit regte sich der Mörder von Brakstedt stöhnend auf dem Fußboden und schlug die Augen auf.

„Ich verhafte Sie unter dem dringenden Tatverdacht, Christian von Seylitz, Dietmar Moosleitner sowie Nils Röber heimtückisch ermordet zu haben, Herr Bürgermeister Tramsen.“

## Kapitel 50

Kommissar Jensen saß gemütlich mit Carola von Seylitz und Stefan Butenschön auf der Veranda des Herrenhauses und genoss sein gut gekühltes Bier mit sichtlichem Behagen. Mit unverhohlener Neugier fragten die beiden jungen Leute dem Kommissar Löcher in den Bauch.

„Unser Bürgermeister war beliebt, wie kaum ein anderer Politiker in unserer Region. Stets hat er sich für die Bürger von Brakstedt und deren Belange eingesetzt. Wie kann so ein Mann zu einem dreifachen Mörder werden?" Die junge Frau schüttelte verständnislos den Kopf.

„Auch ein Bürgermeister besitzt ein Privatleben und vor allem eine Vergangenheit, die ihn prägt", erläuterte der Kommissar. „Mir wurde das leider erst bewusst, als ich ein Bild im Flur seines Wohnhauses betrachtet und durch Zufall kurze Zeit später ein Foto Ihrer Mutter in unserer Ermittlungsakte ein wenig genauer in Augenschein genommen habe."

Stefan Butenschön schüttelte verwirrt den Kopf. „Ich verstehe den Zusammenhang noch nicht so recht", gestand er offenherzig.

Karl Jensen befand sich in Gesprächslaune. „Astrid von Seylitz stammte ursprünglich aus sehr ärmlichen Verhältnissen, genau wie Volkmar Tramsen. Die beiden kannten sich von klein auf. Das Foto stammt aus der Zeit, als beide etwa 15 Jahre alt waren. Neben dem Gesicht von Astrid war ein kleines Herz gemalt. Aber erkannt habe ich sie erst, als ich das aktuelle Bild von ihr in unserer Akte begutachtete."

„Sie war in Volkmar Tramsen verliebt? Davon hat sie aber nie ein Sterbenswörtchen erzählt", wunderte sich Carola von Seylitz.

„Nein, nein, eher umgekehrt, Ihre Mutter entschied sich für die bessere Partie und ließ den jungen, mittellosen Tramsen abblitzen. Das hat er ihr nie verziehen und schmiedete deshalb diesen teuflischen Racheplan."

„Sie wollen sagen, Volkmar Tramsen plante die Verbrechen von langer Hand?", unterbrach Carola von Seylitz ungläubig die Erläuterungen des Kripobeamten.

„Als mir klar wurde, dass neben Siegfried Möllmann auch Bürgermeister Tramsen ein starkes persönliches Motiv besaß, Ihren Vater zu töten, begann ich, die Fakten neu zu ordnen. Der Journalist Nils Röber musste sterben, weil er zu viel wusste. Der Mord erfolgte, kurz nachdem Röber mir am Telefon mitteilte, er kenne den Täter. Fast zur selben Zeit hielt sich Tramsen in meinem Büro auf. Die Wahrscheinlichkeit, dass er zumindest Teile des Gespräches belauscht haben könnte, war durchaus gegeben. Auch in diesem Fall sprach also vieles für ihn. Ich begann, mich mit der Struktur, mit der ‚Handschrift' der Morde auseinanderzusetzen und mit den Charakterzügen der Verdächtigen abzugleichen. Siegfried Möllmann erschien mir ein geschickter Kaufmann zu sein, der geschäftliche Chancen clever zu nutzen verstand. Doch die Taten beinhalteten mehr. Die Morde an Christian von Seylitz und Dietmar Moosleitner waren minutiös geplant und deuteten auf einen Strategen hin, der selbst aktiv sein Umfeld gestaltet und alle Eventualitäten von vornherein in seine Planung einbezieht und nicht nur günstige Gelegenheiten nutzt. Auch hier schlug das Pendel eindeutig Richtung Tramsen aus. Doch reichte eine unerwiderte Liebe bei einem kühlen Pragmatiker wie dem Bürgermeister wirklich als Mordmotiv aus? Ich erinnerte mich an ein Gespräch mit dem Immobilienmakler, der von den großen Visionen des Stadtoberhauptes schwärmte. Von einem großflächigen Landkauf war die Rede, der natürlich nur zu Lasten der Familie von Seylitz initiiert werden konnte. Allmählich fügten sich die einzelnen Mosaikteilchen immer mehr in das verworrene Puzzle, und es kristallisierte sich eine vage Kontur heraus. Bürgermeister Tramsen konnte als Vorsitzender des Verwaltungsrates starken Einfluss auf das Geschäftsgebaren der Sparkasse nehmen und setzte bei der Kreditvergabe bei Christian von Seylitz skrupellos die Daumenschrauben an. Gleichzeitig versuchte er, den Gutsbesitzer zum Landverkauf zu animieren, indem er ihm eine lukrative Beteiligung bei den Großprojekten versprach und bewilligte ungesicherte Kredite ohne weitere Überprüfung. Dieses Vorgehen kam quasi Schmiergeldzahlungen gleich und führte dazu, dass sich Christian von Seylitz immer mehr im Schuldensumpf verstrickte. Mit seinem Tod hinterließ er seiner Familie einen völlig ruinierten Besitz, so dass es für Volkmar Tramsen ein Leichtes sein würde, seine Ziele durchzusetzen und die Ländereien für einen Spottpreis zu erwerben."

Carola von Seylitz seufzte erschüttert. „Und das alles, weil Mutter das Geld mit beiden Händen zum Fenster hinauswarf."

Karl Jensen nickte. „Tramsen hat diese Schwachstelle genau erkannt und rigoros für sich genutzt. Er verband meisterhaft die Befriedigung seiner persönlichen Rachegefühle mit einem enormen finanziellen Profit, den er sich aus der Aktion versprach. Zudem wäre er als der geniale Stadtentwickler in die Annalen von Brakstedt eingegangen, wenn seine Vision von einem gigantischen Freizeitpark realisiert worden wäre."

Stefan Butenschön räusperte sich nachdenklich. „Aber warum der zweite Mord an dem Musikanten und das ganze Drama mit dem angeblichen Jagdunfall?"

„Wie ich schon sagte, Volkmar Tramsen ist ein außerordentlicher Stratege und gewiefter Kommunalpolitiker, der niemals ohne Netz und doppelten Boden arbeitete. Die Version mit dem Jagdunfall rückte ihn zwar für einen Moment in das Rampenlicht, doch ihm war völlig klar, dass wir sehr schnell die unterschiedlichen Geschosse analysieren würden. Damit erweckte er den psychologischen Anschein des unschuldigen Dritten, der per Zufall oder gar durch einen raffinierten Plan ohne eigenes Zutun in die Affäre verstrickt wurde. Aus dem eigentlichen Täter wurde ein Opfer. Gleichzeitig bot er uns zwei verschiedene Lösungsvarianten an, getreu dem Motto, irgendeine wird die Polizei schon schlucken. Mehrmals überkam mich das vage Gefühl, eine gelungene Inszenierung präsentiert zu bekommen, doch die Futterbrocken waren so geschickt ausgelegt, dass wir zugegebenermaßen immer wieder darauf hereinfielen. Als Moosleitner als potentieller Mörder immer mehr infrage gestellt wurde, opferte Tramsen ohne Gewissensbisse seinen alten Freund Möllmann, bei dem er ein- und ausging. Den Revolver aus der Schublade zu nehmen und bei günstiger Gelegenheit wieder hineinzuschmuggeln war für ihn ein Leichtes. Als dann die Polizei nach dem Überfall auf den Juwelierladen die Waffe nicht einzog, nutzte Tramsen auch dieses Versäumnis und schob Siegfried Möllmann auch den Mord an Röber in die Schuhe. Sein einziger Fehler war das Jugendbild im Hausflur. Wenn wir das nicht gefundene hätten, wären wir ihm nie auf die Schliche gekommen."

„Aber warum mussten Sie unbedingt Opa in die Sache hineinziehen? Um ein Haar wäre er das nächste Opfer geworden", fragte Stefan Butenschön vorwurfsvoll.

Karl Jensen rutschte unbehaglich auf seinem Stuhl hin und her. „Weil ich nichts Greifbares gegen ihn in der Hand hatte. Einem Verhör hätte er als geschickter Rhetoriker ohne Probleme standgehalten. Ich musste ein Schuldeingeständnis erzwingen, ihn quasi auf frischer Tat ertappen. Von Ihrem Großvater ist bekannt, dass er sich zu allen möglichen Tages- und Nachtzeiten an den unmöglichsten Orten herumtreibt. Nur er war glaubwürdig genug, um eine Erpressung erfolgreich vorzutäuschen. Sie können stolz auf ihn sein, er ist ein mutiger Mann."

„Genauso mutig wie sein Enkel, der einen Mörder fängt, wenn die Polizei in einem Kellerloch steckt", ergänzte Carola von Seylitz und blinzelte ihrem Freund verliebt zu.

Karl Jensen lachte. „Ganz nach dem Werbemotto der schleswigholsteinischen Bauern: Landwirtschaft hilft allen!" Kommissar Jensen erhob sich und schüttelte den beiden jungen Leuten herzlich die Hand. „Ich wünsche Ihnen beiden für die Zukunft alles Gute."

Carola von Seylitz nahm Stefan Butenschön in den Arm. „Wir werden diesen Besitz wieder zu dem machen, was er einmal war", rief sie kämpferisch aus.

Karl Jensen hatte daran keinen Zweifel.